좀비묵시록
82-08

좀비묵시록
82-08

1판 1쇄 찍음 2015년 12월 18일
1판 1쇄 펴냄 2015년 12월 28일

지은이 | 박스오피스
펴낸이 | 정　필
펴낸곳 | 도서출판 **뿔미디어**

편집장 | 이재권
기획 · 편집 | 문정흠

출판등록 | 2002년 9월 11일 (제1081-1-132호)
주소 | 경기도 부천시 원미구 소향로 17번길(두성프라자) 303호 (우) 14544
전화 | 032)651-6513 / 팩스 032)651-6094
E-mail | bbulmedia@hanmail.net
홈페이지 | http://bbulmedia.com

값 8,000원

ISBN 979-11-315-6936-8 04810
ISBN 979-11-315-6934-4 04810 (세트)

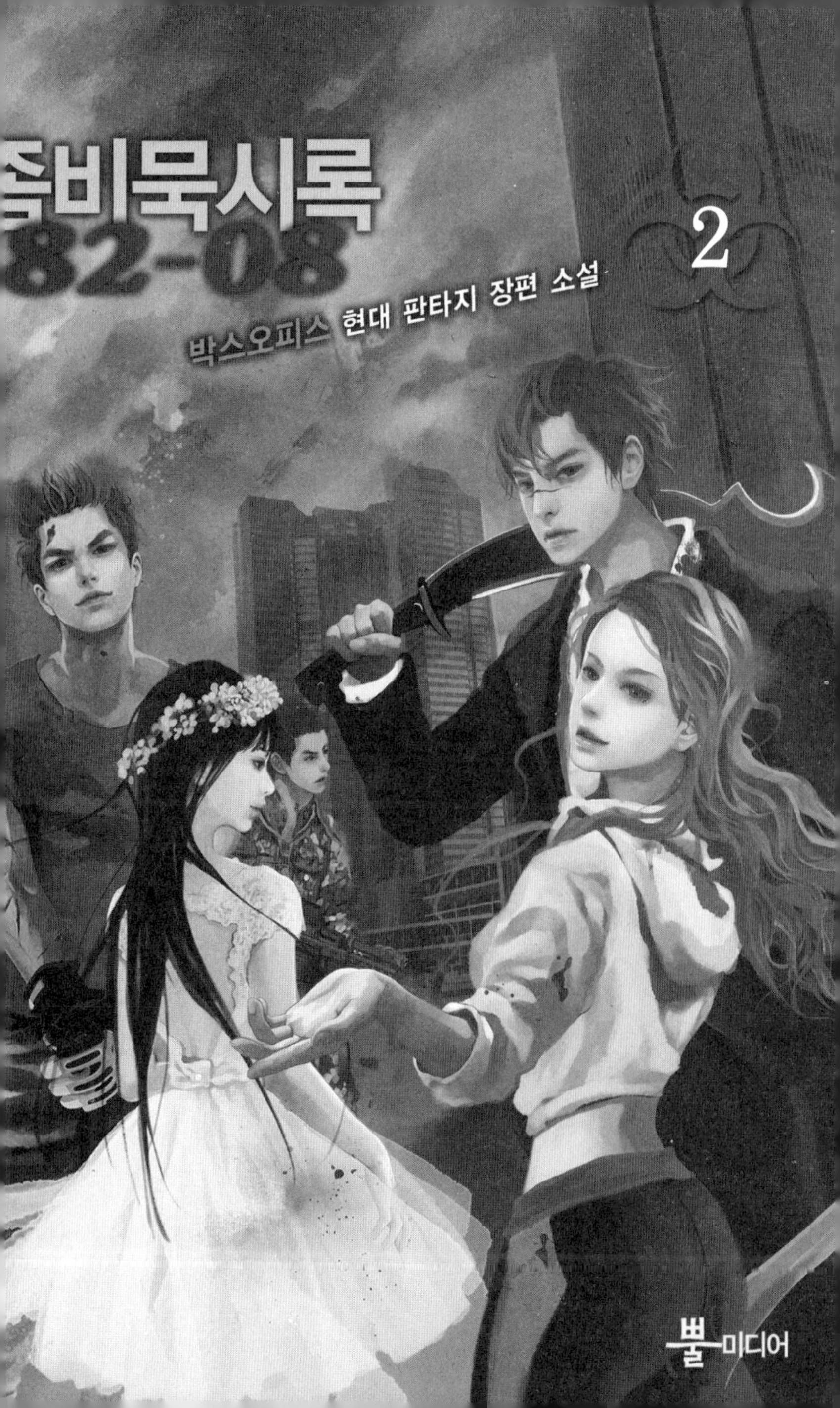
좀비묵시록
82-08
2
박스오피스 현대 판타지 장편 소설
뿔미디어

CONTENT

1장
위험한 잠입

1

한낮의 태양은 이글이글 타오르고 있다. 아주 끓으려고 드는구나, 유빈은 이마의 땀을 훔치며 뻐근한 어깨를 주물렀다. 오전부터 몇 시간 동안이나 계속 좀비들을 못으로 꿰뚫어 끌어 올리고 대갈통을 부수느라 혹사당한 근육이 욱신거렸다.

"후우우~"

복지 센터 벽에 기대앉아 담배에 불을 붙이는 삼식이의 얼굴에도 지친 기색이 역력하다. 어제부터 굶은 배에서는 꼬르륵, 꼬르르륵, 난리가 났다. 하지만 이런 와중에도 아직 기운이 남은 녀석이 하나 있다. 바로 보안관이다.

"푸아! 더 시간 끌지 말고 빨리 가자! 음식 챙겨 와야지!"

머리에 물을 뿌려 열을 식힌 보안관이 채근을 했다. 맞는 말이다. 뭘 먹어야 살 수 있고, 싸울 수도 있다. 그러니 무슨 수를 써서라도 번화가에서 음식을 가져와야 한다. 그런데… 유빈은 한숨을 쉬었다. 어제 보았던 그 끔찍한 광경, 좀비들이 사람을 물어뜯고 사방에 피가 튀던 그 거리에 다시 가야 한다고? 게다가 저놈의 경전철역.

"저게 저렇게 중간에서 딱 가리고 있으니까 그 너머에 뭔일이 일어나고 있는지 전혀 모르잖아. 저것만 아니면 여기 옥상에서 번화가까지도 살펴볼 수 있었을 텐데……."

유빈은 경전철 역을 가리키며 투덜거렸다. 완공되지 않은 몰골마저 불길하게 느껴졌다.

"하지만 좋은 점도 있어. 만약에 저게 시야를 막고 있지 않았다면 여기에 뒈져 있는 것들보다 더 많은 괴물들이 몰려들었을걸?"

담배 연기를 길게 뿜으며 삼식이가 말했다. 일리가 있는 이야기라 유빈은 머리를 한 대 얻어맞은 기분이었다. 저쪽에서도 보이지 않는다……. 분명히 그게 무언가 활용할 만한 이점이 되어줄 것 같았다. 머리에서 물기를 털어낸 보안관은 유빈과 삼식이를 재촉했다.

"저 건물이 있어서 좋으니 싫으니, 그딴 거 떠들 시간 있으면 빨리 물이라도 한 모금씩 마시고 무기 챙겨. 더 시간 끌면 걸어가다가 쓰러진다. 난 지금도 배가 고파서 머리가 아파. 이건 오씨 아저씨 가방인가? 좋아, 여기다가 먹을 걸 담아 오면 되겠네."

보안관은 공구 가방을 비운 다음 비스듬히 메고 철책을 향해 걷기 시작했다. 그 뒷모습을 보고 있던 유빈의 머릿속에 갑자기 불길한 생각이 휘몰아쳤다. 이건… 너무 무모하다. 유빈은 다급하게 보안관을 불렀다.

"잠깐! 잠깐만! 보안관, 이게 아니야."

"응? 왜 그래?"

보안관이 뒤를 돌아봤다.

"가서 어떻게 할 거야? 계획이 있어?"

유빈이 물었다.

"계획? 별다른 계획씩이나 필요한 상황인가? 지금 우리는 아무것도 못 먹은 지 거의 만 이틀째야. 그리고 저 너머 번화가에는 먹을 게 잔뜩 있고. 저길 넘어간 다음, 번화가 가장 귀퉁이에 있는 가게에서라도 아무거나 음식을 좀 챙겨 오자. 뭐, 그러다가 놈들 한두 마리를 만나면 죽이는 거고. 이게 내 계획이야."

그건 뭔가 충분하지 않다. 유빈이 보안관에게 다시 물었다.

"보안관, 우리 중학교 다닐 때 스타 전적 기억하지?"

"응? 그건 난데없이 뭔 소리야?"

"기억하느냐고."

"그래. 열 판 싸우면 아마 내가 아홉 판은 졌지. 생각하면 이상했어. 네가 손이 되게 빠르거나 그런 것도 아니었는데……. 근데 안 그래도 바쁜 지금, 그런 옛날이야기를 왜 꺼내는 건데?"

조금 짜증스럽다는 표정을 지으며 보안관이 허리를 짚었다.

"그때도 네가 짜증스럽게 물었지. 내가 특별히 잘하는 것 같지도 않은데 어째서 맨날 이기는 거냐고. 지금 그 비밀을 말해줄게."

"아, 이놈 좀 봐라? 삼식아, 들었지? 내 말이 맞았어. 유빈이, 저 자식… 꼼수가 있었던 거야. 세상에 친구라는 게 그런 꼼수를 5년이 넘도록 말도……."

"그건 정찰이었어."

삼식이에게 말을 걸고 있던 보안관은 유빈의 말을 듣자 어이없어 하며 물었다.

"정찰? 그게 다라고?"

"응. 넌 꽤 잘해. 손도 빠르고, 몰아치는 힘도 있었지. 감도 좋아. 하지만 그래서 그런지, 넌 정찰을 거의 하지 않았어. 위치 확인만 하고 나면 그냥 네가 하고 싶은 것에만 집중했잖아."

보안관은 턱을 쥐고 고개를 갸웃거렸다.

"…내가 그랬었나?"

"응. 하지만 난 정반대였어. 게임하는 내내 계속 정찰을 보내고 또 보내서 네가 뭘 하는지 알아내려고 했거든."

"일꾼 값 50원 아깝게! 여덟 마리면 400원인데."

"하지만 그렇게 안 하면 못 이기는걸."

흠, 그랬군. 잠시 머리를 긁적이며 생각에 빠져 있던 보안관이 말했다.

"그러니까, 먼저 정찰을 하자고?"

"맞아. 우린 지금 저쪽에서 무슨 일이 벌어지고 있는지 아무것도 모르고 있잖아. 괴물의 수는 얼마나 되는지, 몇 명이나 살아남았는지… 그런 것들을 먼저 보고 와서 그다음 일을 계획해도 늦지 않아."

"하지만 그렇게 하기엔 배가 너무 고픈데……."

망설이는 보안관에게 삼식이가 제안했다.

"역에 가면 자판기가 있으니까, 콜라를 배 터지게 먹으면 되지. 그렇게만 해도 굶어 죽지는 않을걸?"

유빈이 신중하게 덧붙였다.

"역까지 가는 것도 조심해야 해. 너희도 어제 봤겠지만, 분명히 뽕짝 아저씨가 저 벌판 언덕 아래 어딘가로 걸어가 버렸어. 그 사람 하나만 그런 게 아닐지도 모르고, 또 우리는 개 아저씨도 역 안에서 만났었지. 어제 다리 아래로 밀어버렸지만, 산책로로 다시 기어 올라왔을 수도 있어."

"그럼 거기까지도 가지 말자는 말이야?"

"거기도 안전한 곳은 아니라는 뜻이야. 그러니까 최소한의 대비를 생각해 놓고 여길 나서자고. 우리 전부 다 아무 피해 없이 안전하게 돌아올 수 있도록. 우리가 저것들보다 약하고 수도 적으니까 한 발짝, 한 발짝 조심해서 움직여야 해. 지금까지 우린 운이 좋았어. 하지만 앞으로도 계속 그럴 거라고 기대할 수는 없지."

"이 지경이 됐는데 운이 좋았다고 해야 하나? 가족들 생사도 모르고, 배는 등가죽에 붙으려고 하고, 바로 눈앞에는 시궁창 냄새 풍기는 시체가 한가득인데."

"그래도 우리는 어쨌든 이렇게 살아남았으니까……."

유빈의 대답이 모두의 가슴을 찌르며 현실을 다시 되돌아보게 만들었다. 그랬다. 불과 24시간 만에 실로 수없이 많은 사람들이 죽었고, 다시 되살아나 다른 사람을 죽인다. 세상은 그제와는 확연히 다른 곳이 되어 있다. 그 끔찍한 난동 속에서 대체 몇 사람이나 살아남은 걸까?

"끄응~ 성미에는 안 맞지만, 일리는 있네. 삼식이, 네 생각은 어때?"

깨끗이 포기한 보안관은 뜨끈뜨끈한 바닥에 털썩 주저앉아서 물었다.

"훗, 어처구니없군. 설마 나한테 머리를 쓰라는 말은 아니 겠지?"

삼식이가 잘난 척하며 대답한다. 그래그래, 보안관은 체념 한 듯 고개를 끄덕거리면서 유빈에게 시선을 돌렸다.

"자, 그럼 이제 유빈이, 네가 계획을 말해봐."

"그렇게 대단한 건 아니야. 물론 앞으로 해야 할 일들은 엄 청나게 많지만, 그런 건 하루 만에 끝낼 순 없을 거야. 오늘은 역까지 오가는 경로에만이라도 몇 가지 장치를 해두고 싶어."

"어떤 장치?"

"함정 같은 거지. 우리는 안전하게 빠져나오고, 저놈들은 그러지 못하는."

"조금 더 구체적으로 말해봐. 나도 좀 알아들을 수 있게."

삼식이가 관심을 보이며 끼어들었다.

"예를 들자면 저 철책."

유빈은 어제 괴물들에 의해 부서진 철책을 가리켰다. 4미터 정도의 넓이가 앞으로 무너져 내려 있었다.

"저건 이제 더 이상 괴물들을 막아주지 못해. 하지만 저렇 게 됨으로써 생긴 장점도 있지. 우리를 쫓는 놈들이 어디로 올 지를 미리 알고 있는 거잖아. 암만 대갈통이 빈 놈들이라도 넘 을 수 있는 곳이 어딘지는 아니까."

"음, 그러고 보니 어제 그놈들도 저기가 무너지자마자 전부 뛰어 들어왔었지. 애먼 데서 헤매는 놈 없이."

보안관이 새삼 신기하다는 듯 고개를 끄덕였다.

"그래. 그러니까 저기에 함정을 설치해 두고 우리가 그 부근에서 철책을 넘기만 하면 놈들이 알아서 뛰어들어 줄 거야. 예를 들어……."

유빈은 무기가 되어줄 만한 것을 찾아 좌우로 고개를 돌려 봤다. 건축자재들을 쌓아둔 팔레트, 몇 가지 공구, 각목 더미, 파이프, 알루미늄 새시, 철근, 레이저 와이어, 벽돌. 저것들 중에서 뭐가 가장 효과적일 것인가…….

치명적인 무기를 만들고 싶은 유빈이 잠시 생각에 잠겨 있는 동안 보안관이 벌떡 일어나서 구리 파이프 한 다발과 해머를 집어 들고 왔다.

"이제 무슨 말인지 알아들었어. 나한테 좋은 생각이 났으니까 뒤는 맡겨줘."

그렇게 말하고 나서 보안관은 다시 절단기와 레이저 와이어 한 다발을 가지고 왔다. 뭘 하려는 걸까 싶어진 유빈이 멍하니 보고 있는 동안 보안관은 볼트를 풀어 무너진 철책의 철망들을 떼어냈다. 그리고 삼식이의 도움을 받아 철책 기둥 아래 지면에서 40센티 정도 되는 곳에 레이저 와이어를 팽팽하게 당겨 걸었다.

"대충 알겠지? 저 새끼들이 만약 여기를 지나 달려오면, 이 철조망에 다리가 걸릴 거야. 그리고……."

보안관은 장치를 해둔 철책 앞에 구리 파이프를 찔러 넣은 뒤, 해머로 내려쳐서 깊숙이 박았다.

"걸려 넘어지는 새끼들은 여기에 꽂히는 거지. 이런 걸 몇 개만 더 박아두면 서너 마리 정도는 따돌릴 수 있어, 운이 맞아서 아예 뒈져 주면 더 좋고, 어때? 무너진 철책마다 이렇게 해두자."

해머에 맞아 찌그러진 구리 파이프의 단면은 원래보다 더 날카로워져 있었다. 굵기도 적당하다. 유빈은 엄지손가락을 들어 보였다. 함정의 구조를 살피던 삼식이가 걱정스러운 얼굴로 물었다.

"그런데 이거, 괜히 멀쩡한 사람이 지나가다가 걸리면 어쩌지? 그냥 와이어 한두 가닥이라서 미처 못 보고 뛰어올 수도 있어."

"뭔 소리를 하는 거야? 여기 우리 말고 다른 사람이 어디 있다고?"

자꾸 시간이 지연되자 보안관은 짜증을 부렸다.

"그거야 모르지. 하지만 저렇게만 해두면 난 불안해서 잠을 못 잘 것 같아. 잘 봐. 만약 어떤 사람이 용케 괴물들 틈에서 살아났는데 우연히 이쪽으로 도망치다가 저 와이어에 걸려서 넘어지면서 바로… 푹! 어휴, 생각만 해도 너무 억울할 것 같다."

자기 배에 파이프가 찔리는 시늉을 하면서 삼식이는 고개를 설레설레 저었다. 들어보니 그 역시 타당한 이야기다. 보안관은 한숨을 쉬며 말했다.

"좋아, 거기에 뭔가가 있다는 표시만 하면 되는 거잖아. 만에 하나 있을지도 모르는 생존자가 아무 생각 없이 달려오지 않도록."

보안관과 삼식이는 결국 빈 음료수 캔에 구멍을 뚫어 와이어와 함께 잘랑잘랑 걸어두는 것으로 타협을 봤다. 이 정도면 어느 정도 준비는 된 것 같다.

"그럼, 이제 진짜로 출발하자. 서둘러야 해. 조금 있으면 해가 질 테니까."

네 번째 철책 앞에 구리 파이프를 열댓 개 박아놓고 나니, 보안관이 차고 있는 시계로 오후 다섯 시 반이었다. 세 친구는 괴물들과 그들을 갈라놓고 있는 역사를 향해 철책을 넘어 걸어가기 시작했다.

"집 잘 보고 있어!"

2층의 신입에게 삼식이가 레이저 와이어 더미를 탬버린처럼 흔들며 인사를 했다.

"혹시 말이야, 이런 풀밭 속에 괴물들이 기어 다니고 있으면 어쩌지?"

구리 파이프로 길게 자란 잡초들을 헤치고 걸어가면서 삼식이가 말했다.

"걔들이 왜 기어 다니겠냐? 펄펄 날다시피 하더구만."

보안관은 말 같잖은 소리라는 표정을 지으면서도 또 말대꾸를 해주었다.

"그러니까 허리가 뚝 끊어진 놈들이라든지, 아니면 두 다리가 부러져서 걷지 못하는 놈들이 팔꿈치로 사사사삭, 기어오는 거지. 오오오~ 보안과안! 꼬추 떼어 먹자~ 이러면서."

"저리 꺼져, 이 새끼야! 재수 없어!"

듣기만 해도 소름이 끼친 보안관은 달라붙는 삼식이를 밀쳐냈다. 그러는 동안 유빈은 계속 좌우를 살피고 뒤쪽을 힐끔거렸다.

"유빈이, 넌 또 왜 그래? 똥 마려워?"

깨물려고 달려드는 삼식이의 얼굴을 밀어내며 보안관이 물었다. 유빈은 얼굴을 찡그리며 대답했다.

"이씨, 나올 똥이 어디 있냐? 그게 아니라 내가 생각이 짧았어. 신입에게 망을 좀 봐달라고 하는 거였는데. 걘 우리보다 시야가 훨씬 넓잖아."

이제는 꽤 멀어진 복지 센터를 돌아보니 여전히 신입은 창문에서 얼굴을 떼지 않고 눈으로 그들을 좇고 있었다. 표정이 자세히 보이진 않지만, 분명 평온해 보이기는 한다.

"뭐, 가끔 돌아보면 되지. 저 새끼가 당황해서 난리를 치고 있으면 잽싸게 도망치자."

세 번째 철책에도 동일한 함정을 만들어둔 다음, 그들은 떨리는 마음으로 산책로에 진입했다.

1킬로미터도 안 되는 거리 차이지만, 이곳에 오니 역 건너편으로부터 괴물들의 울부짖음이 들려와 적막함을 깬다. 그리 큰 소리가 아닌데도 오히려 그것이 더 사람을 불안하게 만들었다.

"자, 여기서부터는 정말 더 조심해야 해."

삽을 바짝 치켜들면서 유빈이 다짐하듯 말했다. 길게 뻗은 산책로와 자전거 도로, 그리고 개천 부근의 갈대밭까지… 모든 것이 너무나 정적이어서 공포 영화 속으로 걸어 들어온 듯하다.

ㄹ

사람이나 자동차가 하나도 보이지 않는 도시의 풍경이 이렇게까지 무서운 것일 줄은 상상도 하지 못했다.

"너무 쫄지 마. 원칙이 아주 간단하니까 그것만 명심하면 돼. 다섯 마리까지는 내가 혼자 상대할 수 있어. 너희가 도와

주면 여섯 마리까지도 가능하고. 그러니까 만약에 저것들이 일곱 마리 이상이다, 그러면 무조건 다 내던지고 뒤돌아서서 달리면 돼. 쉽지?"

보안관이 해머를 야구 배트처럼 휘두르며 이야기하자 삼식이가 웃음을 터뜨렸다.

"푸하하! 아이고, 배야. 보안관, 너 뻥 좀 그만 쳐. 우리 앞에서 센 척해봐야 뭐한다고. 다섯 마리는 암만 생각해도 무리지. 생각을 좀 해봐라. 그냥 때려눕히는 게 아니라 머리를 뽀개야 하는 거잖아."

"그, 그런가? 크크큭, 그럼 4대1까지 가능해. 어때, 그건 납득하지?"

보안관도 쑥스럽게 따라 웃었다. 삼식이는 냉정하게 고개를 저었다.

"그것도 많아. 3대1. 우리가 거들면 네 마리 정도는 어떻게 할 수 있다고 치고, 다섯 마리부터 도망가는 걸로 하자."

유빈도 거기에 동의했다.

"삼식이 말이 맞아. 괜히 무리할 필요는 없어. 배가 고픈 게 죽는 것보다는 나아."

"좋아, 좋아. 지금은 완전히 공복이니까… 배만 안 고프면 정말 5대1도 문제없다니까."

싸움의 방침을 정한 그들은 먼저 산책로 내에 트랩을 만들어두기로 했다. 잔디밭을 보호하기 위해 쳐놓은 경계 기둥과 가로등 사이에 50센티미터 정도의 높이로 레이저 와이어를 당겨서 걸어두었다.

그렇게 산책로의 양쪽을 막아놓고 나니, 기껏해야 철조망한 줄뿐이지만 왠지 든든해 보였다. 이렇게 해두면 어제처럼 양쪽이 모두 막힌 상황에 처하더라도 철책을 넘는 시간을 벌수 있다. 잘랑~ 잘랑~ 함께 끼워놓은 빈 깡통이 바람이 불때마다 가볍게 흔들렸다.

"몇 시야?"

"여섯 시 이십 분."

다행히 하늘은 파랗고, 해가 질 기미도 아직은 없다. 세 친구는 구름다리로 이어진 철책에 다가가 역 안쪽을 들여다봤다. 조용하다. 어젯밤 찢어진 철조망에 옆구리가 꿰어져 버둥거리던 녀석마저도 피범벅된 살점 조각들만 덕지덕지 붙여놓은 채어딘가로 사라져 버렸다.

"들어간다?"

보안관은 말이 다 끝나기도 전에 무너진 철책을 넘어 역 안으로 걸어 들어갔다. 삼식이와 유빈도 뒤를 따랐다. 어젯밤 개아저씨를 만났던 자리를 지나면서 혹시나 싶어 고개를 숙여하천을 둘러봤지만, 별달리 수상한 것은 눈에 띄지 않았다. 하다못해 시체라도 몇 구 둥둥 떠내려올 거라 생각했는데, 물은 어제저녁과 변함없이 조용히 흘렀다.

"아낌없이 쓰자, 묵힌다고 돈 되는 것도 아니고."

지하 통로와 이어진 첫 번째 철책에 남아 있는 레이저 와이어 더미 모두를 촘촘한 용수철 모양으로 걸며 보안관이 말했다. 그 작업이 끝나자 모두는 감격한 표정으로 자판기를 향해 다가갔다.

"아아, 네가 얼마나 보고 싶었는지 아니? 너도 그랬지? 조금만 기다려, 오빠가 지금… 억!"

두 개의 자판기 중 오른쪽 것에 붙어 쪽쪽거리던 삼식이가 천 원짜리 지폐를 넣으려다 숨넘어가는 소리를 내며 입을 막았다.

"…얘들아, 이거 어떡해? 정전이야! 우리 음료수 못 사."

보안관은 상대도 해주지 않았다.

"삼식아, 이제 우리 돈 없이도 살 수 있어……. 비켜봐, 문 부숴야 하니까."

삼식이의 엉덩이를 툭툭, 쳐낸 보안관은 해머로 자물쇠를 힘껏 내려쳤다.

꽈아아아아앙~!

조용하던 역사를 뒤흔든, 그 엄청난 메아리 때문에 깜짝 놀란 세 친구는 어깨를 움츠린 채 잠시 얼음처럼 경직되어 있었다.

"…이거, 소리 너무 큰 거 아니야? 어디까지 들렸을까?"

눈이 똥그래진 유빈이 철책 너머를 기웃거리며 물었다. 당황한 것은 해머를 휘둘렀던 보안관도 마찬가지다.

"아, 씨발. 놀랐어. 이게 이렇게 큰 소리가 나냐?"

하지만 유감스럽게도 자판기 문은 아직 잠겨 있었다. 살짝살짝 두어 대 쳐봤지만, 그렇게 해서 열릴 물건이 아니었다. 보안관은 눈을 질끈 감고 한 번 더 힘껏 해머를 휘둘렀다.

꽈앙~앙앙앙~!

지하 통로를 울리며 소리가 퍼져 갈 때마다 유빈은 심장이 움찔움찔 멎는 것 같은 기분이었다.

"됐다!"

도도하게 버티던 자판기의 문이 덜렁거리며 힘없이 열렸다. 랙 위에 차곡차곡 쌓여 있는 청량음료들이 모습을 드러낸다. 세 친구는 소리를 내지 않기 위해 입을 꽉 다문 채 몸만 미친 듯이 흔들었다. 그것은 소리 없는 아우성!

"자, 마셔! 마셔!"

삼식이가 스포츠 드링크 캔을 꺼내 보안관과 유빈에게 던진 후, 자신의 입에도 가져갔다.

"크어어어~!"

커다란 캔 하나를 순식간에 원 샷으로 끝낸 세 사람의 입에서 기계처럼 똑같은 탄성이 흘러나온다. 아직 서늘한 기운이 조금 남아 있는 음료수가 식도를 지나 위장을 감싸고 돌면서 삶이란 무엇인지를 말해주는 듯했다.

미지근하고 플라스틱 냄새가 나는 아이스박스 맹물과는 레벨이 달랐다. 너무 짜릿해서 조금 어지러워진 보안관이 이마에 손을 짚고 비틀대는 동안, 삼식이는 재빠르게 두 번째 축배를 준비했다.

"이번에는 세다. 각 잡고 마셔라."

올림픽 로고가 새겨진 빨간색 콜라 캔이 손바닥 안에 들어 있다. 유빈은 홀린 듯이 그것을 바라보았다. 몇 주 뒤에 열리는 올림픽. 일을 마치고 숙소로 돌아가서 보안관, 삼식이와 함께 TV 앞에서 치킨을 뜯고 맥주와 콜라를 마신다. 부록으로 따라온 핑크 펀치의 브로마이드를 감상하다가 무가 조금이라서 분노하고… 얼마나 꿈같은 이야기인가.

"야, 뭐해? 빨리 마시고 가자. 해 질라."

가방 안에다 음료수들을 집어넣던 보안관이 유빈의 망상을 깨운다. 유빈은 세차게 도리질을 한 다음, 탄산이 톡톡 튀어오르는 콜라를 쭈욱 들이켰다. 가방을 가득 채우고도 아직 음료수는 절반 이상 남았다. 보안관이 기특하다는 듯 자판기를 톡톡, 두드렸다.

"이 자판기 꽤 많이 들어가네. 200개는 훨씬 넘겠는데? 꽉 차 있던 것도 아닌데……."

음료수는 확보했으니 다음은 정찰이다. 그런데 역 플랫폼 위에서 아무리 좌우로 돌아다녀 봐도 별 대단한 정보를 얻을 수가 없다. 번화가보다 약간 낮은 위치에 역이 지어졌기 때문이다. 그들이 볼 수 있는 것은 지하 통로 너머에 서 있는, 불 꺼진 건물 몇 개와 그 건물들 사이로 언뜻언뜻 비치는 풍경뿐이었다.

컹컹컹컹! 멍! 멍!

어디에선가 개 짖는 소리가 크게 울렸다. 무슨 상황일까? 폭이 1미터도 안 되는 좁은 틈 사이로 비치는 광경만으로는 아무것도 분명하지 않다. 다만, 사람의 형상이 휙휙 지나쳐 다니는 것만은 멀리에서도 확실히 보였다.

"저거, 괴물이겠지?"

유빈이 물었다. 음, 보안관이 고개를 끄덕였다.

"저 위에 올라가면 보일 거야."

삼식이가 플랫폼 끝에 세워진 4층짜리 역사를 가리켰다. 커다란 건물은 칙칙하고 어두컴컴하다. 가까이 가고 싶지 않은 곳이다. 측면에 고스란히 노출된 철골 구조 때문에 마계에서 소환되었다고 해도 믿어줄 수 있을 것 같은 모양이다.

"몇 시야?"

"여섯 시 사십오 분."

역사 현관까지 걸어간 세 친구는 침을 꿀떡 삼키며 건물을 올려다봤다. 후우~! 절로 한숨이 새어 나온다. 게다가 앞장서서 걷던 보안관이 더욱 찜찜한 걸 발견했다.

"이거 봐."

뚝뚝 흘리면서 걸어간 듯한 핏자국이 검붉게 바짝 말라 있다. 근처의 철책에서부터 역사 안쪽까지 쭈욱 이어져 있는데, 꽤 많은 양이다. 그제 새벽에 비가 많이 왔던 걸 감안하면 이 피의 흔적을 남길 수 있던 시간은 어제밖에 없다.

"이 안으로 도망갔던 거야. 조심해."

목소리를 낮춰 경고한 뒤 보안관이 앞장을 섰다. 활짝 열린 유리문에도 피가 잔뜩 묻어 있다. 스패너를 허리에 차고 해머를 든 보안관은 핏자국을 따라 천천히 걸음을 옮겼다.

마지막으로 문 안에 들어선 유빈은 유리문을 닫은 뒤, 들고 있던 콜라 캔을 가운데에 세워두었다. 이렇게 해두면 위층에 있어도 누군가 문을 밀치고 들어왔을 때 소리로 알 수 있다. 2층으로 향한 계단을 절반쯤 오르자 햇빛이 닿지 않아 실내는 점점 어두워졌다.

"존나 깜깜하네. 삼식아, 라이터 좀 줘봐."

라이터를 켠 손을 앞세워 걸으며 보안관은 해머를 바투 쥐었다. 계단 여기저기에 정신없이 떨어져 있는 핏자국은 3층 복도로 이어진 문 앞에서 딱 끊겨 있었다. 문은 닫혀 있다.

쿠웅~

그롸아악!

쿠웅!

손잡이를 잡은 채 문에 귀를 대보니 아주 희미하지만 분명하게 괴물의 울부짖음이 들려온다. 거기에 쿵쿵거리며 어딘가에 몸을 부딪치는 소리도 섞여 있다. 문 바로 건너편에 있는 것 같지는 않았다.

"이 안이야."

얼굴의 땀을 훔친 보안관이 속삭였다.

"그냥 이 문을 잠가놓으면 꼭 3층을 통하지 않아도 위의 옥상으로 갈 수는 있어. 하지만 역시 처리를 해놓는 게 마음이 편하겠지?"

유빈과 삼식이는 고개를 끄덕였다. 저 괴물이 울부짖어서 동료들을 부르는 것일지도 모른다. 조용해지도록 만들어야 할 것 같았다. 보안관은 두 손으로 해머를 꽉 쥐고 한 발 물러서며 문을 당기라는 신호를 보냈다.

하나, 둘, 셋……. 고개를 끄덕이는 것으로 카운트를 함께 한 뒤, 유빈이 문을 잡아당겼다. 아무것도 없다. 하지만 괴물의 그르렁 소리는 조금 더 커졌다. 고개를 내밀어보니 3층의 긴 복도에 줄줄이 떨어진 핏자국이 눈에 들어온다. 복도 가장 끝 방이다. 거기에 괴물이 숨어 있다.

"가자."

보안관이 앞장서서 살금살금 걸어 들어갔다.

그라아악! 그락! 그라락!

쿵쿵! 쿵쾅!

세 친구가 복도 안쪽으로 다가갈수록 괴물의 울부짖음은 미친 듯이 커졌다. 어찌나 세차게 문을 두드리는지, 금방이라도 활짝 열리며 튀어나올 것만 같다.

"아이, 씨발 새끼. 존나게 시끄럽게 구네. 빨랑 해치워야지, 이러다가 동네에 있는 괴물들 다 몰려오겠다."

보안관이 이를 빠드득, 갈며 복도 끝을 향해 뛰어갔다. 조심해, 말려보려던 유빈의 이야기가 입 밖에 소리가 되어 나오기도 전에 복도 측면에서 유리창을 깨고 괴물이 튀어나왔다.

와장창!

몸을 날린 괴물이 보안관을 덮치면서 아가리를 벌린다.

"어쭈!"

당황한 보안관이 재빠르게 몸을 피함과 동시에 해머를 들어 괴물의 얼굴을 틀어막았다.

칵!

해머를 꽉 깨문 괴물의 누런 앞니가 부러져 안쪽으로 말려 들어간다. 보안관은 발로 괴물의 배를 힘껏 찬 뒤, 그 틈을 타서 몸을 뒤로 굴러 일어났다.

"하아, 뭐야, 이 새끼? 어디에 숨어 있다가 갑자기……."

보안관은 해머를 휘두를 공간을 확보하기 위해 복도 왼쪽으로 붙어 섰다.

크르르르~!

나지막이 울부짖으며 몸을 일으키는 괴물의 얼굴은 엉망진창이었다. 조금 전 유리를 깨고 나오다가 찢어진 상처와 원래 괴물들에게 물어 뜯겼던 것 같은 볼에서는 검고 진득한 피가 고름처럼 주르륵 흘러나왔다. 괴물의 눈에 박혀 있는 커다란 유리 조각이 놈이 움직일 때마다 흔들거리며 가죽을 더 찢어놓았다.

그라아악!

괴물이 다시 보안관의 목을 노리면서 몸을 날렸다. 보안관도 기다렸다는 듯 허리를 돌려 해머를 휘둘렀다. 뻐걱! 공중에서 커다란 해머에 맞은 괴물은 사선을 그리며 옆으로 날아가 벽을 받은 뒤 떨어졌다. 놈이 아직 움직이는지 아닌지 눈으로 확인하기도 전에, 보안관은 다시 한 번 해머를 내려쳤다.

콰각각! 약간 비껴 맞은 괴물의 머리통이 움푹해지고, 여러 개의 목뼈가 한꺼번에 부러져 꺾였다. 발끝을 한 번 부르르 떤 괴물은 더 이상 움직이지 않았다.

"너 때문에 놀랐잖아, 이 새끼야! 후우… 한 마리가 아니었네."

보안관은 괴물의 다리를 신경질적으로 걷어찬 후, 다시 복도 맨 끝 방을 향해 걷기 시작했다.

"이번에도 또 여러 마리일 수 있어."

쿵쿵, 울리고 있는 문의 손잡이를 잡은 채 유빈이 말했다. 해머를 쥐고 준비하고 있던 보안관도, 삽을 잡고 있는 삼식이도 고개를 끄덕였다. 심장이 벌렁벌렁 뛰었다.

"두 번째 놈은 나랑 삼식이에게 맡겨. 너는 첫 번째랑 세 번째를 상대하면 돼."

"세 번째라니? 세 마리나 있을까?"

보안관이 조금 질린다는 얼굴로 물었다. 유빈이 대답했다.

"만약 있다면 네 몫이라는 거야."

모두 고개를 끄덕이고 준비를 마쳤다. 셋을 헤아린 후 문을 열었을 때, 안에서 발광하던 괴물이 뛰어나왔다. 그롸아아악~! 하얀 막이 씐 눈이 번들거리고 이빨에는 끈적거리는 점액이 가득 끼어 있다. 고작해야 중학생일 여자아이가 피투성이 교복 차림으로 달려든다.

3

"…이런!"

성인 키 높이만 노려보고 있다가 아래쪽에서 150센티미터도 안 돼 보이는 애송이가 덮쳐 온 순간, 모두 멈칫했다. 제기랄! 하지만 괴물이라는 사실엔 변함이 없다. 눈살을 찌푸리며 물러나는 삼식이를 노리고 괴물이 아가리를 벌린다. 유빈은 입술을 꽉 깨물고 그 뒤통수를 향해 돌 깨는 망치를 휘둘렀다.

콰직—!

"…위층으로 가자."

엎어진 채 죽어 있는 소녀의 시체를 잠시 말없이 지켜보던 세 친구는 4층을 지나 옥상으로 향했다. 잠겨 있던 옥상 문을 해머로 부수고 나가니 360도가 확 트인 전망이 눈에 들어온다. 가장 먼저 알게 된 것은 그들이 완전히 고립되어 있다는 사실이었다. 시야가 닿는 모든 도로는 차들로 꽉꽉 막혀 있는 채였다. 물론 그 차들은 조금도 움직이지 않는다.

"괴물들 천국이구만."

건물 끝까지 걸어가 아래를 내려다보던 삼식이가 첫 소감을 말했다. 긴 십자가 두 개가 겹쳐진 형태의 번화가는 괴물들의 행렬로 가득 들어차 있었다. 줄잡아 수십 마리씩 뭉친 괴물들이 너무 느리지도, 또 너무 빠르지도 않은 속도로 번화가 거리를 걸어간다. 지하 통로와 연결된 곳은 물론이고, 작은 골목에 이르기까지 괴물이 서 있지 않은 곳이 없다. 절망적이었다.

"돌아가자."

한동안 괴물들의 모습을 노려보던 보안관이 허탈한 목소리로 말했다. 그렇지 않아도 슬슬 해가 저물어가고 있었다. 세 친구는 실망감에 힘이 빠진 다리를 이끌고 터덜터덜 계단을 내려와 가방을 챙겨 들고 철책을 넘었다. 걸어놓은 함정들은 모두 처음 설치해 놓았던 형태 그대로이다. 적어도 괴물이 이리로 지나가지는 않았다.

"저 새끼들을 어떻게 이기지?"

벌판까지 한참을 말없이 걷다가 삼식이가 입을 열었다. 보안관이 힘없이 웃었다.

"이길 수 있을까가 아니라, 어떻게 이기지냐? 하여간 존나게 긍정적인 새끼라니까."

삼식이는 당연하다는 듯 대답했다.

"이겨야 우리가 살지."

유빈은 두 친구의 어깨에 팔을 걸치며 웃었다. 웃어야 이길 때까지 버틸 수 있다.

"그래, 이기자. 꼭 이겨서 살아남는 거야. 악착같이!"

복지 센터에 도착했을 때, 신입은 곯아떨어져 있었다. 잠에 취한 녀석을 계속 불러 억지로 깨운 뒤, 밧줄을 내리라고 해서 타고 올라갔다.

"내일은 사다리부터 만들어야지. 저 새끼 믿고 있다가 큰일 나겠어."

굼뜬 신입의 움직임에 짜증이 난 보안관이 투덜거렸다.

"왜 이렇게 늦었어, 씨발. 너희는 다 같이 몰려나가 버리면 그만이지만, 난 혼자 시체들이랑 있느라고 존나게 무서웠는데……."

잠이 덜 깬 신입이 엉덩이를 긁적거리며 짜증을 부린다.

"저 시체들은 움직이지나 않지."

보안관이 짧게 대답하고 가방에서 음료수를 하나 꺼내 내밀었다. 눈이 커진 신입은 급하게 뚜껑을 따서 들이켰다. 캔을 세 개나 비운 다음 신입이 물었다.

"그래, 저쪽 동네는 좀 어땠어?"

"아아, 정말 좋더라. 비키니만 입은 여자들 오백 명이 퍼레이드를 하는데……."

삼식이가 장난기가 가득한 얼굴로 대답했다.

"지랄! 농담하지 말고."

"뻔하지, 뭘 물어봐? 그냥 좀비 밭이야. 오늘도 두 마리나 해치웠어."

유빈이 대답했다. 겁을 먹은 신입은 더 알고 싶지 않은지 입을 다물어 버렸다.

어젯밤처럼 페인트 통에 각목을 넣고 불을 피운 뒤, 모두 둘러앉아 가만히 불빛을 들여다봤다. 어제와 다른 점이라면, 아래에서 울부짖는 괴물들이 없고, 그들의 손에 음료수 캔이 하나씩 쥐어져 있다는 것 정도다. 분위기를 바꿔보고 싶은 유빈이 제안을 했다.

"그래도 오늘 우리 목표는 이뤘어. 정찰도 했고, 음료수라도 챙겨 왔고……. 어때? 소주 한잔할까?"

"좋지."

보안관이 고개를 끄덕이며 소주병을 쥐려 할 때, 신입이 재빨리 병을 낚아채며 일어났다.

"내가 하지."

허세 가득하게 소주병 뚜껑을 돌린 신입이 삼식이의 음료수 캔에 소주를 쫄쫄쫄 따라 주며 근엄한 목소리로 말했다.

"자, 한 잔씩 받아라. 에… 너희 모두 고생 많았다. 하지만 오늘 우리는 승리했고, 살아남았지. 너희가 앞으로도 오늘처럼만 나를 믿고 따라준다면 생존하는 게 불가능하지만은 않을 거라 믿는다."

갑자기 달라진 신입의 태도에 삼식이가 빵 터졌다.

"하하하! 아하하! 야, 신입. 너 소주 못 마시는구나? 냄새만 맡고 그렇게 취하면 어떡해? 하하하하! 대장 노릇을 하고 싶었어? 하하."

신입은 다급하게 헛기침을 하며 삼식이의 말을 막았다.

"자꾸 신입, 신입, 하지 마. 너희끼리는 존나 친한 척하고 나만 신입이라고 부르는 거, 그것도 차별이야!"

"아, 그건 그렇네. 그래, 신입 이름이 뭐야?"

보안관이 묻자 신입이 유빈에게 술을 따라 주며 고개를 저었다.

"이름은 됐고… 보안관! 너만 별명 있는 거 아니야. 나도 대학교에서 친구들이 부르는 별명 있어. 그걸로 부르면 돼."

"뭔데?"

"…캡틴."

듣고 있던 세 친구는 말을 잃었다. 누가 들어도 급조한 별명. 게다가 엄청 유치하다. 삼식이조차 웃어주지 않을 정도로 반응이 신통치 않자 신입도 한발 양보했다.

"그럼 마, 마왕이라고 하든가. 여자애들은 그렇게 부르거든."

소주 칵테일을 죽 들이켜며 삼식이가 손을 저었다.

"무리야, 무리. 안 되겠다. 넌 그냥 신입해야겠어. 입에 짝짝 붙는데, 뭐."

턱없는 욕심을 부린 신입 덕에 술자리의 분위기가 조금은 밝아졌다. 빈속에 조금이나마 알코올이 들어가고 나니, 꼬박이틀을 새운 세 친구의 몸은 완전히 늘어져 버렸다. 아직 아홉시가 되기도 전에 그들은 구석으로 기어가 스티로폼 패널 하나씩을 차지하고 누웠다.

"…미안해."

막 잠에 빠져들기 전, 뇌수가 터져 나온 채 엎어진 중학생 꼬마의 조그만 뒤통수가 떠오른 유빈은 조용히 중얼거렸다.

확~! 곧바로 잠이 그를 덮쳤다.

다음 날 아침, 그들을 깨운 것은 햇살이었다. 햇빛이 눈꺼풀 안쪽을 붉게 물들이며 환하게 밝히는 바람에 가장 먼저 눈을 뜬 보안관이 중얼거렸다.

"아, 씨발. 머리 아파……."

시궁창 썩은 냄새가 코를 찌른다. 이런 데서 용케 잠이 들었구나 싶을 만큼 지독했다. 사방이 뻥 뚫려 있고 스티로폼으로 대충 구멍을 덮어뒀지만, 몇 미터 아래에서 이십여 구의 시체가 풍기는 악취를 밤새도록 맡았으니 두통이 생긴 것도 당연한 일이다. 오늘 아침 콜라를 먹고 가장 먼저 해야 할 작업이 저절로 정해졌다. 시체들을 치워야 한다.

"잘 잤어?"

푸스스한 얼굴로 미소를 지으며 아침 인사를 한 삼식이는 담배부터 입에 물었다.

"너 어제부터 담배 많이 피우더라. 그러다 나중에 나이 먹고 후회한다."

유빈이 경고하자 담배 연기를 들이켠 삼식이가 콜록거리며 웃는다.

"캑, 캑. 하하, 당장 내일 죽을지, 오늘 죽을지도 모르는 판국이구만 나이 먹어서 어떻게 되는 걸 누가 무서워해. 콜록,

하하."

어제 밤늦게까지 잠을 설쳐 아직도 웅크리고 있는 신입을 제외하면, 모두가 일어나 음료수를 두어 캔씩 마시는 것으로 아침 식사를 했다. 물론 그래봐야 배는 장이 꼬이는 것처럼 고프지만, 어지러운 건 훨씬 덜하다.

캔 껍데기에 인쇄된 칼로리를 믿는 수밖에 없다. 열 캔 정도면 하루 필요 칼로리를 채울 수 있다. 장비들을 가지고 내려가 건축자재를 쌓는 팔레트로 사다리로 만들었다. 나무 팔레트 두 개를 잘라 세로로 이으니, 2층까지 넉넉히 닿았다.

"너도 빨리 내려와. 할 일이 많아, 오늘."

뒤늦게 일어난 신입이 하품을 하며 의심이 가득한 표정으로 묻는다.

"이거 튼튼해? 괜히 부러져 버리거나 하는 거 아니야?"

"원래 여기다 몇 백 킬로그램씩 자재를 쌓으라고 만든 거야. 끄떡없으니까 내려오기나 해."

결국 보안관의 채근에 못 이겨 신입이 내려온 뒤, 모두 방진용 마스크를 쓰고 장갑을 꼈다. 그리고 바닥에는 어제 철책에서 뜯어낸 격자 모양 철망을 깔았다. 시체를 그 위에 얹은 다음 끌고 가는 편이 훨씬 힘도 덜 들고, 자국도 적게 남을 것이다. 작업에 들어가기 전에 유빈이 미리 말했다.

"어지간히 역겨울 테지만, 어쩔 수 없어. 우리가 안 하면 아무도 안 해줘."

신입은 덜덜 떨면서 시체들의 작은 산을 바라봤다. 하나같이 머리가 뭉개지고 가슴팍이 뜯겨 나간 시체들. 보기만 해도 구역질이 올라올 것 같고, 또 무섭기도 하다. 하지만 언제까지 이곳에 쌓아두고 살 수는 없는 일이다.

표를 내지 않기 위해 애쓰고는 있지만, 유빈과 보안관도 어지간히 긴장한 상태였다. 삼식이가 가장 먼저 다가가 아무렇지도 않게 시체 하나를 철망 위로 끌어내리며 말했다.

"무작정 역겹다고 할 것만도 아니야. 우리도 죽으면 다 이런 모양이 될 테니까. 그냥 내 몸을 어딘가에다 묻는 거라고 생각하면 편해."

"나, 난 절대 안 죽을 거야."

신입이 눈을 부릅뜨고 말했다. 삼식이는 녹아버릴 것 같은 미소를 지으며 대답했다.

"훗, 바보. 사람은 다 죽어. 언제 어떻게 죽는가 하는 차이만 있는 거야. *끄응~!*"

삼식이가 힘을 쓰자 철커덩! 뻣뻣하게 굳은 시체가 철망을 울리며 굴러 떨어졌다.

"으아, 꽤 무겁네. 역시 혼자서는 힘들구나. 신입, 다리 좀 잡아줘. 그렇게 무서워할 필요 없어."

신입은 홀린 표정으로 천천히 시체에 다가갔다. 떨리는 손을 억지로 내밀어 시체의 두 다리를 잡았다. 장갑을 끼고 있는데도 느껴지는 차가움! 그리고 딱딱함!

그가 예상했던 것과 너무나 다르다. 이건 사람의 몸을 만지는 기분이 아니었다. 게다가 찢어진 가죽 사이로 훤히 들여다보이는 근육과 지방. 으으으으, 도저히 견딜 수 없어진 신입은 후다닥 손을 놓고 뒤돌아서 뛰다가 마스크 안에다가 토해 버렸다.

"우웨에에엑!"

액체뿐인 토사물이 마스크에 막혀 다시 코와 입으로 역류한다. 그것이 또 속을 뒤집는 바람에 신입은 노란 위액을 모두 쏟아낼 때까지 몸을 일으키지 못했다.

"난 못해! 나, 나는 못하겠어. 우에엑!"

눈물 콧물이 범벅된 얼굴로 신입이 사정을 하자 삼식이는 머리를 긁적였다.

"…어째 내가 못된 짓을 한 기분이 드네. 마왕이라더니, 뭐 이래?"

결국 시체를 치우는 작업은 특이할 정도로 시체에 대한 두려움이 적은 삼식이를 유빈이 도와서 진행하기로 했다.

"왜 너희 둘만 한다는 거야? 나도 같이해."

보안관이 거들려 하자 유빈이 급히 만류했다.

"넌 이따가 정찰 나갈 때까지 힘을 좀 아껴둬. 만약 싸움이

나면 네가 제일 큰 전력이니까 못 움직이는 사람들 치우느라고 녹초가 되면 곤란해. 우리가 이걸 하는 동안 넌 신입이랑 뒤쪽 산으로 가서 나무 사이에 간간이 와이어 트랩이나 설치해 줘. 혹시 그쪽에서 뭔가가 쳐들어오거나 하면 경보도 될 거고, 조금이지만 시간도 벌어줄 테니까. 아, 그리고 조심하는 거 잊지 말고. 거기라고 괴물이 없으란 법은 없으니까."

나름 그럴듯한 말처럼 들려서 선선히 고개를 끄덕인 보안관은 신입이 몸을 추스른 뒤, 함께 장비를 챙겨 뒷산으로 올라갔다.

"자, 그럼 시작해 볼까?"

삼식이가 어깨 쪽을 잡고, 유빈이 다리 쪽을 잡아 철망 위에 옮겼다. 그다음 철망 끝을 잡고 왼쪽 도로로 50여 미터를 끌고 갔다. 한 사람의 무게를 평균 70킬로그램으로 잡아도 시멘트 네 포대 정도일 뿐인데, 이 일은 그 곱절로 힘이 들었다. 아무리 마음을 강하게 다잡아도 자꾸 헛구역질이 올라와 유빈은 중간 중간 몇 번이나 먼 하늘을 보면서 숨을 골라야만 했다.

괴물들의 모습이 사람과 그리 다르지 않다는 점이 가장 견디기 힘들었다. 왜냐하면 이것들은 모두 유빈 자신이 머리통을 박살 내 죽인 시체들이기 때문이다.

아줌마, 아저씨, 젊은이, 아가씨, 좋은 옷차림, 배달원… 그런 특징들이 눈에 들어오는 게 싫다. 차라리 좀비로 변하는 순간, 온몸이 녹색으로 변하고 뿔이 돋아주거나 하면 이렇게 죄책감이 들지는 않을 것이다.

"이놈들, 피가 별로 흐르지를 않았어. 이렇게나 많이 죽어 있는데. 왜일까?"

유빈이 죄의식과 역겨움에 잠겨 기계적으로 움직이고 있을 때, 삼식이가 호기심을 보이며 물었다.

"…뭐? 미안, 못 들었어."

"바닥에 말이야. 보통 머리가 깨진 시체가 이 정도로 쌓여 있으면 피가 흥건히 고여서 강이 됐을 것 같거든. 그런데 이놈들은 그냥 볼펜 잉크가 터진 정도로만 묻어 있어. 아마 이것들에게 전염되면 피가 흐르지 않고 안에서 말라붙나 봐."

듣고 보니 정말 생각했던 것보다 바닥이 비교적 깨끗하다. 그것이 뭘 의미하는지 아직 알 수는 없었다. 어쨌든 유빈은 죄의식을 씻어낼 수 있는 도피처를 하나 더 발견한 기분이었다. 유빈은 고개를 끄덕이며 메마르게 중얼거렸다.

"그래… 그런가 보다. 겉은 사람하고 비슷해도 속은 완전히 다른 것들이야."

4

"하하, 뭐지? 신기하네. 사람이 피가 안 돌면 어떻게 되는 걸까?"

신기한 걸로 따지면 흉측하게 훼손된 시체의 어깨를 잡고 들어 올리면서 웃음을 지을 수 있는 삼식이의 신경 쪽이 더 신기했다. 그런 꼴을 보고 있자니 유빈도 피식 웃음이 터졌다. 그 헛웃음을 본 삼식이가 만족하며 말했다.

"어! 이제 웃었다. 오전 내내 침울하더니."

고되게 진행된 작업은 해가 중천에 떠오른 뒤에야 끝을 보였다. 마지막으로 남은 것은 레이저 와이어 더미에 말린 채 죽어버린 할머니. 워낙 엉망으로 얽혀 있어 시체를 떼어내는 게 불가능하다고 판단한 삼식이와 유빈은 절단기로 와이어를 잘라내 함께 날랐다. 도중에 녹아버린 내장이 전부 왈칵 쏟아져 내리는 바람에 그것을 치우는 게 또 고역이었다.

"쌓기는 쌓았는데, 이걸 이제 어쩌지?"

도로 위로 옮겨놓은 시체 더미를 바라보며 삼식이가 한숨을 쉬었다. 악취도 악취지만, 그냥 뒀다간 혹시 무슨 전염병이 생길지도 모른다.

"나뭇가지 좀 꺾어 와서 각목이랑 섞어 끼워두자. 옷이 있으니까 WD-40을 뿌리면서 불을 붙이면 타지 않을까?"

"그거 생각만 해도 끔찍한데? 뼈가 다 안 타고 남을 거야, 아마."

"…씨발, 정말 그렇겠네. 그래도 일단 살은 태워야 해. 살균을 위해서라도."

발전기에서 휘발유를 꺼내 오면 윤활유보다 좋겠지만, 그건 꼭 필요한 순간을 위해 아껴야 할 필요가 있다. 언제 또 기름을 구할 수 있을지 장담할 수가 없기 때문이다. 공기가 통할 수 있도록 시체들 사이에 나뭇가지와 각목, 스티로폼 조각들을 쑤셔 넣어 빈 공간을 만들었다.

삼식이가 WD-40을 라이터 불꽃 위로 분사하자 화염방사기처럼 불이 뿜어져 나온다. 스티로폼과 화학섬유에 먼저 불이 붙고, 조금씩 연기가 커졌다. 불길이 어느 정도 자리를 잡는 걸 확인한 후, 두 친구는 매캐한 노린내가 나는, 그 지옥 같은 자리를 서둘러 피했다.

"아, 이건 정말 두 번은 못할 짓이다."

세수를 한 뒤 벽에 기대앉아 음료수를 마시며 삼식이가 고개를 설레설레 저었다. 유빈도 동감이었다. 그건 정말 구역질이 나는 일이었다. 삼식이가 담배 두 대를 천천히 다 피웠을 때쯤, 보안관과 신입도 트랩 설치를 마치고 돌아왔다.

"발전기 켜줘. 핸드폰 충전해서 뉴스를 보고 싶어."

익숙하지 않은 노동 덕에 팔뚝이 생채기투성이가 된 신입이 땀을 뚝뚝 떨어뜨리며 말했다. 모두 그러자고 했다. 발전기의 연료는 아깝지만, 뉴스는 그것보다 더 중요할 수도 있다. 스위치를 누르자 윙윙거리며 발전기가 돌아가기 시작했고, 조금 더 기다리니 핸드폰을 켤 수 있었다.

"…여전히 인터넷이 안 돼. 씨발, 전화는 아예 안테나도 안 뜨네."

신입은 비통한 목소리로 중얼거렸다. 애초부터 유빈은 상황이 그렇게 극적으로 호전되리라고는 기대하지도 않았다. 그가 원하는 건 그저 뉴스였다. 이곳을 탈출해서 안전하게 구조될 수 있도록 돕는 한두 마디의 결정적인 정보. 그런 것이 필요하다.

몇 번 더 인터넷을 껐다가 켜보던 신입은 인터넷을 포기하고, 안테나를 뽑은 뒤 DMB를 눌렀다. 거짓말처럼 멀쩡하게 잘 차려입은 중년 여자가 화면에 나왔다. 뭔가 나아진 것 같다는 생각에 모두가 우와아아~! 기쁨의 탄성을 지르고 귀를 기울였다. 중년 여자는 뻔뻔하게 생긴 눈으로 카메라를 응시하며 빠르게 지껄여 댔다.

— 그러니까 해당 지역의 주민들께서는 그저 문을 꼭 잠그고 며칠만 더 버티시면 됩니다. 정부는 군경과의 긴밀한 협조를 통해 사태를 해결하고 있으며, 지금 상당한 진전을 보이고 있습니다.

몇 번인가 TV에서 본 적이 있는 여자다. 아마 정부의 대변인인가 뭐였을 거다.

"나아지고 있대!"

삼식이가 소리쳤다. 보안관도 어지간히 좋아한다. TV 속의 여자가 말을 계속 이었다. 여자의 뒤쪽은 커튼이 쳐진 실내라서 장소가 어딘지는 알 수 없었다.

— 국민 여러분, 지금 혼란스러우시겠지만 저희를 믿고 조금만 더 참아주십시오. 한시라도 더 빠르게 국민 여러분께 사태의 완벽한 해결이라는 기쁜 소식을 전하기 위해 최선의 노력을 기울이고 있습니다.

여자가 말을 마치자 낯선 아나운서로 화면이 넘어간다. 아마 인터뷰 형식인 모양이다. 아나운서가 물었다.

— 그럼 지금부터 완벽한 해결까지는 얼마 정도의 시일이 소요될 거라고 예상하십니까?

— 글쎄요. 지역에 따라 차이가 있겠지만, 현재의 추세로는 길어도 일주일을 넘지 않을 거라는 전망이 지배적입니다.

이 얼마나 좋은 일인가. 이미 죽어버린 사람들에게는 미안한 이야기지만, 일주일만 참으면 모든 게 다시 예전처럼 돌아갈 수 있다. 세 친구가 웃음이 가득해서 서로를 마주 보며 하이파이브를 하려는데, 신입이 갑자기 발광을 하면서 핸드폰을 마구 눌러 댔다.

"씨발! 씨바알! 씨발! 좆 까라고, 이 개새끼들! 으아아아!"

깜짝 놀란 세 친구가 신입을 진정시켰다.

"야, 좀 진정해. 왜 그래?"

"일주일만 참으라잖아. 괜찮아, 그동안이면 충분히 버틸 수 있어."

"씨발, 이 개새끼가 누군지 알아?"

양쪽 어깨를 붙들린 신입이 입에 거품을 물고 소리를 질렀다. 그가 가리키는 것은 정부 대변인과 마주 앉아 있는 아나운서였다.

"내 사촌 형 새끼야! 제주 MBS 아나운서 됐다고 명절 때마다 존나게 유세를 떨던 새끼라고!"

"그게 무슨⋯⋯."

사태가 명확하게 파악되지 않아서 어리둥절해 있는 세 친구를 향해 신입이 또 악을 썼다.

"이 개새끼들이 방송하고 있는 데가 제주도란 말이야, 이 등신들아! 이 새끼들은 벌써 육지를 다 포기하고 제주도로 떴다고! 그저께부터 지금까지 단 한 군데도 구조를 못 한 거야! 변변한 공중파 아나운서 하나도 구하지 못한 거라고!"

어쨌거나 정찰을 나서긴 했지만, 신입이 DMB를 보며 해준 말 때문에 가슴속은 답답했다. 경전철역에 도착해서 음료수를 좀 챙기고 옥상으로 향하는 계단을 오르면서도 보안관과 유빈은 좀처럼 말이 없었다.

물론 삼식이만은 여전히 자유로웠다. 일부러 챙겨 온 망원경을 자랑스럽게 눈에 가져다 대고 탐험가처럼 360도를 고루 살피더니, 뭐에 꽂혔는지 지금은 번화가 쪽에 시선을 고정시켜 두고 있다.

"아까 그 이야기 어떻게 생각해? 정말 서울은 포기한 걸까?"

삼식이와 나란히 난간에 기대서 아래쪽을 바라보며 보안관이 물었다. 거리에는 여전히 괴물들이 어지러이 돌아다니고 있다. 등을 돌리고 앉아 벌판과 산책로 쪽을 살피던 유빈이 대답했다.

"신입 말이 일리가 있다고 생각해. 만약에 그게 경기도나 서울이었다면 일부러라도 어디인지 알 수 있는 곳을 배경으로 삼아 찍지 않았을까? 예를 들어 광화문이나 수원성, 국회의사당 같은 데 말이야. 그러면 최소한 거기까지는 안전해졌다는 걸 확인시켜 주는 거잖아."

"대체 왜 그런 구라를 일부러 방송을 찍어가면서까지 치느냐 말이지. 그건 그냥 사람들한테 상대는 좀비니까 대가리를 뽀개라고 알려주는 것보다도 못하잖아. 그렇게 일주일을 더 번다고 뭐가 달라진다는 거야?"

"내 생각에는 오히려 감염 지역이 아닌, 지방 사람들 보라고 만든 방송 같은데? 공연히 난리치며 돌아다녀서 교통 막지 말고 가만히 있으라는 말이겠지."

"어쩐지, 그날 헬리콥터가 미친 듯이 날아다니더라니. 지들만 목숨이냐? 개새끼들."

보안관이 다 마신 음료수 캔을 꽈드득, 움켜쥐며 욕설을 내뱉었다. 도무지 희망이라는 게 보이는 것 같지가 않았다.

"몇 시야, 보안관?"

망원경으로 거리를 내려다보고 있던 삼식이가 물었다.

"두 시 반."

"정확하게 두 시 반?"

"아니, 두 시 삼십사 분. 이런 상황에서 몇 분 단위가 중요하냐? 왜? 누구랑 시간 약속 있어?"

"하하하, 어떻게 알았지? 여자애들이랑 한잔하기로 했는데, 너도 같이 갈래?"

까칠해진 보안관이 시비조로 대응했지만, 삼식이가 웃어버리니까 말싸움까지도 가지 않는다.

"왜 저렇게 모여 다닐까?"

열심히 괴물들을 살피던 삼식이가 물었다.

"응? 왜라니? 쟤네들의 목적이라야 뻔하지. 산 사람 잡아먹는 거."

유빈은 뒤쪽에서 눈을 떼지 않은 채 당연하다는 듯 대답했다.

"그걸 묻는 게 아니야. 저 정도로 여럿이 있으면 먹이 하나를 잡아도 훨씬 조금밖에 못 먹을 텐데, 왜 저렇게 죽자고 붙어 다니느냐는 말이지. 그렇다고 해서 서로 지켜주거나 하는 것도 아니잖아. 게다가 저놈들이 번화가 거리에만 붙어 있는 이유는 또 뭐야? 벌판 쪽으로는 나오지도 않잖아."

"하긴 그러네. 나라면 차라리 저기 산책로 어딘가에서 대기 탈 것 같다. 우연히 지나가는 놈 하나만 걸려도 그게 어디냐."

황량하게 텅 빈 채 뻗은 산책로를 가리키며 유빈이 대답했다. 인정받은 삼식이는 밝은 목소리로 다시 한 번 의문을 표했다.

"그치, 응? 저렇게 몰려다닐 필요가 있을까? 어, 영숙이다."

"영숙이라니? 사람이 있어?"

유빈이 깜짝 놀라 뒤를 돌아보았다. 여전히 망원경에서 눈을 떼지 않은 채 삼식이가 손을 저었다.

"아니, 아니, 이미 변했어."

"그게 누군데? 나도 좀 알자."

보안관이 호기심을 보이며 물었다. 삼식이는 괴물들의 무리 중 한쪽을 가리켰다.

"저기, 빨간 원피스 입은 쟤. 골목 끝 댄스 학원에서 일하던 앤데……."

빨간 원피스를 입은, 유난히 커다란 가슴의 여자 괴물이 있기는 하다. 하지만 처음 보는 얼굴이다.

"댄스도 안 배우는 새끼가 뭐한다고 직원 이름까지 알아?"

"에, 그게… 에이, 뭐, 이제 죽었으니까 말해도 상관없겠지. 몇 번 잤거든. 음, 같이 잤던 여자가 좀비가 된 걸 보다니… 이 거, 기분 묘한데?"

삼식이는 씁쓸하다는 듯 입맛을 다시면서 다시 망원경에 눈을 가져다 댔다.

"어라, 지혜도?"

"지혜는 또 누구야?"

보안관이 무심하게 대꾸한다.

"지혜는 마을금고에서 일하던 애야. 쟤는 자취를 하는 애라 서… 근데 지금 몇 시야, 보안관? 정확하게."

"두 시 사십일 분이다."

몇 분쯤 뒤, 삼식이가 또 입을 열었다.

"미연이도 변했구나. 다음 주에 자기 생일이니까 1박 2일로 춘천 놀러 가자고 그렇게 조르더니, 쯧쯧. 에이, 이럴 줄 알았으면 맘이라도 편하게 해줄걸……. 어! 혜경이, 너도?"

"이런 개새끼. 이 동네 일하러 온 지 몇 주 되지도 않았구만, 그 짧은 새 어지간히도 건드리고 다녔네."

보안관이 어처구니없어 하며 등을 돌리고 난간에 기대앉았다. 움직이는 좀비 떼들을 질리지도 않고 계속 망원경으로 얼굴까지 확인해 가며 보고 있는 삼식이를 이해할 수 없었다.

"여기보다는 차라리 저 뒷산 너머가 더 가능성이 있지 않을까?"

보안관이 유빈에게 물었다.

"거기 뭐가 있는지 모르잖아."

"최소한 거긴 가능성이라도 있지. 여긴 그냥 괴물 밭이야. 한 번도 저 번화가가 비어 있는 걸 못 봤어."

"하긴, 그럴지도 모르겠다."

유빈이 힘없이 대답했다. 지하 통로에서 25미터 정도만 가면 편의점이 있다. 비록 유리창이 피범벅이 된 채 깨져 있지만, 물건은 멀쩡하다.

여기에서도 흐트러진 채 방치된 상품들이 고스란히 보인다. 이 더운 날씨에 그 안에서 1초가 지날 때마다 썩어가고 있을 빵이며 삼각김밥, 햄을 생각하니 한숨이 절로 나온다.

"몇 시야, 보안관?"

삼식이가 또 물었다.

"두… 아니, 세 시 이 분. 아, 귀찮아. 새끼야, 그냥 시계 너 차고 있어. 갑자기 왜 이렇게 시간에 대한 호기심이 많아졌지?"

보안관은 시계를 풀러 삼식이의 팔에 채워 버렸다. 삼식이는 신경도 안 쓰고 또 여자 이름을 댔다.

"오렌지 호프 누나도 변했구나. 후우~"

"오렌지 호프? 어디? 어디? 너! 저 아줌마랑도?"

유빈과 보안관이 벌떡 몸을 일으켜 거리를 내다봤다. 두 친구도 알고 있는 사람이다.

30대 중반의 풍만한 미시로, 어딘가 색기가 잘잘 흐르는 느낌이었다. 몇 번인가 일 끝내고 그 집에서 맥주도 마셨고, 치킨 맛이 좋아서 사다 먹기도 했다.

좀비로 변한 그녀가 괴물들 틈에서 속보 정도의 빠르기로 걸어간다. 늘 유혹하듯 흔들며 걷던 엉덩이가 반쯤 뜯겨 나간 상태였다.

"하지만 저 여자는 네 스타일이 아니잖아?"

적당한 미인형이었던 호프집 사장의 얼굴을 떠올리며 보안관이 물었다. 삼식이는 억울하다는 듯 대답했다.

"응, 맞아. 좋아서 했다기보다는 덮쳐졌지. 너희도 기억할 거야. 지지난 주였나, 새벽에 내가 치킨 사러 갔었잖아. 저 누나가 쪽문만 열어두고 혼자 맥주 한잔하고 있더라고. 내가 들어가서 '지금 치킨 해주면 안 돼요, 누나?' 그랬더니 벌떡 일어나서 곧바로 셔터를 내리고 다가오더라고. '으응, 삼식아. 누나가 해줄게' 이러면서……. 쯧, 내 스타일은 아니더라도 뭐 그렇게까지 하는데……."

씨발, 듣고 있던 보안관과 유빈은 얼굴을 마주 보며 욕설을 내뱉었다. 인물이 되는 새끼는 밤중에 치킨 사러 갔다가도 그

런 횡재를 하는구나. 어쩐지 삼식이가 사러 가면 치킨 양이 유
난히 많더라니.

"지금 몇 시야, 보안관?"

"시계… 네 팔뚝에 있잖아, 이 바람둥이 새끼야."

보안관이 공연히 짜증을 부린다. 삼식이가 그제야 알았다는
듯 시계를 가만히 들여다보며 말했다.

"너희, 그거 알아? 뽕짝 아저씨도 저기 끼어 있다? 그리고
이제 더 이상 노래는 안 나오네. 드디어 배터리가 다됐나 봐."

"정말? 저쪽 벌판에서 걸어가더니, 어느새?"

보안관과 유빈이 머리를 내밀어 보니 정말로 뽕짝 아저씨가
괴물들과 함께 어울려 걷는다. 의아하다는 표정으로 유빈이
물었다.

"진짜네. 아깐 왜 못 봤지?"

"아깐 여기 없었으니까."

삼식이가 대답했다.

5

그때까지도 그런 말들을 별로 의미 있게 받아들이지 않았
다. 까짓 좀비가 된 노인 하나가 어디로 어떻게 돌아다니는지
그런 게 무슨 상관이란 말인가. 어차피 눈에 보이는 건 다 비

슷한 놈들뿐인데.

"세 시 이십삼 분… 그럼 이십일 분이라고 하고."

삼식이가 또 혼자서 시계를 보며 중얼거린다. 보통 사람이 저런 증상을 보이면 정신이 이상해진 걸까 싶어 겁이 덜컥 나겠지만, 삼식이니까 어떤 행동을 해도 그저 그러려니 하면 된다.

시계 놀이에 몰두한 삼식이를 내버려 두고 유빈과 보안관은 향후의 일정에 대해 진지하게 논의를 하기 시작했다.

"복지 센터 앞 도로 양쪽으로 나가보면 혹시 택배 트럭이나 그런 걸 만날지도 몰라. 운이 좋으면 식재료나 과자를 실은 트럭이 있을지도 모르고."

보안관이 우회론을 제기했다. 눈앞에 괴물들이 가득한 이 번화가를 버리고 도로를 따라 멀리 나가보자는 주장이다.

하지만 자동차들로 꽉 막힌 도로 역시 위험하긴 매한가지였다. 괴물들이 엄청나게 많이 돌아다니는 건 아니다. 하지만 워낙 시야가 좁아지기 때문에 숨어 있는 한두 마리에게 어이없이 당할 수도 있다. 뒤돌아 도망칠 때도 보호해 줄 철책이나 트랩이 없으니 부담은 더욱 커진다. 유빈은 무겁게 고개를 저었다.

"생수 트럭이 하나 보이긴 했지만, 그것도 꽤 멀던데. 가장 가까이 있는 거라야 자빠진 마을버스뿐이었어."

"영숙이……."

삼식이는 또 여자 이름을 주워섬긴다. 그러거나 말거나 유빈과 보안관은 대화를 계속했다.

"제대로 먹지 못하고 이대로 가면 우리는 점점 약해질 수밖에 없어. 어느 시점까지를 마지노선으로 딱 정해두고 그때까지도 뾰족한 방법을 찾지 못하면 모험이 되더라도 해야 해. 난 그게 앞으로 이삼 일이라고 본다."

보안관은 비장하고 단호하게 말했다. 유빈의 생각도 다르지 않았다. 음료수가 바닥을 보이기 전에 뭔가 결단을 내려야 한다. 하지만 구체적으로 뭘 어떻게 하겠다는 건지 너무 모호해서 그냥 뿌연 안개 속을 헤매는 기분이다. 무작정 도로로 걸어 나가서 몇 마리인지도 모르는 좀비들과 싸운다는 건 그의 스타일이 아니다. 라이터로 담배에 불을 붙인 삼식이가 또 중얼거렸다.

"미연이."

"그럼 내일부터는 아예 이쪽 말고 도로 쪽으로 나가볼까? 아, 또 다른 방법은 경전철 선로를 따라 걸어가 보는 건데, 그건 어때? 몇 정거장이나 이어진 건지는 모르겠지만, 여기보다 나은 동네가 있을지도 모르잖아."

유빈이 제안했다. 보안관은 지하 통로 위로 쭉 뻗은 선로를 내려다봤다. 지상보다 약간 높이 설치돼 있고 양쪽으로 철책이 있으니 일반 거리보다는 안전할 수도 있다.

"하지만 저기에서 음식이 나올 것 같지가 않아. 계속 가다가 자는 건 또 어떡해?"

"음, 그것도 문제네."

"보안관."

삼식이가 불렀다. 고민에 잠겨 있던 보안관이 건성으로 대답했다.

"왜 자꾸 귀찮게 그러냐? 삼식아, 우리 좀 내버려 둬라. 지금 고민이 많다."

"너, 쟤네들 정말로 한 번에 다섯 명 상대할 수 있어?"

"그래, 할 수 있다고오."

"다섯 명 해치우는 데 몇 분 걸릴 것 같아? 최대한 서두른다면."

"몇 분? 글쎄… 어디 보자, 휙 하고 탁 해서 빡 하면… 오 분? 좀 더 걸리면 육 분?"

육 분이라… 잠시 생각에 빠져 있던 삼식이가 이번엔 유빈에게 물었다.

"유빈아, 그럼 우리 둘이 두 명 해치울 수 있을까? 그 시간 동안?"

"둘? 가능하지 않을까? 너, 근데 쟤네들 머리통 때릴 자신 있어?"

"나 혼자라면 그냥 잡아먹어라~ 할 것 같긴 한데, 너희 목숨도 걸린 일이니까… 까짓거 해야지."

그렇게 중얼거리던 삼식이가 갑자기 진지한 얼굴로 말했다.

"그렇다면 우리 음식 구할 수 있을 것 같아."

잠시 삼식이를 동정하듯 바라보던 보안관이 물었다.

"뭔 소리야? 저 아래 좀비가 수백인데, 일곱 마리 죽인다고 뭐가 달라지는데?"

"그게 그렇지가 않더라고, 내가 계속 보고 있으니까. 쟤네들 반시계 방향으로 계속 돌잖아."

"씨발, 무슨 군대냐? 도는 방향이 따로 있게? 아무렇게나 돌아다니는 놈들도 있고, 그냥 제멋대로더구만."

"음, 그런 애들도 있지. 혜경이도 그런 애들 중에 하나더라."

"야이 미친놈아, 좀비 된 여자 이름 좀 그만 주워섬겨!"

"잠깐만, 보안관. 그만 다그치고 삼식이 얘기 좀 들어보자. 삼식아, 쟤들이 어떻게 움직인다고?"

유빈이 끼어들어 보안관을 진정시켰다. 삼식이는 모아놓은 꽁초를 바닥에 늘어놓으며 설명을 시작했다.

"자, 이 긴 꽁초가 혜경이다? 그리고 이 바닥 전체가 저 번화가 편의점 앞이라고 하자. 이해했지?"

"응."

"혜경이는 이 근처에서 계속 가게마다 기웃거리고 왔다 갔다 해. 어떤 그룹에도 속해 있지 않아. 그런 애들이 일곱 마리야."

"그렇다고 하면?"

"그다음에 거리를 꽉 채우고 수십 명씩 돌아다니는 애들은 다섯 집단이 있어. 걔들은 가끔 이 가게, 저 가게 들어가긴 해도 결국 크게 보면 저 번화가와 그다음 몇 개의 블록을 한 바퀴씩 돌아."

"다섯 집단이라는 건 어떻게 알았어?"

"영숙이가 지나가고 나서 큰 덩어리 네 개가 더 지나가니까 또 영숙이가 오더라고. 간단한 거지. 이 캔 하나가 집단 하나라고 하자."

삼식이는 캔 다섯 개를 나란히 늘어놓았다.

"먼저 얘가 지나가고 나면 얘가 몇 분 내로 와. 그런데 줄을 딱 맞춰서 걷는 게 아니니까 꼬리가 빠져나가면 조금 있다가 머리가 들어오는 식이야. 게다가 혜경이네 일곱 마리는 항상 여기서 기웃거리니까 우리가 볼 때는 계속 괴물들이 상주하는 것 같지."

유빈과 보안관은 망치로 머리를 얻어맞은 것 같은 충격을 느꼈다. 유빈이 조심스럽게 대답했다.

"대충 알아는 듣겠어. 그러니까… 삼식이, 네 말은 몇 마리만 빼면 어떤 특정한 시간대에는 저 번화가에 괴물이 없다는 말이지?"

"그래. 하지만 그 간격이 얼마나 되는지는 모르겠더라고."

"그래서 자꾸 시간을 물어봤던 거야?"

"응. 보안관이 말해준 시간을 라이터로 시멘트에 새겨 써놓으면서 보니까 영숙이네 꼬리가 번화가 밖으로 나가고 그다음 팀 머리가 들어오기까지의 시간이 9분 정도 돼. 그다음 미연이네 무리가 11분 정도 있다가 들어 와. 그리고 또 20분 후에 오렌지 호프 누나가 오지. 그 12분 뒤에는 뽕짝 아저씨……."

"그래서 제일 긴 시간 간격이 얼만데?"

"오렌지호프가 들어오기 전까지 20분."

"20분이면 충분하겠네! 좀비 일곱 마리 잡고 거기서 컵라면 끓여 먹고 와도 되겠다."

보안관이 반색을 하자 삼식이가 손사래를 쳤다.

"하하, 그럴 여유까지는 없어. 마지막 한두 놈이 완전히 멀어져서 우리가 가는 걸 눈치채지 못할 때까지 기다린 다음에 지하 통로 위로 나가야 하고, 저쪽에서 새로 오는 놈들이 우리를 보고 쫓아오면 안 되니까, 실제로 남는 시간은 12분이 될까 말까야. 거기에다 상주하는 혜경이네 일곱 마리를 해치울 시간이 6분이니까, 음식을 챙길 시간은 5분이나 될까?"

유빈과 보안관은 삼식이가 끄적여 놓은 시간 표시들을 검토했다. 구구단도 가끔 틀리는 놈의 말이라서 신빙성이 떨어진다. 하지만 이 말이 맞는다면 얼마나 좋을까.

"시간 계산은 맞네. 20분. 근데 삼식이, 네 이론이 옳다는 근거는 뭐야?"

희망으로 들뜬 보안관이 물었다. 삼식이는 어깨를 으쓱해 보였다.

"너희가 눈으로 직접 봐. 시간은 좀 걸리겠지만, 그게 제일 확실하지. 지금이 네 시 삼십사 분이니까 내 계산대로라면 5분 뒤에 또 영숙이가 올 차례야."

유빈과 보안관, 삼식이는 난간에 나란히 기대서서 번화가 반대쪽 끝을 내려다보았다. 그렇게 두근거리는 5분은 참 오래간만이었다.

우왕좌왕하는 몇 마리의 괴물, 그리고 맨 끝에 서서 코너를 돌아 나간 괴물들. 마침내 삼식이의 시계가 39분이 되었을 때, 아까의 그 빨간 원피스가 가슴을 흔들며 모습을 드러냈다. 망원경을 들여다보고 있던 보안관이 '으음~!' 하는 가벼운 신음을 흘렸다.

"정말이네. 왔다."

영숙이가 포함된 집단이 번화가 코너를 빠져나가 시야에서 사라지기까지는 6분 이상이 걸렸다. 그리고 또 3분이 지나자 새로운 집단이 그르렁대며 반대쪽 끝에 모습을 드러낸다.

"여기에는 아는 여자애가 하나도 없더라고."

삼식이는 마치 그게 신기한 일이라도 되는 듯 말했다. 12분 후 또 새로운 집단이 등장한다. 약간의 차이는 있지만, 삼식이의 말이 맞다. 이쯤에서 완전히 믿어도 좋겠지만, 목숨이 걸린 일이니까 신중해지기로 했다.

정말로 오렌지호프 그룹은 20분의 간격을 두고 등장했고, 다섯 그룹이 완전히 한 바퀴를 도는 데 약 한 시간이 걸렸다. 그동안 그들은 누가 어떤 괴물을 해치울지에 대해서 논의했다. 이제 실행에 옮기기만 하면 된다.

다섯 시 사십칠 분. 그룹이 빠져나가는 것을 확인하고 그들은 서둘러 역사 계단을 걸어 내려왔다.

"몇 시야?"

"오십팔 분."

"좋아, 이제 슬슬 가보자."

철책을 넘어 지하 통로 입구에 도달한 뒤, 잠시 기척을 숨기고 기다렸다. 참는 것이 매우 중요하다. 흘러가는 매초가 아쉽지만, 미연이네 그룹이 완전히 코너를 빠져나갈 때까지 나가면 안 된다.

작전 개시 시간으로 정해놓은 것은 여섯 시 오 분. 시계를 보고 있던 삼식이가 두 친구의 어깨를 가볍게 쳤다. 고! 고! 고! 마음속으로 외치며 재빨리 지하 통로를 달려 나갔다. 계단에 목이 부러진 채 널브러져 있는 시체 두 구가 보인다. 가장 앞서서 뛰어나간 것은 보안관이었다.

보안관은 번화가 입구에서 서성이던 괴물의 머리를 커다란 해머로 사정없이 내려쳤다. 빠각! 괴물은 미처 완전히 돌아서지도 못하고 맥없이 쓰러졌다.

그롸아악!

편의점 안에서 여자 괴물이 튀어나왔다. 삼식이가 말했던 혜경이다. 보안관은 해머를 옆으로 쳐올려 괴물의 머리통을 작살냈다. 주춤거리며 다시 일어서려는 괴물의 정수리에 해머가 내리꽂히자 퍽! 하는 소리와 함께 두개골이 납작해졌다.

"둘."

보안관은 속도를 줄이지 않고 계속 뛰어가며 마주 달려오던 괴물의 다리를 후려갈겼다. 무릎이 박살 난 채 앞으로 고꾸라진 괴물은 뒤따라오던 유빈이 처리했다. 삽으로 계속 뒤통수를 내려찍자 어느 순간 푸슉! 하며 날이 들어가 박혔다.

"셋!"

괴물이 움직이지 못하는 것을 확인한 유빈이 삽날을 빼는 동안 삼식이가 돌 깨는 망치를 들고 곁을 지켜준다.

그롸악! 그락!

얼굴이 반쯤 뜯겨 나간 파마머리 아줌마 괴물이 삼식이를 향해 이를 드러내며 달려든다.

"아… 역시 아줌마는 무서워."

삼식이는 꺼림칙한 표정을 지으며 긴 팔을 쭉 뻗어 망치 끝으로 아줌마의 얼굴을 때렸다. 빠악! 살아 있는 사람이었다면 한 방에 기절을 했겠지만, 상대는 좀비다. 아줌마 괴물은 중심을 잃고 비틀대다가 더 맹렬한 기세로 몸을 날렸다.

"비켜!"

삽을 빼낸 유빈이 외쳤다. 삼식이가 옆으로 돌아선다. 유빈은 삽의 손잡이를 두 손으로 잡고 있는 힘껏 휘둘렀다. 칵—! 괴물의 목에 삽날이 박히며 날아드는 방향이 바뀌었다. 유빈은 그 힘을 이기지 못하고 삽을 놓쳐 버렸다. 벽으로 내동댕이쳐진 괴물이 다시 몸을 일으키려 했다.

저대로 일어나 덤벼든다면 유빈에게는 무기가 없다. 다급해진 유빈은 덜렁거리는 삽자루를 걷어찼다. 카각—! 삽이 더 깊숙이 박혔다. 보기엔 끔찍하지만 효과가 있다. 유빈은 눈을 찌푸리며 두 손으로 삽 손잡이를 잡고 벽을 향해 밀었다.

으라아악!

목이 반쯤 떨어져 나간 괴물의 입에서 맥없는 비명이 흘러나왔다. 이런 것에 약해지면 안 된다. 유빈은 온몸의 체중을 삽에 실었다. 콱! 콱! 삽 끝에 닿는 저항이 있을 때마다 힘을 주었다. 마침내 완전히 잘려 나간 목이 삽을 타고 데굴데굴 굴러 떨어진 다음에야 비로소 괴물은 조용해졌다.

"어흐~!"

그 잔혹한 모습에 유빈은 눈살을 찌푸리며 삽을 다시 빼 들었다.

"조심해!"

삼식이가 다급하게 외치며 달려온다. 유빈이 돌아보기도 전에 허리에 콱, 하고 엄청난 충격이 가해졌다. 괴물이 몸을 날려 그를 덮친 것이다. 그롸아악! 괴물의 아가리가 쫙 벌려져 유빈의 얼굴을 향해 돌진했다.

빠악!

괴물의 이빨이 삼식이가 휘두른 망치에 맞아 엉망으로 부러졌다. 삼식이는 분노에 가득 찬 눈으로 괴물을 노려보며 그 관자놀이에 다시 한 번 망치를 꽂아 넣었다. 어찌나 세게 때렸던지 쩌억! 하는 뼈가 쪼개지는 소리가 번화가 전체에 울려 퍼지는 것 같았다.

"일어나, 유빈아."

움찔거리는 괴물의 몸뚱이를 밀어내고 삼식이가 손을 내밀었다.

"이런 젠장, 나 물렸나? 아프지는 않은데."

"아니야. 안 물렸어. 괜찮아."

유빈은 정신없이 자신의 몸을 더듬거려 봤다. 다행히 물린 흔적은 없다.

"하아, 씨발. 정말로 끝나는 줄 알았어."

유빈이 한숨을 쉬며 가슴을 쓸어내리자 삼식이가 부끄러워하며 고개를 숙였다.

"미안해, 머뭇거려서."

"아니야, 너 잘했어. 진짜로 엄청 잘 싸운 거야."

그렇게 유빈과 삼식이가 서로를 위로하고 있을 때, 보안관이 화장품 가게 안에서 일곱 번째 괴물의 머리통을 박살냈다. 깨진 향수병들을 뒤집어쓴 보안관이 기침을 콜록거리며 묻는다.

"캑! 캑! 아유, 씨발, 화장품 냄새. 하아, 몇 분이야?"

"여섯시 구 분."

"내가 말했던 5분보다 오히려 더 빨리 끝냈네. 오케이, 이제 음식만 챙기면 된다. 서둘러."

세 친구는 편의점에 들어가 쇼핑백을 집은 다음, 닥치는 대로 음식을 챙겼다. 빵, 소시지, 핫 바, 통조림… 혹시 몰라 시간 제한은 4분만 두기로 했다. 삼식이가 시계를 봤다.

"이제 그만! 가자!"

보안관과 유빈이 쇼핑백 네 개를 가득 채웠을 때, 삼식이가 외쳤다.

"그래!"

음식의 유혹은 끝이 없지만, 거기에 사로잡혔다간 좀비들의 먹이가 되고 말 것이다. 세 친구는 깨끗이 미련을 버리고 편의점을 나섰다. 그때였다.

드르륵! 드르륵!

믿을 수 없는 일이 일어났다. 주변 건물들의 2, 3층 유리창들이 일제히 열린 것이다.

6

"으와아!"

예상치 못했던 상황에 깜짝 놀란 세 친구는 짧은 외마디 비명을 내지르며 서로에게 등을 대고 바짝 붙어 섰다. 무기를 고쳐 쥐느라 툭, 떨어뜨린 쇼핑백에서 참치 캔 하나가 또르르르 굴러 나왔다.

하지만 어두컴컴한 창문 안쪽에서 얼굴을 내밀고 소리를 지르는 건 살아 있는 사람들이었다. 하나같이 초췌하고 절망적인 표정을 하고 있는 사람들이 필사적으로 소리를 질렀다.

"구조대예요? 구조대예요?"

"구조하러 왔어요?"

"아이구, 하느님! 구조대다! 구조대가 왔다!"

"여기 먼저 구해줘요! 애가 있어요!"

어이가 없어진 보안관은 자신의 곁에 붙어 선 두 친구의 몰골을 바라보았다. 좀비의 피와 체액으로 잔뜩 얼룩이 지고 구멍이 뚫린 꼬질꼬질한 면 티, 무릎이 다 찢어진 나달나달한 청바지. 제대로 씻지 못해서 머리카락은 떡져 있고, 얼굴과 목엔 땟국물이 줄줄 흐른다. 게다가 무기라고 쥐고 있는 건 망치와 삽자루다. 야이, 멍청이들아! 이 세상에 이런 구조대가 있을 리 없잖아!

"우리 구조대 아니에요!"

유빈이가 다급하게 외치며 쇼핑백을 다시 집어 들었다. 오랜만에 사람의 얼굴을 보는 건 반갑지만, 지금은 여기서 이렇게 시간을 끌 여유가 없다. 번화가 반대편으로 새로운 괴물 그룹이 걸어 들어오기까지 채 5분도 남지 않았다.

"내일 또 올게요! 내일 이야기해요!"

보안관과 삼식이도 짐을 챙기면서 크게 외쳤다. 그러나 소란스러워진 번화가 골목은 그들의 목소리를 완전히 삼켜 버리고 생존자들의 아우성만 뱉어냈다.

"야이, 나쁜 새끼들아! 여기까지 와서 그냥 가면 어떡해? 구조를 하라고!"

"아저씨! 여기 음식 없어요! 어제부터 굶었어요!"

"좀비가 없다! 좀비가 다 사라졌다!"

"저 사람들 따라가면 된대! 여보, 빨리 나와!"

씨발, 남의 말 좀 들으라고! 대화를 포기해 버린 세 친구는 시끄럽게 귀를 울리는 사람들의 목소리를 피해 뛰기 시작했다. 그런데 문제는 모든 생존자들이 그저 입으로만 떠들어 대는 게 아니라는 데 있었다.

개중에는 행동이 말보다 빠른 사람들도 있었다. 아니, 더 많았다. 상가 건물의 문들이 열리고 엄청난 수의 사람들이 거리로 몰려나와 편의점을 비롯한 여러 가게로 먹을 것을 찾아 뛰어 들어갔다.

"이, 이 동네에 사람들이 이렇게 많이 살았나? 어떤 데는 한 집에서 열댓 명도 넘게 나오는 것 같은데?"

혼란스러워진 주변을 두리번거리며 삼식이가 불안한 얼굴로 중얼거렸다. 유빈이 미치겠다는 표정으로 말했다.

"길거리에서 난리가 나니까 무작정 남의 뒤를 따라 달아난 사람들이겠지. 아, 씨발. 근데 이거 어떡하지? 이 사람들 다 큰일 나겠네."

"빨리 돌아가요! 몇 분 뒤면 다시 좀비들이 온다고요! 여기 있으면 안 된다고요!"

보안관은 목이 새빨갛게 될 때까지 목청을 돋워 소리를 질렀다. 그렇지 않아도 큰 목소리를 최대한으로 키웠지만, 효과가 없다. 음료수와 통조림을 줍느라 흥분한 사람들은 보안관이 아무리 악을 써도 돌아봐 주지 않았다.

팍―! 세 친구가 다른 생존자들에게 정신이 팔린 사이, 누군가의 손이 유빈의 쇼핑백에서 음식을 훔쳐 간다.

"살려주세요. 이거 저 주세요, 제발. 애가 굶어요. 선생님, 제발!"

얼굴에 핏기라고는 하나도 없는 여자가 삼식이의 쇼핑백을 잡고 울먹이며 애원을 한다. 삼식이는 입을 다물지도 못한 채 쇼핑백을 쥐고 있던 손에서 힘을 빼버렸다. 여자는 음식물이 든 쇼핑백을 품 안에 넣자 뒤도 안 돌아보고 급하게 뛰어간다. 고맙다는 인사는 아마 마음속으로만 했을 것이다.

쨍강! 김밥 가게의 유리가 깨어지고, 햄버거 집 안에서는 먹을 것을 사이에 둔 격한 몸싸움이 벌어졌다. 개판이다.

"저기! 저기로 가면 더 큰 가게가 있어!"

어떤 과감한 놈들은 경쟁을 피해보려고 멀리 번화가 반대편의 슈퍼를 향해 뛰어가기도 했다.

"돌아와! 이 미친 새끼야! 죽는다고!"

보안관이 땀을 뻘뻘 흘리며 애를 태웠다.

"몇 분이야?"

유빈이 사람들을 돌려 세우면서 물었다. 시계를 들여다본 삼식이의 얼굴이 파랗게 질렸다.

"십칠 분!"

이제 1분 후면 반대편 코너에서 오렌지 호프 아줌마를 위시한 괴물들의 그룹이 몰려들 것이다. 하지만 지금도 뒤늦게 문을 열고 거리로 뛰어나오는 사람들의 모습이 보인다. 유빈은 최후 수단을 써보기로 했다.

"좀비다! 으아악! 좀비다!"

골목 한쪽을 가리키며 있는 힘껏 구라를 쳐봤다. 하지만 사람들은 그가 원하던 대로 도망쳐 주지 않았다. 연기력이 부족해서일까? 아니, 그런 이유가 아니었다. 이미 소란이 너무 커져 버려서 특별히 귀를 기울이지 않으면 한 사람의 목소리 같은 건 거의 전해지지 않는다.

얼마나 굶었는지는 모르겠지만, 사람들은 급하게 빵을 뜯어 캑캑거리며 입안에 구겨 넣느라고 죽음이 바로 코앞에 닥쳐오고 있는데도 주위를 돌아볼 여유 따위가 없었다.

"좀비라고! 저기 좀비 온단 말이야!"

울먹이며 소리를 질러 대는 유빈의 팔을 보안관이 잡아끌었다.

"그냥 가! 이 새끼들 때문에 우리까지 죽겠어!"

"하지만……."

"하지만이고 자시고 뛰어! 네가 다 못 구해, 새끼야!"

그 말이 맞다. 유빈은 이를 악물고 뛰기 시작했다. 가장 늦게까지 미련을 버리지 못하고 있던 삼식이의 팔을 누군가가 콱 움켜쥐고 당겼다. 몸에 딱 붙는 하얀 줄무늬 양복을 입고 머리에 기름을 발라 넘긴 사내는 한눈에도 제비처럼 보였다.

"억!"

중심을 잃은 삼식이가 비틀댔다. 보안관이 삼식이를 붙든 제비의 팔을 탁 쳐낸 뒤 밀쳐 버렸다.

"놔요! 아저씨!"

시비를 할 시간은 없다. 보안관과 유빈이 삼식이를 끌고 뛰어가려는데 제비는 몸을 날려 삼식이의 바지허리를 잡고 늘어진다.

"제발! 제발 살려줘! 위층에 일행이 있어! 두 블록, 두 블록만 데려다 줘. 거기 내 차가 있어."

"놓으라고, 이 새끼야! 살고 싶으면 빨리 돌아가서 문 닫아!"

보안관이 제비의 배를 걸어찼다. 어지간히 아프고 숨이 턱 막힐 텐데, 그래도 제비는 포기하지 않고 질질 끌리며 사정을 한다.

"컥! 콜록! 제발! 한 번만 도와줘, 섭섭지 않게 갚을게! 지갑에 돈 있어! 아니, 출세시켜 줄게!"

"출세 같은 소리 하네. 지랄 말고 놓으라고! 진짜 안 놔?"

결국 참다못한 보안관이 제비의 얼굴을 주먹으로 후려갈겼다. 유빈이 말릴 틈도 없었다. 칼날 같은 짧은 훅에 제비의 턱이 덜컥 돌아간다. 브웩ㅡ! 무슨 말인가를 하려던 제비는 열린 입술 사이로 이상한 비명을 흘리면서 맥없이 쓰러져 버렸다.

흰자를 드러내고 뻗은 제비의 입에서 피시시 게거품이 뿜어져 나온다.

"아이, 씨발! 기절을 시켜 버리면 어떡해? 얼굴 좀 때리지 말라고!"

놀란 유빈이 방방 뛰며 소리를 질렀다. 보안관도 당혹스러운지 얼굴을 쓸어내렸다.

"오빠! 오빠!"

속옷 가게 2층으로 이어진 계단에서 고등학생 정도나 된 것 같은 어린 여자애 하나가 뛰어나와 제비를 붙들고 울부짖는다. 이 더위에 어울리지 않게 커다란 모자에, 마스크에, 헐렁한 옷까지. 어떻게든 안 물려보려고 아주 중무장을 했다. 반쯤 열린 2층 창문 틈으로 몇 명이 얼굴을 들이민 채 음침하게 내다보고 있다.

"그냥 가! 저 정도 머릿수면 자기들이 끌고 올라갈 수 있을 거야!"

난감해하는 보안관을 끌어당기면서 유빈이 소리쳤다. 그때, 골목 반대편에서 엄청나게 큰 비명이 들려왔다.

"끄아아악! 끄악!"

번화가 반대편의 슈퍼를 향해 뛰어갔던 놈들이다. 이제 막 코너를 돌아 나타난 괴물들이 그들을 붙잡고 사정없이 물어뜯고 있었다. 열댓 마리가 한꺼번에 달려들어 깨물어 대니 순식간에 팔다리가 뜯겨 나간다.

"으아악—!"

그롸아악!

날카로운 비명과 커다란 울부짖음이 섞이며 혼란스러웠던 거리의 공기를 단번에 제압한다.

"끼야아악!"

쇼핑에 혼이 팔려 자신의 은신처로부터 멀리 벗어나 있던 사람들이 뒤늦게 사태를 알아차리고 혼비백산하며 달리기 시작했다. 하지만 삼식이가 이야기했듯이 괴물들 쪽이 훨씬 빠르다. 먹을 것을 한 아름 품에 안은 채 뒤뚱거리며 뛰는 사람들과 겨루는 거라면 결과는 볼 것도 없었다.

그롸아아악!

괴성과 함께 무리에서 뛰쳐나온 열댓 마리의 괴물들이 닥치는 대로 사람들을 덮치고 할퀴고 자빠뜨려 물어뜯는다. 뿜어져 나온 피가 사방으로 치솟고, 잘린 살점이 여기저기 튄다. 이틀 전 오후에 바로 이곳에서 보았던 풍경과 똑같아졌다.

"으악! 씨바알!"

비명을 지르던 젊은 사내 하나는 팔뚝의 살을 뚝 떼어주고 주변의 건물로 뛰어 올라갔다. 빨리! 빨리! 사내의 부모로 보이는 노부부가 사내를 기다렸다가 끌어당긴 후 문을 쾅! 잠가 버린다. 그 뒤를 쫓아 오르던 다른 생존자는 영락없이 닫힌 문과 괴물들 사이에 갇혀 버렸다.

"안 돼에! 문 좀 열어줘요!"

쾅쾅쾅! 애타게 문을 두드리던 생존자의 목과 다리에 괴물들의 이빨이 콱콱 박힌다. 생존자는 제대로 저항 한 번 해보지 못하고 계단참에 쓰러진 채 내장이 다 뜯겨 나갔다. 괴물들이 턱을 잡아채며 구불구불한 내장을 끄집어낼 때마다 사내의 몸이 경련하듯 떨렸다.

"하아, 하아!"

정신없이 달리던 세 친구는 지하 통로로 뛰어들기 전에 다시 한 번 뒤를 돌아보았다. 보안관이 기절시킨 제비는 여전히 의식을 찾을 기미가 없고, 여자애는 그의 어깨를 들어보려고 안간힘을 쓰는 중이다. 2층에서 지켜보고 있던 놈들은 보이지 않는다. 도와주러 내려오지 않은 것이다.

괴물들의 파도는 벌써 번화가 거리를 절반 이상 점령하며 밀려오고 있었다. 지금 세 친구가 이 계단 아래로 발을 뗀다면 저 제비와 여자애는 100퍼센트 죽는다.

"아우우~ 씨발!"

보안관이 먼저 짐승처럼 욕을 내뱉으며 멈춰 섰고, 유빈과 삼식이도 몸을 돌렸다. 눈빛을 교환하지도 않았고, 아무도 입을 열지 않았다. 하지만 세 친구는 약속이나 한 듯 나란히 다시 번화가 쪽을 향해 돌아서 뛰었다.

"비켜봐."

울먹이며 낑낑대던 여자애를 밀어내고 보안관이 제비를 어깨에 둘러업었다. 들고 있던 쇼핑백은 여자애의 손에 쥐어 주었다. 유빈은 보안관의 해머를 맡았다.

끄와아악! 그롸아악!

아가리를 쫙 벌린 괴물들이 침을 흩날리며 달려온다. 아직 은신처를 찾지 못한 사람들이 비명을 지르며 사방으로 흩어지고 있다. 꽈드득! 가느다란 뼈가 부서지고 살이 잘려 나가는 소리. 피비린내가 콧속을 가득 채우며 들어온다. 보안관과 친구들은 여자애를 앞세워 속옷 가게 2층으로 다급히 올라갔다.

"이런 미친!"

덜컥덜컥! 손잡이를 돌리던 보안관이 당황했다. 2층의 구경꾼들은 어느새 문을 굳게 잠가두고 있었다. 보안관은 한쪽 발로 거칠게 문을 걸어찼다.

"문 열어, 이 새끼들아!"

안쪽에서 기어 들어가는 목소리로 대답해 왔다.

"다른 데로 가요! 우리한테까지 피해 끼치지 말고!"

ㄱ

"그게 무슨… 너희, 일행이라며?"

어이가 없어진 보안관이 여자애를 돌아보며 물었다. 겁에 질린 여자애는 말없이 고개만 젓는다. 문 안쪽에 숨은 쥐새끼 같은 놈들과 이 남매는 서로 모르는 사이였던 모양이다. 그러면 저놈들이 왜 도와주러 내려오지 않은 건지도 설명이 된다. 하지만 지금 그런 건 아무래도 상관없다. 보안관은 복도 전체가 쩌렁쩌렁 울릴 만큼 크게 소리를 질렀다.

"이 개새끼들아! 문 안 열면 때려 부숴 버리고 갈 거야! 나한테 해머 있는 거 알지? 셋 센다! 하나!"

고개를 내밀어 골목을 살피던 삼식이가 나지막이 중얼거렸다.

"아, 젠장. 20미터도 안 남았어."

유빈이 달려가 제비를 넘겨받고 해머를 건넸다. 좁은 계단 사이에 낀 여자애는 고개를 숙인 채 벌벌 떨고 있다.

"괜찮아, 괜찮아. 무서워하지 마."

여자애가 발작을 일으킬까 봐 두려워진 유빈이는 자유로운 왼손을 내밀어 양키스 모자를 쓰고 있는 그 애의 머리를 조심조심 쓸어줬다. 소리를 죽여 울음을 삼키던 여자애가 얼음장처럼 차가워진 두 손을 내밀어 유빈의 옷자락을 꼭 쥐고 바들거린다. 살려 달라는 백 마디 말보다, 고맙다는 천 마디 말보다 더 절실하게 그녀의 마음이 전해졌다.

"셋! 그래, 같이 죽어보자! 이 개새끼들아!"

그러는 동안 카운트를 끝낸 보안관은 해머를 높이 들어 올렸다가 문 한가운데를 내리쳤었다. 콰쾅! 계단 전체가 흔들거릴 만큼 강력한 진동이다. 철제문이 움푹 찌그러지고, 달려 있던 조그만 볼록 렌즈가 박살 났다.

"흐억!"

안쪽에서 깜짝 놀라는 비명과 함께 뒤로 넘어지는 소리가 들린다. 아마 누군가 렌즈를 통해 바깥쪽을 살피고 있었던 모양이다.

"봤지? 이번엔 손잡이다!"

렌즈 구멍에 눈을 대고 안쪽을 향해 소리를 지른 보안관이 해머를 또 들어 올렸다.

"알았어요! 알았어요! 열게요! 부수지 말아요!"

다급한 목소리가 들려온다. 그리고 곧바로 딸깍! 문의 손잡이가 돌아갔다. 혹시 마음이 바뀔까 두려웠던 보안관은 번개같이 문을 당겨 벌컥 열어젖히고 뛰어 들어갔다. 네 명이나 안에 있었으면서… 쏘아보는 보안관의 눈에서 불이 뿜어져 나오는 것 같다.

"들어와! 빨리!"

여자애의 등을 떠밀어 앞세우고 유빈이 계단을 뛰어올랐다. 가장 뒤에 섰던 삼식이가 삽을 휘두르며 소리를 질렀다.

"아이, 씨발! 이거 어쩌지?"

세 마리의 괴물이 계단 안으로 몸을 밀어 넣으려다가 차례로 삽에 맞아 밀려난다. 그라아악! 하지만 놈들은 포기를 몰랐다.

"삽을 던져 버려!"

보안관이 스패너를 꺼내 들고 급하게 몸을 날리며 외쳤다. 어차피 저렇게 자루가 긴 무기는 이런 좁은 계단에서 휘두를 수도 없다. 투창처럼 내던진 삽에 찢겨 괴물 하나의 눈알이 날아간다.

"올라가!"

보안관은 삼식이를 번쩍 끌어 올리며 삼식이의 허리춤에 끼워져 있던, 돌 깨는 망치를 꺼냈다. 오른손엔 망치, 왼손엔 스패너. 이도류다.

그라아악!

괴물 하나가 계단을 네 발로 뛰어올라 부웅, 몸을 날린다. 계단의 폭이 넓지 않은 것이 지금 상황에서 가장 다행스러운 일이었다. 보안관은 스패너를 밖으로 휘둘러 괴물의 턱을 갈겼다. 빠캉! 스패너에 맞은 괴물의 머리통이 계단 벽을 찧으며 요란한 소리가 울렸다. 보안관은 잇달아 오른손의 망치로 괴물의 옆머리를 때렸다.

으직! 뼈가 부러지는 소리. 한 번 더 망치를 휘둘렀다. 이번엔 반대쪽 턱을 돌려 쳤다. 콱! 턱이 빠져 버린 괴물이 비틀거릴 때, 보안관이 커다란 발을 들어 괴물의 가슴팍을 걷어찼다. 우당탕! 괴물은 제멋대로 나뒹굴며 계단을 타고 굴러 떨어졌다.

"지금이야!"

유빈과 삼식의 애타는 부름이 들린다. 뒤따르던 괴물들이 한데 엉켜 머뭇거리는 사이, 보안관은 재빠르게 뒷걸음질을 쳐서 문 안쪽으로 뛰어들었다.

"닫아!"

유빈이 온몸의 힘을 다해 문을 닫는데, 쫓아온 괴물의 팔목이 문틈으로 쑤욱 들어온다. 콰작! 바깥쪽으로 꺾여 나간 괴물의 팔목이 문틈에 끼어버렸다. 그 사이로 또 다른 손가락이 문을 잡고 늘어졌다.

"으아!"

유빈은 손잡이를 꽉 잡은 채 기합 소리와 함께 힘껏 당겼다. 으직! 으직! 부러진 괴물의 팔목이 좀처럼 빠지지 않는다. 이익! 유빈이 씨름을 하는 동안 삼식이는 괴물의 부러진 팔목을 비틀어 뜯어내기 위해 안간힘을 보탰다.

"이… 개새끼들, 힘이 왜 이렇게 세?"

이를 악문 유빈의 턱 근육이 경련을 일으키듯 떨렸다. 겨우 부러진 팔뚝 하나와 으스러진 손가락 몇 개만 버티고 있을 뿐인데, 두 사람이 힘을 다해도 문을 완전히 닫기가 어려웠다.

"내가 할게, 삼식아! 손, 손 조심해!"

보안관이 달려들어 망치로 괴물의 팔을 내려쳤다. 오른쪽으로 부러져 있던 팔이 이번에는 아래쪽으로 꺾인다. 빠직! 빠직! 인상을 잔뜩 찌푸린 보안관이 계속 망치를 휘두르자 괴물의 팔이 하얀 뼈를 드러내며 반쯤 잘려 나갔다. 그 타이밍을 놓치지 않고 유빈과 삼식이가 함께 문을 당겼다.

콰앙! 마침내 문이 닫혔다. 질긴 가죽 때문에 대롱거리며 매달려있던 괴물의 손이 덜렁 잘려 나가 바닥에 떨어져 구른다.

찰칵! 철컥! 손잡이와 보조키까지 모두 잠그고 난 뒤, 유빈과 삼식이는 그대로 쓰러져 문에 기대앉았다. 밖에서 문을 긁고 두드리는 괴물들의 울부짖음이 등에 닿은 쇠를 타고 울렸다.

제기랄, 또 갇혀 버렸다.

"허억, 허억……."

허리를 굽힌 채 한숨을 몰아쉬던 보안관이 제비와 여자애를 돌아봤다. 제비는 여전히 의식이 없고, 여자애는 벌벌 떠는 게 멀리서도 느껴진다. 문을 잠갔던 네 명의 다른 사람들은 공포에 질려 구석에 뭉쳐 서 있다.

"괜찮아?"

보안관이 물었다. 여자애는 천천히 고개를 끄덕이며 울음이 가득 섞인 목소리로 대답했다.

"흐으윽, 네, 흐으윽, 감사…합니다."

하긴 어지간히 놀랐을 테지. 제기랄, 주먹 한 번 잘못 놀렸다가 이게 무슨 짓이람? 보안관은 뒹굴고 있는 팔목을 집어 들고 창가로 걸어가 밖으로 내던져 버렸다. 잠시 창문이 열린 동안 바깥의 비명과 고함 소리가 폭풍처럼 커진다.

지옥 같은 풍경을 보고 있기 싫어서 보안관은 서둘러 이중 창문을 모두 닫아버렸다. 사람 말 좀 들어줬으면 이런 꼴 안 봐도 되는 거였잖아. 속에서 욕설이 끓어 올라왔다.

"끄으응~!"

제비가 그제야 신음을 토하며 몸을 뒤척였다. 젠장, 이왕 깰 거면 조금 빨리 깨어나서 제 발로 좀 도망가 줄 것이지. 보안관은 그렇게 생각했다. 하지만 유빈과 삼식이의 생각은 달랐다. 보안관의 펀치를 턱에 맞고 이렇게 금방 정신을 차리다니, 타고난 맷집이 있는 사람이다.

"여기가 어디… 응? 응? 어?"

눈을 게슴츠레하게 뜨고 있던 제비는 깜짝 놀라 사방을 더듬으며 벌떡 몸을 일으켰다. 그러더니 옆에 앉은 여자애를 보고서야 겨우 안심이 되는 듯 한숨을 크게 내쉰다. 여동생 사랑 하나만큼은 인정해 줘야 할 것 같다.

"어이, 자네들."

일어나 앉아 기름 바른 머리를 쓸어 넘기고 담배에 불을 붙인 뒤, 제비가 입을 열었다. 닫힌 공간에서 아무렇지도 않게 담배를 피우는 꼴이나, 다짜고짜 반말 짓거리를 하는 걸 보니 방귀 좀 뀌고 살았던 모양이다. 부어오른 턱이 아픈지 제비는 담배를 물 때마다 눈살을 찌푸렸다.

"몸 놀리는 거 보아하니 뭐 짐작은 하겠네만, 뉘 집 밥 먹는 식구인가?"

뭔 소리 하는 거야, 이 등신 같은 놈은? 보안관의 눈꼬리가 올라갔지만, 조금 전 죽일 뻔한 죄가 있어서 한 번 꾹 참았다. 그런 보안관의 표정이 안 보이는지 제비는 담배 연기를 뿜으면서 다시 물었다.

"응? 어디 소속이었어? 누구 밑에서 일해?"

"대홍 인력 파견 회사… 조국남 작업반장님……."

제비와 눈을 마주친 삼식이가 순순히 털어놓는다. 유빈이 그런 삼식이의 허벅지를 퍽, 쳐서 입을 다물게 했다. 제비는 고개를 갸웃거리더니 모르겠다는 표정을 지었다.

"대홍이라… 처음 들어보는데……. 서울에 만배파와 홍선이파만 있는 게 아니었나 보군. 여튼 부탁 좀 하지. 그렇게 어려운 일은 아니야. 여기에서 두 블록만 걸어가면 거기 내 차가 있네. 자네들이 나랑 얘, 이렇게 둘만 거기까지 호위해 주게. 차 안에 타는 순간, 내가 아예 지갑째 넘겨줌세. 봐, 전부 오만 원짜리야."

제비는 옆에 놓아두었던 얄팍한 일수 가방에서 두툼한 지갑을 꺼내 펴 보였다. 노란색 지폐가 빼곡히 들어차 있다. 보안관이 콧방귀를 뀌었다. 돈만 가지고는 안 되겠다 싶었는지, 제비는 삼식이를 가리키며 자신만만하게 말했다.

"그걸로 모자라다면… 어이, 자네. 거기, 훤칠하게 키 큰 친구! 출세시켜 줄까? 말만 하게. 연예인 하고 싶지? 한 번만 힘 좀 빌려주면 내 은혜는 잊지 않음세. 아, 그래. 이 시계는 어때? 오데마피게, 삼천짜리야. 가져!"

"으흥, 저 아저씨도 사기꾼이었구나."

연예인 시켜준다는 이야기가 나오자 삼식이는 곁에 앉은 유빈에게만 들릴 정도로 나직하게 중얼거렸다. 더 듣기 귀찮아진 보안관이 제비의 말을 끊었다.

"어이, 아저씨. 무슨 착각을 하는지 모르겠지만, 암만 좋은 차를 가지고 있어봐야 이젠 못 달려. 저 밖에 도로란 도로는 다 꽉꽉 막혔어."

"이걸로 뉴스를 보니까 수복 작업이 진행 중이라던데… 아직도 길이 다 안 뚫렸나?"

휴대폰을 들어 올리며 제비가 묻는다. 아마 그도 DMB를 본 모양이다.

"그런 건 모르겠고, 이 주변엔 차 타고 아무 데도 못 간다고 보면 돼. 확실한 이야기야. 조금 전까지 내 눈으로 다 보고 왔으니까."

"봤다니? 어디에 있으면 그런 게 보여? 아, 그러고 보니 자네들은 이 동네에 숨어 있던 게 아니지?"

"궁금한 게 많은 아저씨네."

보안관은 세 개의 쇼핑백 중 하나를 뒤적거려 음료수를 꺼내 제비와 여자애에게 건넨 뒤, 자기도 하나를 따 마셨다. 진땀을 흘렸으니 목도 어지간히 마르다. 가만히 캔을 쥐고만 있는 여자애와 달리 급하게 음료수를 벌컥벌컥 들이켜는 제비를 보며 속으로 생각했다. 이걸로 턱을 돌렸던 빚은 갚았다고. 문을 잠그고 있던 네 사람에게는 주고 싶지 않았다. 저것들 때문에 하마터면 죽을 뻔했으니까.

"저기 오른쪽에 있는 경전철역 꼭대기에 가면 사방이 다 보여. 그리고 우리는 여기서 한 2킬로미터 떨어진 데서 왔고."

보안관이 숨김없이 이야기를 해주자 제비는 침을 꿀떡 삼키며 관심을 보였다.

"2킬로미터? 거긴 뭐가 있어? 여기보다 안전한가? 자네들 일행은 몇이나 되나?"

"다 똑같아. 이제 안전한 데라는 건 없어. 그냥 숨어서 숨만 쉬는 거지."

"하지만 2킬로미터라도 움직였다면서? 그러면 그 이상의 거리도 가능한 거 아닌가? 어떻게든 이 난리 통만 벗어나게 해주면······."

"그렇게 쉬운 일이 아니야. 우리도 너무 배가 고파서 목숨 걸어두고 한 짓이라고."

둘이 대화를 나누는 동안 유빈과 삼식이는 말없이 문에 기대앉은 채 꼼짝도 하지 않았다. 진탕 땀을 뺀 덕에 가만히 앉아 있어도 어질어질하다. 그러고 보니 기껏 음식을 손에 넣었는데 아직 맛도 제대로 못 봤다는 걸 깨달았다. 유빈은 쇼핑백에 손을 뻗어 아무 거나 잡히는 대로 꺼냈다.

"자, 삼식아. 크림빵이다."

삼식이가 넘겨받아 맛있게 먹는다. 유빈이 두 번째로 집은 것은 초코 빵. 평소에 즐기던 것은 아니지만, 지금 그의 눈엔 천상의 만찬처럼 비쳐졌다. 정신없이 입에 쑤셔 넣고 씹던 유빈의 눈이 제비와 마주쳤다.

"아저씨도 배고파요? 빵 하나 줄까요?"

유빈이 물었다. 제비는 고개를 저었다.

"먹을 건 뭐··· 살림하는 집이니 대충 있더라고. 밥도 있고, 라면이니, 햄이니··· 그래서 배는 크게 안 고파. 오히려 물이 문제였어. 둘째 날부터 딱 끊기니까 미치겠더구만."

유빈은 어둑어둑해진 집 안을 둘러봤다. 거실 건너편 벽에는 19리터짜리 생수 통이 반 이상 찬 냉온수기까지 있다. 저래놓고 물이 부족하다니, 무슨 소리지? 하지만 관심을 기울이지 않았다.

"그럼 다들 비슷했을 텐데, 왜 그렇게 난리를 치고 편의점에를 뛰어 들어간 거였지?"

입가에 크림을 잔뜩 묻힌 삼식이가 이해할 수 없다는 표정으로 묻는다. 이 개새끼는 똑같이 그 난리 통을 겪었는데도 여전히 존나게 잘생겼다.

"그건 그냥 겁에 질려서 그랬겠지. 언제 또 음식을 보충할 수 있는 기회가 올지 모르니까 말이야."

유빈의 대답이 만족스러웠는지 삼식이는 다시 빵 한 봉지를 더 뜯어 우물거리기 시작했다.

"아, 젠장. 안 좋아. 이제 슬슬 해가 지려 하고 있어."

입안에 삼각김밥을 가득 물고 창문 틈으로 어둑해진 밖을 내다보며 보안관이 중얼거렸다.

"삼각김밥 먹을 만해?"

삼식이가 물었다. 보안관은 고개를 끄덕였다.

"약간 쉰 것 같기는 한데, 그래도 엄청 맛있다. 근데 삼식아."

"응?"

"그거 먹고 여기 서서 아까처럼 망 좀 봐봐. 난 아무리 열심히 봐도 쟤들 얼굴 구분 못하겠어."

"그러지 뭐. 오줌만 좀 누고. 저기 아저씨, 화장실 어디예요?"

빵 두 개를 순식간에 해치운 삼식이는 콧노래를 흥얼거리며 일어나 화장실로 걸어갔다. 이미 실내는 꽤나 어두워져 있다. 문을 열고 들어간 뒤, 잠시 후 삼식이의 혼잣말이 들린다.

"아이 씨, 깜깜해. 어억, 이게 뭐야!"

2장
새로운 날

1

찰칵, 찰칵, 라이터를 켜는 소리가 나는가 싶더니, 삼식이가
비명을 지르며 튀어나왔다.

"으악! 아으! 으흑~!"

문밖으로 몸을 내던진 삼식이가 신음을 토해내며 발가락만
으로 양말을 벗어 안쪽으로 차 넣었다. 그러고선 곧바로 문을
쾅! 닫은 뒤, 번개처럼 몸을 일으켜 유빈이의 곁으로 뛰어왔
다.

"왜에?"

아직도 팔락팔락 가슴이 뛰는 삼식이에게 유빈이 물었다.

삼식이는 생각하기도 싫다는 듯 세차게 도리질을 하며 말했다.

"아이 씨! 화장실 바닥에 전부 고구마 밭이야. 아흐! 아니, 왜 바닥에다가 저렇게 싸놓느냐고! 아우!"

삼식이는 자기 겨드랑이 냄새로 똥 냄새를 지우려는 듯 면 티 팔 부분을 잡아당겨 코를 감싸고 숨을 들이켰다. 동시에 신경질적으로 맨발을 현관 바닥에 북북 문질러 댔다.

"물이 안 나오니까 변기가 막혀서……."

네 사람 중 하나가 힘없이 말한다. 삼식이는 울상을 지으며 고개를 저었다.

"그냥 사이좋게 욕조 안에다가만 싸도 되는데, 왜 하필 바닥에다가!"

"야, 나까지 구역질 나니까 제발 똥 이야기 그만하고 여기 나 좀 보라고."

하필 카레 빵을 먹고 있던 보안관이 짜증을 부려서 삼식이의 소동은 일단락되었다. 진땀을 닦아낸 삼식이는 창틈에 얼굴을 바짝 가져다 붙이고 거리를 가득 채운 좀비들을 눈으로 훑었다.

"저기, 그쪽 사람들 여기 계속 있으면 안 돼요. 우, 우리 음식도 많이 안 남았고, 이제는."

네 명 중 사내 하나가 용기를 내 말했다. 보안관은 그러겠다고 했다.

"그럼 언제 나가줄 거예요?"

"우리도 빨리 가고 싶어요. 하지만 지금 문 열면 나만 죽는 게 아닐 텐데? 당신네 음식이랑 물 안 건드릴 테니, 숨만 좀 나눠 쉽시다."

보안관의 말에 안심했는지, 사내는 그제야 주섬주섬 일어나 싱크대 문을 열고 라면 봉지 몇 개와 양초 한 자루를 꺼내 왔다. 라면은 네 개뿐이다. 한 사람이 한 봉지씩 잡더니 촛불 주변에서 소중하게 깨물어 먹는다. 제비에게도, 여자애에게도 나눠 주지 않는다.

먹을 건 챙겨 먹었던 것처럼 말하더니? 보안관이 이해할 수 없다는 표정으로 제비를 쳐다보자, 제비는 멋쩍은 듯 웃으며 말했다.

"오늘 오후부터 갑자기 안 팔겠다고 저러는구만. 그전까지는 한 개 십만 원씩에 잘 거래했었는데. 뭐, 괜찮아. 자네 덕에 음료수도 마시고 했으니."

어이가 없어진 보안관이 쇼핑백에서 빵을 두 개 집어 제비에게 줬다. 그리고 여자애에게도 권했다. 여자애는 고맙다는 표시로 고개만 끄덕이고 도무지 먹을 생각을 않는다. 아까 쥐어 준 음료수도 그대로 들고 있다.

"먹어야 살아. 무서워서 그러는 것 같은데, 억지로라도 먹어요. 그리고 안 더워, 이 마스크? 좀 벗고 음료수라도 마셔.

공기로 감염되는 것 같진 않으니까."

해는 졌지만 창문까지 닫아놓은 실내는 그야말로 후끈후끈
했다. 살아 있는 사람이라도 썩어버릴 것 같은 더위 속에서 잔
뜩 감싸고 있는 여자애가 불쌍해 보여 보안관은 손을 내밀었
다.

"그 손 안 치워? 이 쌍놈의 새끼!"

빵을 먹고 있던 제비가 갑자기 눈에 심지를 켜고 주먹을 휘
두르며 달려들었다. 슬쩍 피해서 맞지는 않았지만, 어처구니
없고 화가 난다.

"도와주려고 그러는 거잖아! 누가 아저씨 동생 뭘 어쩐대?
나도 관심 없어, 이런 어린애!"

보안관이 빽! 소리를 치자 제비도 지지 않고 맞받아쳤다.

"네 주제에 누굴 도운다고 지랄이야? 어디서 새까만 꼬붕
새끼가! 세상이 뒤집어지니까 눈에 뵈는 게 없어?"

살면서 이렇게 억울한 일 겪기도 쉽지 않다. 살려 달라고 매
달려서 사람을 여기 갇히게 만들더니, 소중한 빵과 음료수까
지 주니까 사람을 성추행범 취급하며 달려들다니. 아오! 보안
관은 크게 한숨을 내쉬었다. 진짜, 좀비 세상만 아니면 당장에
끌고 나가서 곤죽을 만들고 싶은 스타일이다.

"오빠……."

보다 못한 여자애가 말리려 들자 제비가 또 지랄발광을 한다.

"닥치고 가만히 있어! 너까지 오빠 말 안 들을 거야? 응? 안 들을 거냐고? 내가 너희를 위해서 어떻게 했어, 응? 오빠 속 터져서 죽는 거 보고 싶냐? 응?"

하도 난리를 치니 여자애는 다시 고개를 폭 숙이고 입을 다물었다. 아, 씨발. 역시 미친 새끼였어. 내가 괜히 오지랖을 부린 게 잘못이지. 보안관은 똥 밟았다 생각하기로 하고 더 말을 않은 채 물러섰다.

"보안관."

뒤에서 뭔 소동이 벌어져도 가만히 창문에 코를 박고 서 있던 삼식이가 불렀다.

"응?"

"몇 마리가 또 상주하기 시작했는데, 그걸 제외하면 대체적으로 그룹은 그대로 유지되는 것 같아. 순서까지도 똑같아."

"다행이네. 시간은 어때? 그 간격도 그대로야? 어디, 나도 좀 보자."

그렇게 말하면서 창밖을 내다보니 이건 거의 암흑 수준이다. 시커먼 덩어리들이 무리지어 있는 것 때문에 괴물들이 있다는 걸 알 수는 있지만, 얼굴을 분간한다는 건 도저히 말도 안 된다. 보안관은 이상한 것을 보듯 삼식이를 보며 물었다.

"야, 아무것도 안 보이잖아? 뭘 보고 그룹이 그대로라는 둥

순서가 어떻다는 둥 난리야?"

"어, 저게 왜 안 보이지? 저기 오렌지 호프 누나 걸어가잖아?"

"지랄! 그냥 시커먼 덩어리지! 오렌지 호프 같은 소리 하네. 정말로 저게 보여?"

"아하~! 시력 차이구나! 난 어렸을 때부터 책을 거의 읽지 않아서 눈이 굉장히 좋잖아. 게다가 몇 번이나 같이 잔 여자들을 왜 구분 못하겠어?"

삼식이가 자랑스럽게 가슴을 쭉 폈다. 한꺼번에 너무 많은 또라이들을 만나는 건 힘들다. 화장실 바닥에 똥 싸놓는 놈들에, 저 제비에, 한여름에 마스크 낀 년이 있지 않나, 게다가 삼식이 이놈까지……. 보안관은 이마의 땀을 닦으며 힘없이 말했다.

"그래, 알았어. 그러면 시간 간격도 같아? 여전히 20분이야?"

"비슷한데, 좀 짧아졌어. 꼬리 쪽이 영 늦게 빠져나가. 이번 간격은 16분. 그런데 참 신기하지? 쟤네들, 왜 저렇게까지 규칙을 지키면서 몰려다니는 걸까?"

라이터를 켜서 시계를 비춰 보며 삼식이가 대답했다. 지금 그런 이유 따위에 관심을 가질 여유는 없다. 보안관에겐 빠져나갈 수 있는 구멍이 있다는 것 정도면 충분하다. 다만, 상주하는 괴물들이 아까의 일곱 마리보다 많다면 그게 좀 버거워 질 것이다.

"항상 여기에서 돌아다니는 놈들은 몇 마리야?"

"많아. 하지만 거리 전체에 퍼져 있어서 이 근방부터 지하 통로까지만 따지면 네다섯 마리밖에 안 돼."

그것도 좋은 소식이다. 보안관은 유빈을 돌아보며 말했다.

"그럼 내일 새벽에 나가면 되겠다. 해가 조금이라도 떠야 뭐가 좀 보이지. 그치, 유빈아?"

어느새 벽에 기댄 채 선잠이 들었던 유빈이 실눈을 뜨고 물었다.

"응? 뭐라고?"

"아니, 아니야. 좀 자둬."

시계를 보니 아직 여덟 시 반밖에 안 됐다. 하아, 적어도 앞으로 여덟 시간 동안은 꼼짝없이 여기 갇혀 있는 수밖에 없다. 촛불 앞에 모여앉아 딱딱한 라면을 오독오독 씹으며 이쪽을 흘끔거리고 있는 네 사람의 눈빛이 마음에 걸린 보안관과 삼식이는 서로 불침번을 서주기로 했다. 시간은 아주 지루하게 흘러갔다.

"일어나, 보안관."

가장 늦게까지 보초를 섰던 보안관은 어깨를 흔드는 유빈의 손길에 눈을 떴다. 눈이 뻑뻑하다. 세수를 하고 싶지만, 지금 그건 아주 사치스러운 바람이다. 창문 틈으로 비치는 바깥세상은 어느새 뿌옇게 동이 터 있었다.

"으음, 몇 시야?"

"네 시 반. 이제 슬슬 몸을 깨워봐야 움직일 수 있지."

유빈이 사탕을 몇 개 쥐어 주었다.

"뭐야, 이게? 음료수 줘."

"없어. 애초에 음료수는 그렇게 많이 안 담았어. 이거라도 먹으면 갈증이 훨씬 가실 거야."

"젠장."

바짝 말라 있는 입에 사탕을 넣어 녹이고 있으려니, 여자애가 쭈뼛거리며 다가와 음료수를 내밀었다.

"저, 이거……."

전날 보안관이 줬던 거다. 보안관은 깜짝 놀라 손을 저었다.

"응? 아니야. 이건 내가 그쪽한테 준 거니까, 학생이 마셔."

몇 번을 더 권하던 여자애는 결국 포기하고 돌아가 제비 옆에 앉았다. 예의 그 네 사람은 눈에 띄지 않는다. 아마 자기들끼리 방에 들어가 문을 잠근 채 잠이라도 자는 거겠지. 눈 밑에 다크 서클이 한층 더 짙어진 제비가 또 담배 한 대를 피워 물며 말을 걸었다. 남매가 모두 밤을 꼴딱 샌 모양이다.

"가다니, 저 좀비 밭을 뚫고 어디를 간다는 거야? 자네들,

무슨 비책이라도 있나? 만약 그런 거라면 나도 좀 끼워주게."

보안관이 제비를 빤히 노려보다가 입을 열었다.

"어이, 아저씨. 한 가지만 좀 해. 도와달라고 하든가, 아니면 어제처럼 치한 취급을 하든가. 그렇게 오락가락하면 듣는 사람이 얼마나 어이없는 줄 알아? 여동생 근처에 가지 말라고 나한테 그 난리를 쳐놓고서, 지금은 또 우리랑 같이 가겠다고? 대체 나 같은 놈을 뭘 믿고 따라온다는 거야?"

머쓱해진 제비가 괜히 헛기침을 하며 일어나 다가와서 귀엣말을 했다.

"큼, 큼, 내가 왜 자네들을 못 믿겠나. 그… 세상이 워낙에 험하다 보니까 조심하는 거지."

그러면서 예의 그 네 명이 들어 있는 방을 턱으로 가리켰다. 하긴 라면 하나를 십만 원에 팔던 놈들이니, 여동생의 안전에 민감해졌을지도 모르겠군……. 제비의 행동이 마뜩치 않았지만, 이런 때에 치사하게 굴고 싶지는 않았다. 눈을 마주쳐 친구들의 의향을 살핀 보안관은 이내 고개를 끄덕이고 제비에게 말했다.

"근데 아저씨, 우리랑 가도 당장 먹을 건 지금 보고 있는 게 다야. 또 앞으로 어찌 될지도 모르고. 정말 그래도 괜찮겠어?"

"구박을 버티며 여기 가만히 앉아서 구조되기만 기다리는 것보다는 나을 것 같네. 자네들은 꽤 힘도 있어 보이고. 나중에 세상이 좀 바로잡히고 나면 내가 따로 인사를 좀 하지. 대홍파의 조국남이라고 했나, 자네들이 모시는 분이?"

"아저씨, 엉뚱한 오해 하는가 본데, 우리는 깡패 아니야. 그런데 아저씨, 엄청 머리 좋은데? 작업반장님 이름을 한 번 딱 듣고 외웠네?"

"나도 이 자리까지 오를 때엔 다 그만한 재주가 있었기에 그런 것 아니겠나. 사람 보는 눈도 좀 있고. 자네들, 몇 시간 겪어보니 진국이더구만. 우리도 데려가 주게. 부탁하네."

제비가 손을 내밀어 악수를 청한다. 이렇게까지 진지하게 부탁을 하니 받아들여 주는 게 도리인 것 같았다. 어차피 길게 보면 세 친구 역시 서로 도울 수 있는 누군가가 필요한 상황이기도 했다. 제비가 좀 직설적이긴 해도 문을 잠갔던 네 사람보다는 훨씬 신뢰할 수 있다. 보안관은 머리를 긁적이며 계획을 설명하기 시작했다.

"다섯 시 십칠 분이 되면 이 앞으로 좀비 떼가 지나갈 거야. 그리고 걔들이 한 6분에 걸쳐서 코너를 빠져나가면 그다음에 우리가 이 문을 열고 나가. 구멍으로 내다봤는데, 아까 계단에 있던 놈들은 지금은 어딘가로 가버린 것 같아. 뭐, 있어도 해치워 버리면 되는 거고. 그다음엔 거리에 상주하는 놈들인데, 이건 다 못 죽여. 시간 여유가 한 10분이나 될 테니까 앞을 막고 달려드는 놈들만 내가 처리하고, 그 다음엔 그냥 너무 가깝게 쫓아오는 새끼들을 죽이면 돼. 이게 한… 아저씨도 있고, 여동생도 있고 하니까 7분 이상 걸릴 거야. 그다음엔 무조건 지하 통로로 들어가서 뛰어. 그리고 철책이 나올 거니까 그걸 넘는 거고. 뭐, 대충 이런 겁니다, 아저씨."

"먹을 건 어쩌지? 쇼핑백을 들고서는 못 싸워. 버리고 가는 건 절대 안 되는데……."

제비가 여자애에게 돌아가 계획을 다시 한 번 설명해 주고 있을 때, 유빈이 두 개의 쇼핑백을 들어 보이며 물었다. 가지고 올라왔던 세 개 중 하나는 벌써 거의 다 비워졌다.

"가방을 하나 얻어서 거기에 담으면 되지 않을까? 메고 뛰어야지."

"주려나? 이 사람들 치사하던데."

"아, 가방 필요해? 이 가방 주면 되나?"

제비가 대화에 끼어들며 지갑이 들어 있는 일수 가방을 들어 보였다. 유빈이 보기에 라면 몇 봉지도 안 들어갈 것 같다.

"그건 너무 작아요, 아저씨. 적어도 학생 애들 배낭 정도는 되어야 하는데……."

그때, 안방의 문이 벌컥 열리며 네 사람 중 하나가 걸어 나와 또 다른 방으로 들어갔다. 잠시 뒤적거리는 소리가 들리더니, 학생용 가방 하나를 가지고 나왔다. 그는 역신에게 부적을 뿌리듯 그 가방을 바닥에 탁, 내려놓았다. 방 안에서는 남은 세 사람이 이쪽을 노려보고 있다.

"이거 줬으니까… 이, 이제 정말 더 피해 끼치지 말고 나가 줘요. 다시는 오지 말고."

그의 태도가 기분 좋은 건 아니지만, 어쨌거나 가방은 필요했다. 보안관은 고개를 끄덕이며 쇼핑백에서 스팸 캔 두 개를 꺼내 창틀에 놓아두었다. 지금 같은 상황에서 이 정도면 저 허름한 가방 값으로 충분할 것이다. 빚을 지는 건 싫다.

"역에 두고 온 음료수 가방은 어떻게 할 거야? 이것만 가지고 가면 오늘 또 와야 해. 거기에 내 망원경도 들었는데."

삼식이가 묻자 유빈이 곧바로 대답했다.

"만약에 쫓기는 상황이라면 그냥 내버려 두고 가고, 혹시 운이 좋아서 여유가 있으면 챙기자. 목숨이 제일 중요하니까."

그렇게 해서 간략한 계획 회의는 모두 마무리되었다. 제비와 여동생에게는 스트레칭을 하도록 시켰다. 괜히 밖에 나가서 갑작스러운 움직임에 쥐가 나거나 하면 서로 골치 아파진다. 배낭에 음식을 옮겨 담으면서 보안관이 걱정스러운 눈으로 물었다.

"난 암만해도 아저씨 동생이 맘에 걸리는데, 우리가 있는 데까지가 2킬로미터 정도야. 근데 여자애가 그만한 거리를 계속 뛸 수 있을까? 중간에 철책도 여러 개 넘어야 하는데."

제비는 별일 아니라는 투로 대답했다.

"그 점이라면 걱정 말게. 운동은 꾸준히 해온 애니까 달리기는 또래 남자애들에게도 지지 않을 걸세."

"그 말이 사실이면 좋겠네."

ㄹ

가방은 삼식이가 메기로 했다. 보안관은 가장 앞에서 무거운 해머를 휘두르며 길을 뚫어야 하기 때문에 몸이 가벼워야 한다. 그 뒤를 따라 삼식이가 제비와 여자애를 데리고 가고, 유빈이 가장 뒤에서 쫓아오는 놈들을 막는다는 계획이었다.

다섯 시 십칠 분이 되었다. 문에 뚫려 있는 조그만 구멍을 통해 바깥쪽을 살피던 보안관이 물었다.

"다들 준비됐어?"

"응. 근데 입구는 어때? 지금도 여전히 아무도 없어?"

"한 마리 올라온 것 같아. 이 앞에서 그렁거리며 서성대는 중이야. 나가면서 문으로 밀어 치고 갈게."

모두가 고개를 끄덕였다. 벽 한쪽에 붙어 서서 흘겨보고 있던 네 사람 중 하나가 말했다.

"나가면 곧바로 문 잠글 거예요. 이제 문 부순다고 협박하지 말아요. 그런 식으로 하면 우리도 더 이상 당하고만 있지는 않을 테니까."

"그럴게요."

불필요한 시비를 없애고 싶어서 유빈이 재빨리 대답했다. 그리고 모두 긴장 속에서 몇 분간의 시간을 보냈다. 괴물들이 코너를 돌아 나갈 때까지 기다려야 한다. 창문과 시계를 번갈아 살피던 삼식이가 말했다.

"지금 나가야 돼. 여유 시간은 9분 정도."

삼식이의 이야기가 다 끝나기도 전에 보안관이 자물쇠들을 풀고 문을 확 밀어젖혔다.

그라악!

콱!

계단참에서 얼쩡거리던 괴물이 쇠문에 맞고 뒤로 밀려난다. 호되게 벽에 부딪친 뒤 다시 몸을 추스르려는 괴물의 머리통에 보안관이 휘두른 해머가 작렬했다.

와자작!

여러 개의 뼈가 한 번에 부러지는 소리가 계단을 타고 증폭되어 조용하던 새벽 거리 전체를 울렸다.

"됐어, 뛰어!"

목과 허리가 뒤틀린 채 벽에 기대 쓰러진 괴물의 머리통에 한 번 더 해머를 휘두른 뒤, 보안관이 앞장서서 뛰어 내려갔다. 제비와 여자애가 그 뒤를 따랐다. 그때까지도 창문을 통해 바깥을 살피고 있던 삼식이가 외쳤다.

"왼쪽 입구에 하나 더 있어! 조심해!"

"오케이!"

보안관이 계단 끝에 도달할 때쯤, 괴물이 입구를 확 가로막고 서며 두 손을 뻗었다. 삼식이가 미리 일러준 덕에 준비를 하고 있던 보안관은 달리던 속도를 이용하여 괴물의 두 팔 사이로 해머를 창처럼 찔러 넣었다. 우둑! 해머는 부러져 나간 손가락을 뚫고 날아가 괴물의 아가리를 박살냈다. 괴물은 비명도 제대로 지르지 못한 채 몇 미터나 날아가 나동그라졌다.

"내려와, 이제!"

쓰러진 괴물을 쫓아가 머리통을 내려쳐서 끝낸 보안관이 신호를 보냈다. 계단 중간에서 머뭇거리던 제비와 여자애가 먼저 뛰었다. 헐렁한 힙합 바지 아랫단을 단단히 접어 올려 7부처럼 입고 있는 여자애가 계단 아래로 모습을 드러냈을 때, 희고 매끈한 종아리가 보안관의 눈에 확 박힌다. 두근! 보안관의 가슴이 번개를 맞은 것처럼 한 번 크게 뛰었다.

'뭐, 뭐야! 이 다급한 상황에! 허, 나도 참 어지간히 굶주렸나 보군. 얼굴도 아니고 그저 종아리에……. 정신 차려! 이래서야 가까이 오지 말라고 지랄하던 저 제비의 말이 틀린 것도 아니잖아!'

보안관은 어처구니없어 하며 머리를 한 번 부르르 떨었다. 여자애의 뒤를 따라 삼식이와 유빈도 거리로 뛰어내렸다. 쾅!

철컥! 그들이 집을 나서자마자 기다리고 있던 사람들이 급하게 문을 잠갔다. 유빈은 어제 삼식이가 집어 던진 삽부터 다시 주워 들었다. 날 끝에는 방울 장식이나 된 듯 눈알이 하나 눌어붙어 덜렁거린다.

그락! 그라아아!

편의점 안에서 서성이던 괴물 두 마리가 미친 듯이 소리를 지르며 달려들었다. 한 놈은 하얀 갈비뼈 사이로 폐가 드러난 채였고, 또 다른 놈은 아래턱이 없다.

"저, 저기!"

겁에 질린 제비가 일수 가방으로 얼굴을 가리며 소리를 지른다. 삼식이가 그런 제비의 팔을 잡아끌었다.

"아저씨! 멈춰 서면 안 돼!"

"후아아아!"

숨을 한껏 들이켠 보안관이 해머를 야구 배트처럼 휘둘렀다. 빠가각! 묵직한 쇳덩이가 빠르게 돌아가며 턱 없는 놈의 갈비뼈를 으스러뜨렸다. 하지만 보안관은 여전히 스윙을 멈추지 않았다. 턱 없는 놈이 허리가 꺾인 채 붕 떠서 날아가며 폐가 드러난 놈을 덮친다.

우당탕! 두 마리의 괴물은 한데 얽혀 땅바닥에 내동댕이쳐졌다. 물론 때린 보안관도 원심력이 더해진 해머의 무게를 못 이기고 넘어질 듯 휘청거렸다.

"제길, 이 공격 방법은 영 꽝인데."

재빨리 중심을 잡은 보안관은 혼잣말을 중얼거리며 다시 해머를 집어 들었다. 아래턱이 없는 놈은 허리가 부러져 버려 쉽사리 일어나지 못했지만, 폐가 드러난 놈은 곧바로 달려온다.

그롸악!

보안관은 다시 해머를 들어 올려 힘차게 내려쳤다. 와자작! 옆으로 조금 빗맞은 해머가 괴물의 쇄골과 어깨를 작살냈다. 괴물은 그 무게를 견디지 못하고 앞쪽으로 무릎을 꿇으며 쓰러졌다.

부웅!

다시 한 번 보안관의 해머가 바람을 가르며 돌아간다. 해머는 괴물의 갈비뼈를 엉망으로 으스러뜨린 채 날려 버렸다.

"아이, 씨발. 왜 자꾸 빗맞고 지랄이냐!"

짜증을 부리며 괴물을 쫓아가려는 보안관의 어깨를 유빈이 잡았다.

"그냥 가자! 저건 어차피 이제 못 뛰니까!"

번화가 반대편에서 서성대던 괴물 몇 마리가 벌써 알아채고 괴성을 지르며 쫓아오고 있다. 0.5초 정도 망설이던 보안관이 고개를 끄덕인 뒤 지하 통로 쪽으로 달리기 시작했다. 그 뒤에 바짝 붙어 제비와 여자애, 삼식이와 유빈의 순서로 뛰었다.

으라락! 그롸아악!

덜컹덜컹!

이게 뭐지? 귀를 울리는 낯선 음색에 유빈의 신경이 곤두섰다. 반쯤 차단된 둔한 소리가 번화가 여기저기에서 울려 나오고 있다. 하지만 이건 뒤쪽에서 들려오는 게 아니었다. 이 울부짖음은 위에서…….

위? 소음의 진원지를 뒤늦게 깨달은 유빈이 막 고개를 들어 올리려 할 때, 창문이 깨지는 날카로운 소리와 함께 괴물들의 고성이 몇 배나 증폭되어 울렸다.

와장창! 쨍강!

그롸아아악! 크르륵!

상가 양쪽의 2층과 3층에서 괴물들이 유리창을 깨고 몸을 날린다. 콰앙! 와직! 조금 낮은 곳에서 뛰어내린 놈들은 곧바로 다시 일어나고, 머리부터 3층에서 떨어져 내린 놈들은 그 자리에 고꾸라진 채 버둥댄다. 어제 물린 후 집 안으로 대피했던 놈들이리라.

"으와아악!"

소스라치게 놀라는 제비의 비명. 하필이면 제비의 머리 위로 괴물이 뛰어내렸다. 반사적으로 들어 올린 가방이 날아가며 충격을 반쯤 흡수해 주었지만, 괴물의 허벅지에 어깨를 맞은 제비는 아스팔트 위로 나동그라졌다.

크아악!

다리가 부러진 것도 모르고 있는 괴물은 절뚝거리며 제비를 향해 달려든다.

"히에엑!"

제비는 필사적으로 기어 유빈의 뒤로 숨었다. 유빈은 삽을 쥔 손에 힘을 꽉 주었다. 보안관과 삼식이 역시 앞을 가로막고 뛰어내린 괴물들을 상대하는 중이어서 이쪽을 도와줄 여력은 없다. 삽을 날 쪽으로 세운 뒤, 아가리를 쫙 벌린 괴물의 얼굴을 향해 힘껏 휘둘렀다.

와지끈! 괴물의 코와 이빨이 작살이 났다. 그래도 여전히 괴물은 덮쳐 오는 속도를 줄이지 않는다. 계속 휘둘러 패는 수밖에 없다. 콰직! 콰직! 두 번을 연속으로 내려치자 괴물이 잠시 중심을 잃고 멈칫한다. 유빈은 그 틈을 놓치지 않고 삽을 고쳐 잡은 다음, 비어 있는 목을 향해 찔러 넣었다.

푸슉!

달려 들어오던 괴물의 속도와 내지르는 속도가 더해지자 날이 서 있지 않은 삽이라도 칼처럼 박혀 들어간다. 하지만 목이 찔린 채여도 괴물의 힘은 유빈보다 더 강했다. 괴물의 몸이 유빈을 덮치며 누른다. 허리가 활처럼 휘어진 유빈은 쓰러지지 않기 위해 필사적으로 버텼다. 찌지직, 안전화 바닥이 미끄러지면서 유빈은 컨베이어 벨트 위에 올라선 것처럼 뒤로 밀려났다.

"이 개자식아!"

제비가 욕설과 함께 괴물의 허리춤을 콱, 찼다. 대단한 킥은 아니지만, 그래도 괴물의 중심을 무너뜨리는 데 도움이 되었다. 그사이를 틈타 겨우 허리를 편 유빈은 왼손으로 괴물의 턱을 들어 올리며 오른손에 쥔 삽을 더 깊숙이 쑤셔 넣었다.

이익! 파고든 삽날이 목의 근육을 반 이상 끊었을 때, 유빈은 턱을 잡은 왼손에 체중을 싣고 위로 제꼈다. 와드득! 목이 꺾여 나간 괴물이 비틀대며 쓰러져 버렸다.

"주, 죽었나, 저거?"

혼신의 발차기 후 엎어져 있던 제비가 묻는다. 유빈은 고개를 끄덕이며 손을 잡아 일으켜 주었다.

"네, 이제 빨리 가요."

그런데 갑자기 제비가 손을 뿌리치며 뒤쪽으로 뛰기 시작했다. 이해할 수 없어진 유빈이 소리쳤다.

"뭐하는 거야? 어딜 가요?"

"내 가방! 가방에 전화기랑 차 키!"

제비는 별거 아니라는 얼굴로 웃어 보이며 조금 전 괴물에게 부딪쳐 날아간 가방을 가리켰다. 깜짝 놀란 유빈의 머릿속에서 수많은 모범 답안이 휙휙 스쳐 지나간다. '아저씨, 그건 내일 다시 가지러 와도 돼요', '위험합니다, 여동생을 생각해요', '눈에 보이지 않게 숨은 좀비들이 더 있을지도 몰라요.

일단 이 자리를 피하는 게 우선이에요' ……. 하지만 입에서는 그보다 훨씬 짧고 간명한 메시지만이 겨우 터져 나왔다.

"안 돼! 가지 마!"

얼마나 소리를 빽! 질렀는지 바짝 말라 있던 입 가장자리가 찢어지며 피가 새어 나왔다. 제비는 조금만 기다려 달라는 듯 손을 까딱거리고 허리를 숙여 가방을 집어 들었다. 그에게도 따로 생각이 있었다. 연락처들이 저장된 전화기가 있어야 나중에라도 헬리콥터를 부를 수 있다. 그리고…….

와장창!

바로 그 순간, 노래방 건물 3층에서 뛰어내린 세 마리의 괴물이 제비를 덮쳤다. 우지끈! 허리가 꺾인 제비가 피를 토하며 옆으로 쓰러진다. 괴물들은 사지가 제멋대로 부러져 나가면서도 어떻게든 아가리를 벌려 바닥에 깔린 제비의 얼굴과 팔에 이빨을 박아 넣었다.

"끄아악!"

제비의 비명 소리가 번화가를 울리자 앞서 달리던 여자애가 다급하게 돌아본다. 유빈 역시 이 갑작스럽고 믿을 수 없는 사건에 이성을 잃었다.

"아저씨!"

반사적으로 제비를 구하기 위해 뛰어나가려던 유빈을 삼식이가 꽉 붙들었다.

"안 돼, 유빈아! 이미 늦었어!"

와드드득! 제비의 목덜미가 뜯겨 나가자 허우적거리던 손도 맥없이 툭, 떨어져 내린다.

"오빠!"

오열하는 여자애의 팔목을 잡아끌며 보안관이 소리쳤다.

"가! 가야 돼! 이러면 우리까지 다 죽어! 제발!"

그 말이 통했던 것일까, 여자애는 이내 용케 정신을 추스르고 다시 보안관을 따라 달리기 시작했다. 삼식이도 유빈을 끌고 뛰었다. 위층에서 떨어져 내린 괴물들은 부러진 다리를 질질 끌면서도 믿기지 않을 만큼 빠른 속도로 그들의 뒤를 쫓고 있다.

"들어가! 무조건 뛰어!"

여자애를 지하 통로 계단 안으로 밀어 넣은 보안관은 유빈과 삼식이가 도착할 때까지 그 자리에 서서 기다렸다. 가장 바짝 따라온 괴물이 팔을 휘저으며 달린다. 썩어가는 손끝이 삼식이의 찰랑거리는 머리카락을 금방이라도 움켜잡을 듯하다.

"숙여!"

삼식이와 유빈에게 신호를 보낸 보안관이 해머를 치켜든 채 달려왔다. 두 친구가 슬라이딩을 하듯 미끄러지자 원래 머리가 있던 높이로 보안관의 해머가 날아든다. 와작! 뻗쳐 있던 괴물의 팔목이 해머에 맞아 180도 돌아간다. 보안관은 백핸드로 다시 한 번 해머를 휘둘렀다.

우지끈! 이번엔 머리다. 빠르게 회전하는 3.7킬로그램짜리 쇳덩이는 괴물의 턱뼈와 목뼈를 모두 박살 내버렸다. 목이 뒤로 꺾여 버린 괴물의 몸뚱이가 지하 통로 난간에 부딪쳐 맥없이 고꾸라진다.

"가자!"

세 친구는 어깨를 나란히 하며 급하게 뛰어 계단을 내려왔다. 앞쪽에서 지하 통로를 따라 달리고 있는 여자애의 모습이 보인다. 제비의 말이 맞았다. 여자애는 꽤나 정제된 폼으로 무릎을 쭉쭉 끌어 올리며 능숙하게 잘 뛰고 있었다.

"자! 짚고 올라가!"

반대편 계단을 올라오며 여자애를 따라잡은 보안관이 철책 앞에서 기마 자세를 취하고 두 손을 모아 앞으로 내밀었다. 여자애는 보안관의 손바닥과 어깨를 차례로 딛고 철책 끝부분을 손으로 잡았다. 보안관이 도와주기 위해 굽히고 있던 허리를 쭉 펴자 어깨에 올라서 있던 여자애가 휘청한다.

"안 돼! 안 돼! 쟤 떨어질 때 다쳐! 우리가 먼저 가서 받아줘야 해!"

삽을 던져 넣은 유빈이가 몸을 날려 철책을 타고 넘었다. 우당탕! 워낙 급하게 뛰어내리다가 땅바닥에 나뒹굴고 만 유빈의 곁으로 여자애가 사뿐히 착지를 했다. 쉬지 않고 오르막길을 뛰어오르던 여자애는 이 상황에 잠시 벙벙해 있는 유빈에게 돌아와 손까지 내밀어줬다.

쿠와아아아아!

지하 통로를 탁탁 울리는 발소리와 울부짖음이 점점 더 커지고 가까워진다. 보안관과 삼식이도 차례로 철책을 넘어 역 안으로 들어섰다.

3

"멈추지 말고 뛰어!"

음료수 가방에 미련을 보이는 삼식이에게 보안관이 빽! 소리를 질렀다. 레이저 와이어로 빈틈을 틀어막아 두기는 했지만, 여기에서 시간을 끌면 안 된다. 혹시라도 더 많은 놈들이 소리를 듣고 합류해 버리면, 그땐 돌이킬 수 없어진다. 삼식이도 다급하게 외쳤다.

"쟤들 지금은 몇 마리 안 돼!"

철컹! 철컹!

철책에 부딪친 놈들이 철망 사이로 이빨을 들이밀며 그릉거리고 있다. 여기까지 따라온 녀석은 모두 네 마리뿐이지만, 후환이 두렵다.

"이 개새끼야! 너까지 뒈지고 싶으냐고?"

보안관이 분통을 터뜨리는 동안에 낑낑거리며 음료수가 든 공구 가방을 들고 달려온 삼식이가 숨을 껄떡거리며 낮게 말했다.

"이게 없어도 우린 죽어."

젠장! 틀린 말이 아니라서 더는 화를 낼 수도 없다. 아마 신입은 별생각 없이 남아 있던 음료수를 거의 다 먹어 치웠을 것이다. 혼자 복지 센터에서 남겨진 채 밤을 보냈으니 더 폭주했을지도 모른다.

"같이 들어!"

보안관은 삼식이에게서 가방 손잡이 한쪽을 빼앗아 쥐고서 달렸다. 오른손에는 해머, 다른 쪽에는 공구 가방. 무게가 발목을 잡는다. 먹을 것을 메고 있는 삼식이 역시 힘이 들 것이다. 현저하게 느려진 두 사람의 등 뒤에서 철망에 기댄 괴물들이 또 울부짖어 댄다.

"빨리! 빨리! 내가 들게!"

벌써 역사를 가로질러 가 두 번째 철책 건너편에서 여자애와 함께 기다리고 있던 유빈이 손짓을 한다. 뚫려 있는 철책 사이로 가방을 건네고 트랩을 피해 빠져나왔다. 네 사람은 다시 뛰기 시작했다.

산책로를 지나 세 번째 철책을 넘어서 벌판 중간까지 왔을 때, 가방을 안은 채 달리던 유빈이 앞으로 고꾸라졌다. 가방에 호되게 가슴을 찧은 유빈이 엎어져서 헛구역질을 해 댔다.

"괜찮아?"

걱정스레 묻는 삼식이도 숨이 넘어가기 직전이다. 보안관이라고 다를 것이 없었고, 미련하게 지금까지도 줄곧 마스크를 벗지 않은 여자애는 말할 것도 없다. 삼식이는 이마에 손을 짚은 채 돌아서서 경전철역 쪽을 바라보았다.

아까의 네 마리는 여전히 철책을 와득와득 깨물고 레이저와이어 더미에 얼굴을 들이밀면서 자해를 해 대는 중이다. 그곳만 제외한다면 산책로 전체는 평온해서 마치 아주 좋은 여름날 아침 일찍부터 나들이를 온 것 같은 풍경이었다. 삼식이가 기어 들어가는 목소리로 말했다.

"이제… 안전해."

휘이잉~!

시원한 한줄기 바람이 분다. 목덜미로 흐르는 땀방울이 바람에 날리자 그게 신호라도 되는 것처럼 모두 제자리에 풀썩풀썩 쓰러져 버렸다. 더 이상은 뛸 수 없다. 조금 쉬어야 할 때가 온 것이다.

"하아~ 하아~ 보안관, 네 말이 맞았어. 음료수 가방 들고 오느라 너무 힘이 들었네."

큰대자로 누워 하늘을 보며 삼식이가 말했다. 땅을 짚고 주저앉은 채 번화가 방향을 보고 있던 보안관은 대답하지 않았다. 그런 것보다 먼저 해야 하는 말이 있었다. 옆자리에 쪼그리고 앉아 고개를 푹 숙인 채 숨을 할딱거리는 여자애를 보며 보안관이 무겁게 입을 뗐다.

"오빠 일은… 미안하게 됐어."

여자애는 무표정하게 고개를 젓는다. 그러더니 갑자기 감정이 북받치는지 무릎에 얼굴을 대고 울음을 터뜨렸다. 이런 젠장, 차라리 화를 내주면 더 속이 편할 것 같다. 여자애의 울음소리를 들으며 보안관과 유빈은 얼굴을 감싸 쥐었다.

"아니에요… 어쩔 수 없는 일이었으니까."

한동안 울고 난 여자애가 하늘을 향해 고개를 들어 눈물을 추스르며 말했다. 이상하게 많이 들어본 친숙한 목소리다. 말은 그렇게 했어도 아직 감정이 정리되지 않은 그녀의 어깨가 바르르 떨린다. 난감한 표정으로 입가를 쓸어내린 보안관이 여자애의 어깨를 토닥이며 말했다.

"친오빠같이 해줄 수는 없겠지만, 이제 우리가 널 지켜줄게. 그러니까 너무 무서워하지 마. 너희 오빠가 걱정했던 것처럼 너한테 손대거나 그런 일은 절대로 없어, 내가 장담한다."

보안관이 없는 말재주로 최선을 다해서 여자애를 다독이고 있을 때, 조금 떨어진 곳으로 걸어가서 어젯밤부터 참아온 소변을 보던 삼식이가 뒤돌아보며 말했다.

"보안관, 너 그런 거 쉽게 장담하지 마. 그리고 친오빠 아니야. 아, 정말 오줌통 터지는 줄 알았네."

"뭔 소리 하는 거야, 이 새끼야! 지금 농담할 때가……."

"친오빠 아니지? 맞지?"

삼식이가 발끈하는 보안관의 말을 끊고 약간의 오줌 줄기를 내비치며 여자애에게 물었다. 여자애는 고개를 끄덕였다. 어이가 없어진 건 보안관이었다.

"그, 그럼 친척이야?"

"아니에요."

그럼 설마 그 나이 차이를 극복하고 애인? 답답해진 보안관이 숨을 고르며 물어도 되는 질문일까에 대해 잠시 고민하고 있을 때, 지퍼를 올리던 삼식이가 또 입을 열었다.

"보안관, 내가 너라면 그렇게 바짝 붙어서 말하기 전에 치약이라도 좀 먹을 것 같은데."

"왜 내가 치약을 먹어?"

"사랑하는 사람한테 네 첫 냄새가 똥 꾸렁내 나는 구취로 기억되는 게 싫을 테니까."

"이런 미친! 내가 얠 언제 봤다고 사랑한다는 거야! 어린애한테 못하는 소리가 없네. 조용히 오줌이나 처싸! 이 삼식이 같은 새끼야!"

미친 새끼들, 숨도 고르기 전에 지랄들도 어지간히 한다. 유빈은 골이 지끈지끈해지는 것 같았다. 허허! 어이가 없다는 듯 고개를 뒤로 젖힌 삼식이가 벌판을 쩌렁쩌렁 울릴 정도로 크게 소리쳤다.

"너, 제니 사랑한다고 천만 번도 넘게 말했었잖아! 이 밥팅아!"

제니? 저 새끼가 지금 뭔 소리야? 여기서 난데없이 웬 제니? 보안관이 눈을 껌뻑거리고 있을 때, 여자애가 일어나 모자를 벗었다. 여태껏 그 속에 감춰져 있던 탐스러운 갈색 머리가 바람에 날리며 어지러이 춤을 춘다. 그리고 그녀는 커다란 마스크를 벗어 들고 깊이 고개를 숙였다.

"처음 뵙겠습니다. 핑크 펀치의 제니입니다."

콰콰쾅!

하늘은 맑은데 보안관과 유빈의 머릿속에서는 천둥번개가 휘몰아친다. 어지럽다. 아마 피가 뇌까지 제대로 가지 않는 모양이다.

진짜 제니가 눈앞에 서 있다. 굵은 웨이브가 들어간 긴 갈색 머리, 커다란 눈, 화장기도 없는데 붉은 입술, 송골송골 땀이 맺힌 피부는 눈처럼 희었다.

그 종아리만 슬쩍 보고도 배꼽 아래가 뜨거워졌던 자신이 이제야 이해가 된다. 너무 아름다워서 두 손으로 꽉 잡아 사실인지 확인해 보고 싶다. 아니야, 사실일 리가 없지. 이건 꿈이다. 아니면 죽어서 천국에 도착한 거다.

보안관은 여유 있게 제니의 인사에 화답하려고 했다. 그래, 우리도 잘 부탁해…… . 하지만 벌어진 입가에서는 생각하고 있던 말 대신에 바보처럼 침이 주르르 흘러나왔다.

"어으아~"

츄릅, 보안관은 땟국이 흐르는 팔뚝을 들어 잽싸게 침을 닦아냈다.

인사를 마친 제니는 얌전히 서서 다소 불안해 보이는 눈동자로 가끔씩 세 친구를 살폈다. 침을 질질 흘리던 보안관이 이번엔 제대로 말을 했다.

"그럼… 그 사람은…… ."

"소속사 사장 오빠예요. 연습생 때부터 늘 대표님이나 삼촌이 아니라 오빠라 부르라고 그러셨어요. 그게 나중엔 서로 입에 붙어서…… ."

"그, 피, 핑크 펀치가 왜 여기 이런 동네에…… ."

"잠실 헬기장이 폐쇄됐다고 해서 계속 올라왔어요. 오빠는 구리까지만 가면 헬리콥터를 탈 수 있다고 믿었었는데, 여기 오니까 벌써 다 꽉 막혔더라고요."

얼이 빠진 유빈의 입에서 묻지 말아야 할 말이 불쑥 튀어나왔다.

"그럼, 테라는?"

기껏 어느 정도 진정되어 있던 제니는 그 말을 듣자마자 또 눈물을 왈칵 쏟아냈다.

"테라는… 흐윽, 테라는 그날 물렸어요. 어린애를 도우려다가 붙잡혀서… 흑, 구하고 싶었는데, 오빠가 이제 걔는 못 살아난다고! 포기하라고! 으흑."

기억이 되살아난 제니는 입을 가린 채 계속 오열했다.

핑크 펀치가 살던 고급 빌라의 문이 벌컥 열린 것은 사흘 전인 7월 14일, 오전 10시였다. 얼굴이 시뻘겋게 돼서 뛰어든 사장은 평소와 달리 엄청나게 초조해하며 서두르고 있었다.

"에에? 어, 오빠, 무슨 일이에요?"

아무리 비상용 키를 가지고 있다고는 해도 절대 무례를 범하지 않던 사장이 불시에 문을 열어젖히고 이름을 불러대자 곤하게 잠에 빠져 있던 테라와 제니는 깜짝 놀라 깼다. 전날 공연 준비를 위해 새벽 두 시까지 연습을 했던 터라 아직 잠이 부족했다.

"일어나! 빨리! 5분 내로 나가야 돼!"

옷 방 안에 들어가 옷걸이들을 미친 듯이 뒤지면서 사장이 말했다.

"뭐예요? 왜 그래, 무섭게?"

제니가 빨딱 일어나 짜증을 부렸다. 가만히 입을 다물곤 있지만, 테라도 기분이 좋진 않았다. 신인 때라면 몰라도 근 2년간은 이런 취급을 받아본 적이 없다. 벌어다 주는 돈이 얼만데……

하지만 그녀의 발치에다가 두툼한 후드 티와 한물간 힙합 바지를 집어 던지는 사장의 충혈된 눈을 보니, 불평이나 어리광이 통하지 않을 상황이란 걸 직감할 수 있었다. 허세가 가득하던 말투의 거드름도 깡그리 사라진 채였다.

"시끄러, 빨리 입어! 파파라치 피할 때처럼 마스크도 하고, 모자도 쓰고! 빨리! 지금 전쟁보다 더 큰 난리야! 30분 내로 한강까지 못 가면 우리 다 죽는 거야!"

"왜 이렇게 껴입어요? 더울 텐데."

"지금 바깥에 무법천지야. 이판사판인 새끼들한테 붙잡혀서 몹쓸 짓 당하고 싶지 않으면 꽁꽁 싸매라고! 야, 빨리 잠옷 벗고 이거 입으라고! 테라야! 아, 차에서, 차에서 갈아입어. 일단 나가야 돼!"

그렇게 성질을 내고 있던 사장의 전화벨이 울렸다.

"어, 나야. 아니, 아니, 30분이면 충분히 가. 걱정하지 마. 응? 뭔 소리야? 두 명이라니? 세 명이라니까! 야이! 핑크 펀치가 둘인데, 그럼 내가 안 탈까? 아이, 그러지 말고 좀 봐줘. 아우님까지 그러면 내가 어떻게 하라고? 나 태울 때까지 헬기 띄우면 안 돼. 알지? 뭐? 물린 사람 있으면 다 못 탄다고? 없어, 그런 사람. 그래, 알았어. 지금 곧바로 차 타고 나갈 거야."

"내 옷들은요? 구두랑……."

둘 중 행동이 조금 더 느린 테라가 멍해져서 묻는다. 사장은 챙이 넓은 등산 모자를 푹 씌운 뒤 테라의 손을 잡아끌며 말했다.

"다 버려! 나중에 트럭으로 사 줄게. 베라 왕으로 새로 쫙 뽑아줄 테니까 제발, 빨리! 제니야! 운동화 신어! 운동화!"

지하 주차장에 도착하자 너무 커서 불편하다며 평소엔 거의 끌고 다니지 않는 사장의 캐딜락 에스컬레이드가 눈에 띈다. 주차선도 무시한 채 아무렇게나 세워진 커다란 SUV는 엉망으로 찌그러진 채였다. 어디에서 뭘 박았는지 번쩍거리는 크롬 라디에이터 그릴엔 검붉은 얼룩이 잔뜩 묻어 있었다.

"빨리 타! 어서!"

그때, 그냥 조용히 차에 타서 문을 닫았더라면, 구석에서 울고 있는 아이의 신음 소리를 제니가 듣지 못했더라면 얼마나 좋았을까.

"어?"

차에 오르려던 제니는 소리가 나는 쪽을 향해 고개를 내밀었다. 어둑한 주차장 한구석에 꼬마 하나가 엎드린 채 훌쩍였다.

"어머, 쟤, 시몬 아니야?"

같은 빌라 302호에 사는 외국인 변호사 부부의 다섯 살배기

아들이다. 파란 눈이 보석같이 예뻐서 몇 번인가 귀여워하며 함께 논 적이 있다.

"정말? 시몬?"

먼저 차에 타서 신발을 벗어놓고 무릎을 끌어안고 있던 테라가 맨발로 뛰어내려 꼬마를 향해 걸어갔다.

"야! 뭐하냐? 빨리 타라고!"

시동을 걸려던 사장이 다급하게 뛰어나와 봤지만, 테라가 더 빨랐다. 테라는 신음하고 있는 시몬을 끌어안아 일으키면서 말했다.

"오빠, 지금 난리라면서요? 얘도 데려가 줘요. 애가 아픈 것 같은데 주변에 아무도 없잖아요. 시몬, 왜 그래? 어디가 아파? 일어~나!"

그 순간 이후, 몇 분 동안 모든 것이 2배속으로 빠르게 일어난 느낌이다. 사장이 억지로 테라를 잡아끌려고 걸어간다. 시몬이 괴성을 지르며 테라를 벌컥 민다. 넘어진 테라가 겁에 질려 일어나려 할 때, 시몬의 조그만 입이 테라의 발가락을 콱 깨문다.

그리고 피가 튀었다. 비명. 테라의 커다랗고 슬픈 눈, 도와달라고 내미는 손, 끊어진 발가락에서 흘러나오는 피. 테라를 돕기 위해 제니가 문을 열고 나가려 할 때, 사장은 악을 쓰며 억지로 그녀를 밀어 넣고 차를 출발시켰다.

"테라는 끝났어, 이제! 쟨 물렸다고! 씨발, 그러니까 말 좀 듣지!"

분을 못 이긴 사장이 다시 보드를 쾅쾅! 내려친다. 뭐지? 이게 뭐지? 끝났다고? 겁에 질린 제니가 뒤를 돌아볼 때에도 테라는 다친 발을 질질 끌며 자동차를 쫓아왔다. 왜 그때 곧바로 문을 열고 나가서 테라가 내민 손을 붙잡아주지 않았을까? 영원히 함께 살고 같이 죽자고 맹세도 여러 번 했으면서…….

무서웠다. 피가, 시몬의 눈빛이, 잘려 나간 발가락과 죽음의 어두운 그림자……. 제니는 앞좌석 등받이에 고개를 묻고 울기 시작했다. 옆자리 바닥에는 테라가 벗어두고 간 운동화 한 켤레가 죄책감처럼 남아 있다. 제니는 너무도 비열하고 더러운 겁쟁이 배신자다. 제니는…….

"어이, 그만 생각해."

상념에 빠져 초점 없이 먼 하늘을 보고 있던 제니의 눈에 대고 삼식이가 손가락을 탁탁, 튕긴다. 제니는 정신을 차리고 눈물을 닦았다. 그러자 삼식이가 음료수병을 내민다.

"마셔. 너 어제 보니 아무것도 안 먹더라."

제니는 무서운 것을 대하듯 그 음료수를 조심스럽게 쥐었다. 그러고는 말했다.

"제가… 이런 걸 먹을 자격이 있을까요? 테라도, 오빠도 다 그렇게 돼버렸는데, 저 혼자만 살아서 이런 걸 먹으면서 맛을 느끼고… 흐윽."

4

궁상맞게 굴고 싶지는 않지만, 처한 상황을 말로 정리하다 보니 또 눈물이 난다. 입을 꾹 다물고 눈물을 뚝뚝 떨어뜨리는 제니에게 삼식이가 웃으며 말했다.

"하하, 그건 여기 있는 우리 모두에게 하는 말인가?"

"…네?"

"우리 셋도 다 누군가를 잃었어. 그냥 눈으로 못 보거나 아직 확인하지 않은 것뿐이야. 같이 일하던 아저씨도, 작업반장님도… 음, 우리 엄마도… 아마 죽었을 거야."

"야, 인마! 재수 없게 그딴 말 하지 마! 너희 어머니가 왜……."

보안관이 화를 내자 삼식이가 손을 들어 제지한 뒤 말을 계속했다.

"아니야, 보안관. 난 알아. 우리 엄마는 늘 남보다 손해를 보는 여자였거든. 이런 세상에서 살아남았을 리가 없지. 그렇지만 난 오늘 맛있는 것도 먹을 거고, 농담도 하고 웃을 거야. 그래야 힘이 나서 내일도 또 살 수 있으니까……. 내가 내일

하루를 더 살면 내 기억 속에 살아 있는 우리 엄마도 그만큼 더 사는 거야. 제니야……."

"네……."

"나는 내가 죽은 다음에도 내 친구들이 나를 잊지 않고 오래오래 살아주길 바라. 그 기억이 아주 가끔이라도 상관없어. 그게 내가 더 오래 존재할 수 있는 방법이야. 테라나 그… 제비 같은 아저씨도 마찬가지일 거라고 생각해. 그러니까……."

삼식이는 음료수 병의 뚜껑을 열고 제니의 바짝 말라붙은 입술 사이에 댔다.

"이걸 마시고 힘을 내서 사는 거야. 그게 살아남은 네 의무야."

"네… 으흑, 맛있어요… 흐윽."

음료수를 입에 머금고 제니는 고개를 끄덕이며 울먹였다. 삼식이는 한동안 제니를 꼭 안고 등을 토닥여 주었다.

씨발, 저 개새끼는 진짜 선수다. 얼굴만 밑천 삼아 후리고 다니는 줄 알았더니, 그게 아니다. 가끔 저렇게 밑도 끝도 없는 소리로 사람의 얼을 쏙 빼놓는다.

꿈의 아이돌이 삼식이의 품에 안겨 울고 있는 꼴을 손 놓고 바라봐야만 하는 유빈과 보안관의 눈에서는 용광로처럼 뜨거운 불꽃이 뿜어져 나왔다. 특히 보안관은 이를 악물고 속으로 몇 번이나 같은 말을 중얼거렸다. 지금이라도 제니에게서 떨어지면 안 아프게 죽여줄게, 삼식이 이 개새끼야…….

"고맙습니다. 덕분에 이제 좀 후련해졌어요."

유빈과 보안관의 인내심이 바닥을 드러내고 난 뒤에도 조금 더 삼식이의 품에 안겨 있던 제니가 평소에 TV에서 보던 것처럼 밝은 얼굴로 인사를 한다. 계속 눈물을 흘린 탓에 눈 주위와 입술이 부어 있는데도 여전히 그림처럼 아름답다. 보안관이 삼식이를 한쪽으로 끌고 가 옆구리를 쥐어 팰 시간을 충분히 주기 위해서 유빈이 제니를 안내했다.

"그, 그럼 이 정도 쉬었으니 이제 가볼까요? 이쪽이에요."

제니가 고개를 끄덕이며 유빈의 한 걸음 뒤에서 걸어온다. 어제까지와 조금도 달라지지 않은 황량한 벌판이지만, 오늘은 사방에 꽃향기가 이는 것 같다. 테라 친위대를 자처해 왔던 유빈의 눈에도 제니는 정말 아찔하리만큼 아름다웠다.

"저기 조그만 건물 보여요? 저기가 우리가 숨어 있는 데예요. 그냥 쭉 2, 3분 정도 걸어가면 되고… 에, 또 뭘 이야기해야 하지? 아, 철책! 아까 지나왔던 철책 기억나죠? 그것처럼 몇 군데 철조망으로 함정을 만들어놓은 데가 있어요. 혹시 공중에 깡통이 대롱대롱 달려 있으면 그건 우리가 만들어놓은 함정이니까 꼭 조심해야 해요."

"저기… 존댓말 안 하셔도 돼요. 저보다 오빠 맞으시죠? 아, 혹시 제 나이 모르시나요? 저 열아홉 살이에요."

나이를 모를 리가 있냐, 얼마나 팬이었는데. 올해로 열아홉 살 동갑내기 핑크 펀치. 천칭자리 테라, 사자자리 제니. 실체는 결코 손에 넣을 수 없으니 복제된 정보를 하나라도 더 끌어모으는 것으로 대리 만족을 했다.

음반, 사진에 인터뷰 기사… 그녀들의 출신지, 출신 학교, 키, 몸무게, 좋아하는 음식과 색깔까지, 모두 달달 외우고 있다. 오빠라는 말에 새삼 부끄러워진 유빈은 눈이 동그래져서 말을 더듬었다.

"그… 암만 그래도."

"친한 동생처럼 취급해 주시는 게 저도 더 편해요."

"그, 그럴까, 그럼?"

"네, 오빠. 그럼 이제 가방 같이 들어요. 무거우실 텐데."

그렇게 말하면서 제니가 손을 뻗어 유빈이 들고 있던 공구 가방의 손잡이 한쪽을 빼앗아 준다. 제니의 손이 스치자 유빈은 전기가 통한 것처럼 소스라치게 놀랐다. 일단 제니라는 걸 알고 나자 어제 그녀가 계단에서 자신의 낡아 빠진 옷자락을 쥐고 바들거리던 때와는 느낌이 완전히 달라져 버렸다.

"풋!"

유빈이 하도 어색해하자 제니가 픽, 하고 웃음을 터뜨렸다. 쑥스러움을 달래보려고 유빈도 마주 웃었다.

"아쭈? 저 새끼도……. 자기는 테라파라고 그렇게 노래를 하더니 막상 제니 옆에 서니까 그냥 입이 귀에 걸리는구나. 익! 네가 대신 한 대 더 맞아라. 이씨!"

뒤에서 삼식이와 어깨동무를 하고 걸어오면서 생각이 날 때마다 한 대씩 옆구리를 쥐어박던 보안관이 그 꼴을 보고 툴툴거렸다.

"하하하! 아파, 보안관. 그만 때려."

"아니, 너는 한참 더 맞아야 해. 제니를 그렇게 꼭 끌어안다니. 아마 내가 평생 때려도 모자랄 거다. 아아, 어쩌지? 제니가 혹시라도 이 일 때문에 너한테 끌리면?"

"에이, 그럴 리가 있나? 아까 쟨 그냥 아무거라도 붙잡고 울고 싶었던 것뿐이야."

"정말? 그럼 나한테 미리 말을 해주지!"

"아아, 너처럼 흥분해서 숨을 헐떡거리는 사람은 안 돼."

"끄응, 그러면 아무거나가 아니네. 아, 정말 예쁘다. 그치?"

아쉬워하던 보안관은 머리카락을 흩날리며 걸어가는 제니의 뒷모습을 보고 또 감탄했다. 이제 저 종아리를 가까이서 마음껏 볼 수 있다. 살아 있는 동안은. 흠, 삼식이가 콧방귀를 뀐다.

"음, 난 잘 모르겠는데? 저렇게 다리가 가늘면 영~ 보기에 안 좋아서……. 뭐, 하지만 너희 취향은 존중해 줄게. 하여간 여자 볼 줄을 몰라, 늬들은."

지금 누가 할 말을 하는 거지, 이 새끼는? 보안관은 잠시 주먹을 들어 삼식이의 콧잔등을 칠까 말까 망설였다. 그러다가 아까 삼식이가 했던 이야기가 생각나서 물었다.

"삼식아, 내 입에서 정말 똥 꾸렁내 나?"

"너 마지막으로 이 닦은 게 언제야?"

"기억도 안 나지."

"어젯밤에 뭐 먹었어?"

"카레 빵이랑 쉰 삼각김밥이랑 또 뭐⋯⋯."

"물을 못 마셔서 탈수 현상도 좀 있었지?"

"⋯응."

"그럼 똥 꾸렁내 나겠지?"

"⋯응."

"또 궁금한 거 있어?"

"없다, 이 개새끼야."

　보안관이 계속 손을 가리고 자기 입 냄새를 맡아보며 킁킁거리는 동안 앞서 걷던 유빈과 제니는 네 번째 철책 근처에 도착했다. 멀리 시체 더미를 태웠던 곳에서 기분 나쁜 냄새가 바람을 타고 전해진다. 아마 아직도 다 타지는 않았을 것이다. 냄새를 맡고 기억이 새삼스러워진 유빈이 제니에게 말했다.

"흙을 좀 뿌려두기는 했지만, 그래도 1층엔 아직 핏자국이 좀 남아 있을 거야, 좀비들 피니까 놀라지 마."

"여기에도 오나요?"

"첫날 쫓아왔던 놈들인데, 그건 다 처리했어. 다행히 그 뒤로 이틀 동안은 좀비가 오진 않았고. 하지만 앞으로도 또 오지 말라는 법은 없겠지."

"네."

제니는 주변을 살피며 조심해서 철조망을 넘었다. 유빈에게는 그 모습이 꽤 영리해 보였다. 무작정 남에게 의지해서 그 뒤만 따라오는 성격은 아닌 것 같다.

"신입은 간이 크네."

뒤따라온 삼식이가 복지 센터 건물을 바라보며 말했다.

"우리가 살았는지 어떤지도 모르는데 자고 있나 봐. 걱정이 돼서 밤을 꼴딱 새고 때꾼한 눈으로 창밖만 내다보고 있을 거라고 생각했었는데."

"오빠들만 있는 게 아니었어요?"

조금 불안한 목소리로 제니가 물었다.

"아, 그걸 말 안 했었네. 한 사람 더 있어."

"그분도 오빠들처럼 좋은 사람?"

"하하, 뭐, 직접 보고 어떤 애인지 판단해 봐."

곤란해진 삼식이는 직접 대답하기를 회피했다. 아, 맞다. 그 놈도 있었지. 어찌 됐든 함께 괴물들을 죽이며 살아남은 사이인데, 제니의 등장과 함께 신입을 까맣게 잊고 있었단 걸 깨달은 유빈은 조금 미안해졌다. 바닥에 눕혀둔 사다리를 들어 올리고 있을 때, 그들의 이야기 소리를 듣고 깨어난 신입이 창밖으로 고개를 내민 채 울부짖으며 욕설을 퍼부었다.

"으허엉, 살아 있었네? 야이 개새끼들아! 이 씨발, 내가 혼자서 얼마나 무서웠는지 알아, 이 개새끼들아? 이 좆같은 새끼들! 뭐한다고 저희들끼리 밤을 새고! 말도 안 해주고! 뒈진 줄 알았잖아! 꺼져! 꺼지라고!"

반갑다고 울다가 돌연 화를 내며 저주를 하다가, 하여튼 난리도 아니다. 눈 밑이 새까만 걸 보니 날밤을 꼬박 새다가 새벽에야 지쳐 잠이 들었던 모양이다. 홀로 남겨진 어젯밤이 제 딴엔 어지간히 무서웠는지, 신입은 필요 이상으로 격렬한 반응을 보였다.

하도 소리를 질러 대서 세 친구는 귀를 막아가며 사다리를 계단 구멍에 댔다. 제니는 약간 놀란 것 같았다. 비어 있다고만 생각했던 건물에서 웬 못생긴 놈이 불쑥 얼굴을 내밀고 다짜고짜 욕부터 해 대는 꼴을 보면 누구라도 놀랄 일이긴 했다.

"저기… 저분, 괜찮아요?"

중간쯤 올라갔을 때 제니가 뒤에 남아 사다리를 잡고 있던 유빈을 돌아보며 걱정스레 물었다. 유빈은 난처하다는 표정으로 고개를 끄덕였다. 먼저 올라간 삼식이가 신입을 향해 두 팔을 벌리고 다가가며 밝게 웃었다.

"하하하, 신입 엄청 무서웠나 보네? 괜찮아. 이제 엉아들이 까까 얻어 왔으니까 맛있게 먹자아?"

"시끄러! 까짓 음료수 몇 병 가지러 가서 뭐한다고 지금 오느냐 말이야. 이 등신 같은… 응? 너 지금 뭐라고 했어! 까까? 먹을 거? 먹을 걸 구해 왔다고?"

까까라는 말이 성인 남자에게도 이렇게 기쁜 단어가 될 줄이야. 퉁퉁거리던 신입은 삼식이가 먹을 게 담긴 가방을 열자 화색을 띠며 달려들었다.

"이 씨발! 이런 게 있었으면서 저번엔 음료수만 처가지고 온 거야? 하여간 돌대가리 새끼들. 아, 빵이다, 빵! 어? 햄! 햄!"

신입은 아예 무릎 사이에 가방을 끼고 앉아서 빵 봉지를 찢어 정신없이 입속으로 쑤셔 넣었다.

"나도 어제 저렇게 먹었냐?"

허겁지겁, 게걸스레 먹는 신입의 모습이 어지간히 보기 싫었는지, 보안관이 눈살을 찌푸리면서 삼식이에게 물었다.

"아니."

삼식이가 고개를 저었다.

"네가 훨씬 더 급하게 먹었지."

빵 두 봉지 반을 해치울 때까지 신입은 고개도 들지 않고 계속 씹어 대며 가방을 뒤져 그 속에 뭐가 들었는지를 확인했다.

그러다가 목이 메는지 고개를 들며 물었다.

"야, 음료수는 왜 안 가지고 왔… 커헉! 컥! 컥! 캑! 이거,
누구야? 제, 제니?"

신입이 깜짝 놀라 기침을 해 대는 통에 입안에 들었던 빵 부
스러기가 사방으로 튀었다. 꺄~! 제니가 가벼운 비명을 지르
며 보안관의 뒤에 숨는다. 삼식이가 웃으며 소개했다.

"인사해, 신입. 누군지 알지? 내 동생이야. 닮았지?"

"지, 진짜?"

벌떡 일어나 있던 신입의 얼굴이 복잡해진다. 아, 하긴 삼식
이 저 새끼도 어지간히 잘생긴 놈이었지, 그런 생각을 하는 모
양이다.

"그, 그리고 보니 삼식 씨랑 아주 붕어빵이네. 안녕하세요.
저, 삼식 씨 베프예요. 에이, 삼식 씨. 왜 여태까지 이야기를
안 해줬어?"

"풋! 파하하하!"

잠시 침묵하고 있던 세 친구가 일제히 배를 쥐고 웃었다. 무
슨 상황인지 이해를 못하고 있는 신입의 표정이 하도 어리바
리해서 조금은 긴장했던 제니까지도 기분 좋게 웃었다.

"하하하! 야, 동생일 리가 없잖아! 넌 핑크 펀치 둘 다 외동
딸인 것도 모르냐? 크크크, 이 간첩 새끼야! 그리고 넌 베프한
테 '씨' 자를 붙이냐? 너희 들었어? 삼식 씨래, 삼식 씨! 하하

하! 신입아, 긴장하면 존댓말 쓰는 버릇, 제발 좀 고쳐. 하하."

싱거운 삼식이는 아주 좋아서 어쩔 줄을 몰라 한다. 신입도 쑥스러운지 머리를 긁적이며 같이 따라 웃었다. 세 친구는 신입에게 제니를 구해 오게 된 사연을 간단하게 정리해서 이야기해 줬다. 그 과정 속에서 제비가 죽었다거나 하는, 제니가 불편할 만한 부분은 아예 생략해 버렸다.

"그, 그럼 이제 우리랑 같이 산다고? 제니가? 쭈욱? 계속?"

신입이 콧김을 내뿜으면서 물었다. 다른 사람이 대답하기 전에 제니가 먼저 고개를 꾸벅 숙이고 밝게 대답했다.

"앞으로 신세지게 됐습니다. 잘 부탁드릴게요, 오빠."

"오빠? 어… 으응, 그래. 나도. 저기, 그런 의미에서 악수라도……."

신입이 내미는 손을 보안관이 탁, 내려쳤다.

"악수는 안 해도 돼. 오늘은 삼식이 하나로 이미 충분하다."

5

"여기 앉아 있어. 정말 누추하긴 하지만, 맨바닥보다는 나을 거야."

유빈이 끌어와 깔아준 스티로폼 패널에 제니가 앉자 네 명의 남자는 자연스럽게 그 주변을 빙 둘러 앉았다.

"자, 이제 인사도 나눴으니 우리도 아침을 먹어야지?"

삼식이와 유빈이 공구 가방과 음식물 가방에서 오늘 가지고 온 음료수와 먹을 것을 꺼내 정리했다. 보안관이 담은 것은 주로 햄이나 참치 같은 통조림이었고, 유빈이 담은 것은 빵이나 삼각김밥, 봉지 라면 따위였다. 목숨을 걸고 가서 겨우 쟁취해 온 것들인데, 막상 늘어놓고 보니 그 양이 너무나 보잘것없었다. 아무리 아껴 먹어도 사흘을 넘기기 어려울 게 분명하다.

"저, 저는 아직 배가 안 고파요. 아무것도 한 게 없는데, 이따가 오빠들 저녁 드실 때 같이······."

각자의 몫인 빵 두 개와 음료수 두 병을 내밀자 제니가 사양을 한다. 그녀 역시 남은 음식의 양이 턱없이 부족하다는 걸 눈치챈 것이다. 유빈이 쓴웃음을 지었다.

"친동생처럼 여겨 달라면서? 그러니까 너도 눈치 보지 마. 어차피 음식은 또 구하러 가야 돼."

제니도 수긍했는지 가벼운 미소를 지으며 고개를 끄덕였다.

"그럼 하나씩만. 저 정말로 많이는 못 먹어요."

그렇게 말한 뒤, 제니는 빵을 뜯어 입에 넣었다. 그리고 그 것을 신호로 삼아 네 남자도 열심히 먹기 시작했다. 이야기 소리에 섞여 간간이 웃음도 터졌다. 물론 과잉된 감정과 어색한 분위기를 숨겨보려는 의도가 다분한, 그런 웃음이기는 했다.

보잘것없는 식탁이지만, 그것은 며칠 만에 처음으로 가져 보는, 아주 즐거운 아침 식사 시간이었다.

☆　✌　☆

같은 시각, 세 친구로부터 서쪽으로 25킬로미터 떨어진 곳에서도 한 남자가 테이블에 앉아 조금 늦은 아침 식사를 하고 있었다. 메뉴는 데우지 않은 즉석 전복죽과 병에 담긴 오렌지 주스가 전부다. 남자는 포장 안에 들어 있던 조그만 수저로 천천히 죽을 퍼서 입에 가져가고, 가끔 주스를 마셨다.

남자가 앉은 테이블의 오른쪽에는 이 식당에서 구한, 긴 식칼이 하나 올려져 있었다. 조그만 죽 두 그릇을 다 먹고 나서 반쯤 남아 있던 음료를 한 번에 비운 뒤, 그는 식탁에서 일어나 칼을 쥐고 식당 끝에 붙어 있는 매점을 향해 걸어갔다.

카운터에 걸려 있던 비닐봉지 하나를 뜯어 거기에 대충 되는대로 음식과 음료수를 담은 남자는 한쪽 벽에 걸려 있던 거울을 보고 흐트러진 머리카락을 정돈했다. 머리 모양을 어떻게 해봐도 인상이 그리 좋아지지는 않는다. 그의 얼굴을 가로질러 길게 자리하고 있는, 해묵은 흉터가 워낙 강렬하기 때문이다. 쯧, 미남 소리는 듣기 어렵겠군. 그 남자가 한쪽 입만으로 쓰게 웃자 거울 속의 민구도 따라 웃는다.

찰칵.

담배에 불을 붙인 민구는 주머니에 담배 한 갑을 새로 집어 넣었다. 후우우~! 상처 회복이 더디지니 어쩌니 해도 담배는 참기 어렵다. 텅 빈 카운터에 걸터앉아 담배 한 대를 느긋하게 다 피운 뒤, 민구는 천천히 일어나 음식이 든 봉지를 들고 매점 밖으로 걸어 나왔다.

휙~! 담배꽁초를 아무렇게나 내던졌다. 아직 불이 붙어 있는 꽁초가 바닥에 뒹굴고 있던, 목 없는 시체에 맞아 튄다. 일부러 그 시체를 맞추려고 한 것은 아니었다. 워낙 자빠져 있는 것들이 많아 아무 데라도 던지면 바닥에 맞을 확률과 시체에 맞을 확률이 비슷비슷했을 뿐이다.

민구는 식당 여기저기에 가득 널브러져 있는 시체들 사이를 빠져나가 병원 1층으로 올라갔다. 거기 잠시 멈춰 서서 셔터가 내려진 현관 유리를 통해 주차장 너머, 바깥의 상황을 살폈다.

쾅! 콰릉!

그롸아악!

굳게 잠긴 병원의 정문 앞에는 예닐곱의 놈들이 얼굴을 바짝 붙이고 철문을 밀어 대며 소란을 피운다. 어차피 저 두꺼운 문을 뚫고 들어올 수도 없는 놈들이란 걸 알고 있기 때문에 신경도 쓰지 않았다. 정 귀찮으면 그때 가서 죽여 버리면 그만이다. 여기 병원 로비에 목을 잃은 채 뻗어 있는 이놈들처럼.

잠시 더 바깥을 살피던 그는 계단을 올라 2층으로 갔다. 군데군데 나자빠진 시체들을 밟지 않고 피해가며 계단을 오르는 게 조금 귀찮다. 소독약을 잔뜩 뿌려두긴 했지만, 냄새도 만만치 않다. 대기실 카운터에 허리가 걸린 채 죽어 있는 간호사의 시체를 지나 복도 세 번째 방의 문을 열었다. 교통사고 환자들만을 전문으로 유지하던 이 정형외과의 간이 수술실이다.

"히엑!"

수술실 안쪽에서 불안해하고 있던 중년 의사와 여간호사가 문 열리는 소리에 기함을 하다가 민구의 얼굴을 보고 안도의 한숨을 내쉰다.

첫날 아침, 민구는 경찰차를 몰고 가장 가까운 병원으로 돌진했고, 그게 이곳이었다. 담배를 피우러 나온 환자의 전화기를 빼앗아 육만배에게 간단한 자초지종을 알린 뒤, 당직 의사와 간호사에게 어깨의 상처와 주방에서 훔쳐 온 식칼을 보여주었다.

그로부터 며칠이나 지났는데 이것들은 도무지 상황에 익숙해지지를 못한다. 민구는 한심하다는 눈으로 둘을 쳐다보며 탁자 위에 음식이 든 봉지를 탁, 던졌다.

"같이 내려가서 좀 먹자니까, 다 죽어서 움직이지도 못하는 새끼들이 뭐가 그렇게 무섭다고. 그러면서 용케 의사는 됐

군……. 뭐, 나도 신세를 진 게 있으니 이 정도 심부름은 해주
긴 하겠지만."

잔뜩 기가 죽어 있는 의사와 간호사는 몇 번이나 고개를 숙
여 보인 뒤, 봉지에서 음식을 꺼내 입에 넣었다. 그들이 아침
식사를 끝낼 때까지 회전의자에 앉아 담배를 피우고 있던 민
구가 셔츠를 벗었다.

살을 째서 썩은 피를 빼고 수술을 한 덕에 탈골되어 있던 그
의 어깨는 어느새 부기도 상당히 빠지고 피부도 제 색깔을 찾
아가는 중이다. 끄응, 어깨를 살살 회전시켜 보던 민구의 인상
이 일순 찌푸려진다. 걸리는 부분이 있다. 사흘 전에 비하면
훨씬 나아진 건 분명하지만, 아직은 온전하지 못하다.

"그거 먹고 치료하던 거 마저 끝냅시다."

천천히 목 근육을 풀며 민구가 말했다. 의사와 간호사가 고
개를 끄덕인다. 4층 건물 전체를 사용하는 이 병원에서 유일
하게 살아남은 세 사람의 하루가 그렇게 시작되고 있었다.

⚘　♥　⚘

아침 식사를 마치고 나서 제니와 네 남자는 각자가 할 일을
했다. 삼식이는 창가에 기대 느긋하게 담배를 피웠고, 급하게
세수를 하고 작업반장의 칫솔로 이까지 박박 닦은 보안관은

제니에게 복지 센터를 안내해 줬다. 신입은 그 옆에서 빙빙 돌며 끼어들 찬스를 노렸고, 유빈은 옥상으로 올라가 물탱크의 뚜껑을 열어봤다.

어제 그 속옷 가게 2층 집에서 물이 끊겼다는 말을 들었을 때, 그렇다면 여기 역시 그리 다르지 않은 형편일 거라 예상했었다. 그동안 세 친구가 아무 생각 없이 썼던 물도 옥상의 거대한 물탱크에서 끌어 쓴 것이 분명하다.

"아, 아직 꽤 들었구나."

다행히 탱크의 반 이상은 차 있다. 이 정도면 당장 물이 딱 끊어지는 일은 없겠지만, 혹시 모르니 아껴 써야 한다. 물탱크의 뚜껑을 닫은 유빈은 방수액이 들어 있던 빈 플라스틱 양동이를 두 개 겹쳐 들고 1층으로 내려왔다. 그리고 삽으로 모래를 퍼 그 양동이의 바닥을 채웠다.

"어, 그건 뭐냐?"

유빈이 모래를 채운 양동이들을 가지고 2층으로 올라가자 마침 계단 구멍 주변에서 제니에게 좀비 사냥용 가시방석에 대해 설명해 주고 있던 보안관이 물었다.

사람들의 시선이 자신한테 확 쏠리자 유빈이 부끄러워하며 말했다.

"이거, 급한 대로 화장실인데… 남자용 하나, 여자용 하나. 모래가 들어서 비우기도 편하고. 이제 남자끼리만 있는 게 아니니까⋯⋯."

아무 데서나 꺼내놓고 창문 밖으로 갈기면 안 돼, 라는 뒷말
은 삼켜 버렸다. 잠시 어색한 침묵이 흐른다. 제니의 얼굴은
조금 빨개졌다.

"오오, 그래! 화장실 필요해! 이제 우리도 밥을 먹었으니 똥
을 만들어낼 수 있어."

삼식이가 적극적으로 환영했다.

"이거 어디다가 놓을까? 내 생각엔 옥상보단 3층 화장실 자
리에 놔두는 게 편할 것 같긴 한데. 밤에 계단 오르내리는 게
조금 위험할 수도 있지만, 그거야 난간을 만들어 달면 되고.
플래시도 있으니까 크게 문제는 없을 거야. 옥상은 비를 막아
주지 못하니까 아무래도⋯⋯."

한숨 돌린 유빈이 제안을 하자 보안관이 제니의 눈치를 살
피며 물었다.

"근데 한 층 위라고 해봐야 이 건물엔 아직 방마다 문도 안
달려 있잖아? 그럼 그⋯ 소리 때문에 민망하지 않을까?"

"나한테 아이디어가 있어."

어느새 양동이 위에 철퍼덕 앉은 삼식이가 자신 있게 말했
다.

"눌 때마다 이 양동이 옆을 두드리는 거야, 이렇게! 그러면
이 소리에 묻혀서 그 소리는 안 들리지."

삼식이가 양손으로 양동이를 신나게 두드린다.

통통통토토토통~!

짜증이 난 보안관이 소리를 질렀다.

"야이, 미친놈아! 그럼 나 똥 쌉니다~ 하고 자랑하라는 말이야?"

"응? 아니지~ 그냥 가끔은 안 쌀 때도 올라가서 두드리면 어떤 게 진짜인지 분간할 수가 없잖아."

"너나 실컷 두드려라! 이 바보 새끼야! 얘 입장도 좀 생각을……."

보안관이 화를 버럭 내려 할 때, 제니가 '풋~!' 하고 웃음을 터뜨리더니, 비어 있는 양동이에 털썩 앉아서 삼식이의 리듬에 맞춰 옆면을 두드렸다.

"이렇게요? 까르르."

한동안 즐겁게 리듬을 타던 제니는, 의외의 반응에 조금 놀라 멍해져 있는 유빈과 보안관을 향해 웃음을 잃지 않으며 말했다.

"네, 저도 이런 거 필요해요. 아이돌도 먹으면 나오거든요. 고맙습니다, 오빠."

3층 남녀 화장실 구석에 양동이를 하나씩 가져다 두었다. 보충용 모래통도 따로 비치했다. 비록 문은 없지만, 벽이 막고 있어서 만약의 사태가 되더라도 서로 얼굴을 마주 볼 일은 없다. 화장실이 해결됐으니, 이제 방을 만들어줄 차례이다.

"2층에서는 이 방이 제일 좋아. 애초에 복지 센터 원장실로 설계된 거라서 가장 크거든. 벽마다 창문이 나 있어서 볕도 들고 바람도 잘 통할 거야."

보안관이 건물 뒤편의 왼쪽 코너에 있는 방을 보여주며 말했다. 방이라고 해봐야 아무것도 없이 텅 빈 상태로 창문도, 문도 달려 있지 않았다. 그저 벽이 가로막아 주는 정도다.

"우와, 여기선 새소리가 잘 들리네요. 뒷산도 보이고. 네, 좋아요."

제니가 조금 과장되게 호감을 표하자 기분이 좋아진 보안관이 눈 주위를 긁적이며 말했다.

"문도 금방 구해서 달아줄게. 조금만 참아."

유빈이가 걱정스러운 얼굴로 물었다. 문은커녕 경첩도 없다.

"문? 문을 어디서 구해?"

"응? 아, 그 폐역 사무실에서 떼어오려고 하는데……."

"그거 쇠문이잖아. 암만 안 나가도 50킬로는 될 텐데, 그 크고 무거운 걸 여기까지 끌고 온다고? 그건 무리야."

"너한테는 무리지. 나는 가지고 올 수 있어."

유빈과 보안관이 의견 차이를 보이자 제니가 다급하게 끼어

들었다.

"저기, 저기… 오빠, 그렇게까지 안 하셔도 돼요. 문 없어도 괜찮아요."

"하지만 아무래도 불편할 거 아니야. 잠잘 때만이라도 편하게 지내게 해주고 싶다고."

보안관은 자기 의견을 굽히지 않았다. 그런 보안관의 심정을 유빈이도 이해하지 못하는 건 아니다. 예전부터 보안관은 여자애들을 사귈 때 아낌없이 주는 성격이었다. 게다가 지금은 꿈에서만 만나왔던 짝사랑을 직접 코앞에서 보고 있으니, 제니에게 얼마나 더 잘해주고 싶을지는 두말할 필요도 없다.

하지만 이런 문제는 현실적으로 생각해야 한다. 쇠문을 끌고 올 수도 있지만, 만약 그걸 어찌어찌 죽을힘을 다 써서 가져와 달아준다고 해도 그걸로 끝이 아니다.

죽을힘을 다한 걸 알고 있기에 제니는 억지로라도 기뻐해 줄 것이고, 보안관은 그 웃는 얼굴을 보고 나면 그다음에는 역에 있는 세면기와 변기도 떼어 와서 수도에 연결을 해줄 녀석이다. 침대를 구해 오겠다고 난리를 칠지도 모른다.

음료수 몇 개, 빵 몇 개를 손에 넣기 위해 매일 목숨을 건 질주를 해야 하는 이 상황 속에서 그런 건 아무리 생각해도 아니다.

"잠깐만. 보안관, 잠깐만."

유빈은 보안관의 어깨를 끌어당기고 한쪽으로 걸어가서 목소리를 낮춰 이야기를 했다.

"네가 그렇게 특별 대우를 해주려 들면 결국 불편해지는 건 쟤야. 아까 봤잖아, 빵 하나 먹는 것도 눈치를 보는 애라고."

"제니가 왜 눈치를 봐? 신입 같은 새끼도 저렇게 당당하게 큰소리를 치면서 처먹을 거 다 처먹는데."

"내 말은 제니 때문에 우리가 힘들어 하면 그만큼 쟤가 더 미안해할 거라는 말이야. 너, 쟤랑 가능하면 조금이라도 더 오래 같이 있고 싶잖아."

"아주 살고 싶지."

"그래. 그러니까 앞으로도 잘해줄 수 있는 기회가 많을 거야. 지금 목숨을 걸고 문을 구해 와서 그걸 달아주고 네가 턱 쓰러져 버리면 쟤 밥은 누가 챙겨 올 거냐고. 누가 해? 신입? 내가? 우리 힘만으론 못해. 제니에게 지금 가장 필요한 건 튼튼한 방문이 아니라 너야. 건강한 상태의 너!"

"너 이 새끼… 그 말 다시 한 번 해봐."

"뭐, 무슨 말?"

"제니에게 필요한 게 나라는 말. 굉장히 듣기 좋은데?"

"아, 그래. 백번이라도 해줄 테니까, 한 가지만 명심해 줘. 쟤 때문에 네가 무리하면 결국 쟤가 가장 힘들어져. 알아? 할 수 있는 것들 중에서 최선을 다하는 정도로 참아야 돼, 지

새로운 날 147

금은."

"으음, 할 수 있는 게 뭔데? 문을 각목으로 만들어? 4x4잖아. 굉장히 두껍고 무거울 텐데."

"그래, 무거워서 안 돼. 그리고 멀쩡한 각목은 아껴야 해. 앞으로도 뭐가 필요해질지 모르니까. 그냥 이렇게 하자. 자재 덮을 때 쓰던 포장, 그걸 좀 잘라서 커튼처럼 문에 걸어주면……."

"야이 씨, 그건 그냥 넝마잖아. 거지처럼 문에다가 거적을 걸어두고 살라고? 제니더러?"

6

"괜찮아. 중요한 건 안쪽이 안 보이면 되는 거잖아. 너 선택해 봐. 거적문에 배부르고 편한 거, 쇠문에 배고프고 눈치 보이는 거. 어느 쪽이 좋겠어? 그걸로 화장실 문도 쉽게 만들어 줄 수 있고."

"끄으응, 난 아무래도 그런 거 말 못하겠는데. 큰소리 탁 쳐놓고서."

"그럼 내가 얘기할게. 빨리 달아주고 끝내자. 쟤 좀 봐. 우리 때문에 또 불안해하고 있잖아."

설마 하며 보안관은 힐끔 뒤를 돌아봤다. 유빈의 말처럼 제니는 초조해 보였다. 불안함을 달래기 위해서인지, 양손의 검지로 엄지손톱 위쪽을 꾹꾹 누르며 이쪽의 눈치를 살핀다. 젠장, 저러라고 문 이야기를 꺼낸 게 아닌데……. 속이 상한 보안관은 머리를 긁적이며 제니에게 다가갔다.

"저기, 문은 지금 당장은 어렵겠어. 그냥 아무 천으로라도 덮어두는 수밖에 없을 것 같아. 미안해, 괜히 큰소리쳐서."

"아, 아니에요. 미안하시긴요. 제가 죄송해요. 오빠, 저 문 같은 거 필요 없어요. 그냥 오빠들이 안전하게 같이 있어주는 게 훨씬 좋아요."

제니가 그렇게 말해주어서 문 사건은 일단락되었다. 잠시 아찔했던 유빈은 아무도 기분이 상하지 않은 채 일이 마무리되는 것을 보며 속으로 안도의 한숨을 내쉬었다. 제니의 방에 침대로 쓸 스티로폼 패널, 베개로 쓸 낡은 수건을 넣어주고, 자재 포장을 걷어 와 커튼처럼 걸어주는 것으로 이사 준비도 마쳤다. 보안관은 문 위 벽에 콘크리트 못을 박아 커튼을 고정시키면서, 이건 정말 어울리지 않는다는 말을 계속해서 중얼거렸다.

다음은 생필품이다. 생필품이라고 말할 만큼 대단한 것도 없지만, 보안관은 공구 가방을 열고 안에 든 물건들을 꺼내 죽 늘어놓으며 제니에게 혹시 필요한 게 있으면 가져가라고 말했다. 황씨 아저씨 가방부터 시작했다.

"아, 플래시네. 이건 하나 방에 가져다 두고 써. 그리고 이 거는 수건, 이건 면 티, 그리고 이건……."

아뿔싸, 박스를 집어 올린 순간 보안관은 자신이 미친 짓을 했다는 걸 깨달았다. 잊고 있었다, 황씨 아저씨의 가방 속에 엄청난 수의 콘돔이 들어 있다는 것을.

보안관의 얼굴이 순식간에 벌겋게 달아오른다. 아아, 신이 시여, 지금 이 순간 제발 제니가 다른 곳을 보고 있게 해주세 요……. 하지만 보안관의 기도는 통하지 않았다. 곁에 쪼그리 고 앉아서 호기심 가득한 얼굴로 뭐가 나올까를 지켜보고 있 던 제니가 어색하게 웃으며 말했다.

"어, 아… 하하하, 건강하시네요."

보안관이 미친 사람처럼 얼굴을 흔들었다.

"아, 아니야! 이건 내 가방이 아니라, 황씨 아저씨라고 있 어! 그, 우리랑 같이 일하던……."

"아… 네에."

너무도 민망한 순간이지만, 더 변명을 해봐야 사람만 우스 워질 것 같아서 보안관은 잽싸게 콘돔 박스를 안쪽으로 집어 넣고 다른 물건들을 꺼냈다. 물건을 소개하는 보안관의 목소 리가 더 커졌다.

"이! 이건 칫솔이고! 이건 양말!"

여러 가지 물건 중에서 처음으로 제니가 관심을 보이는 게 등장했다.

말로 표현은 하지 않았지만, 제니의 시선은 칫솔에 꽂혀 있다. 누가 봐도 새것은 아닌 칫솔이지만, 어지간히 양치가 하고 싶었던 모양이다. 그걸 눈치챈 보안관이 칫솔을 내밀며 말했다.

"혹시 이거라도 쓰겠어?"

"하지만 이거… 오빠 거잖아요. 저를 주시고 나면 오빠는 어떻게 해요?"

"아니, 이거 내 가방 아니라고! 정말이야! 이거 봐! 이 티셔츠 나한테 작잖아!"

다급해진 보안관이 황씨 아저씨의 미디엄 사이즈 면 티를 꺼내 어깨에 대며 열변을 토했다. 제니가 방긋 웃더니 머리를 귀 뒤로 쓸어 넘기며 묻는다.

"그럼 이거, 정말 제가 가져요?"

"그래. 남자들끼리는 아까 내가 이 닦은 걸로 같이 쓰면 돼."

"고맙습니다."

제니가 두 손으로 칫솔을 집어 들었을 때, 담배를 물고 지나가던 삼식이가 쓸데없는 이야기를 보태준다.

"참고로 말하면 그거 쓰던 주인은 마흔 살 된 아저씨였는데, 팔과 가슴에 털이 엄청 많았고, 개고기를 좋아해서… 읍!"

보안관이 커다란 손으로 우악스럽게 삼식이의 입을 틀어막았다. 하지만 이미 중요한 정보는 다 전달된 이후다.

"으으으으~!"

제니는 혐오스러운 것을 봤을 때처럼 이를 드러내며 잔뜩 얼굴을 찡그린 채 손에 든 칫솔을 빤히 쳐다보았다. 심적인 갈등이 엄청난 모양이다. 한참 동안 고민을 하던 제니가 마침내 결정을 내렸다.

"괜찮아요! 치약으로 깨끗하게 닦아서 쓰면 돼요."

"응? 뭐가 괜찮아? 어, 그거 황씨 아저씨 칫솔……."

3층 화장실에 거적으로 문을 만들어 달고 온 유빈은 아무 생각 없이 한마디를 던지려다가 보안관의 헤드록을 당하며 끌려갔다. 어쨌거나 제니는 플래시와 비누, 수건, 면 티, 휴지, 그리고 칫솔을 받았다.

"이제 좀 자둬."

1층에서 양치를 하고 돌아온 제니에게 유빈이 말했다.

"아니에요. 청소라도 할게요."

"그런 건 내일 해도 돼. 너, 지난 3일 동안 거의 못 잤잖아."

"네, 하지만……."

"그래, 좀 자둬. 그동안 우리는 바깥에서 일을 좀 할 테니까 망치 소리가 나더라도 신경 쓰지 말고."

보안관까지 나서서 적극적으로 권하자 그제야 제니는 고개를 끄덕였다.

"사실 귀가 웅웅 울리는 것 같긴 했어요. 그럼 저 몇 시간만 자고 일어날게요."

제니가 방에 들어간 다음, 세 친구는 더 많은 함정을 만들어 두기 위해 1층으로 내려갔다. 신입은 너무 오랜만에 음식을 먹어서 그런지 배가 아프다며 누워 있기에 그냥 내버려 두었다. 그 녀석이 빠진다고 해도 보안관이 워낙 기운이 넘쳐서 일손이 부족할 것 같지 않았기 때문이다.

4차선 도로를 따라 5분 정도 걸어간 뒤, 그들은 벌판의 철책과 건너편 도로가의 나무를 레이저 와이어로 연결하고, 못이 박힌 각목 쪼가리를 군데군데 뿌려두었다. 일전에 각목을 밟고 다니던 딸각이를 보고 착안한 함정이다.

놈들은 발바닥에 나무판자가 박혀도 그걸 빼낼 줄 모른다. 그리고 그 나무판자의 길이가 발바닥보다 길면 제대로 뛸 수 없을 것이다. 괴물들에게서 기동력만 제거해도 상대하는 일은 몇 배나 수월해진다.

지금 당장은 이곳까지 괴물들이 오지 않지만, 미리 대비를 해둬서 나쁠 건 없다. 지켜야 할 소중한 것이 하나 더 늘어난 지금은 방어의 중요성이 훨씬 더 크고 절실하게 느껴졌다.

"보안관, 그게 뭐야?"

쪼그리고 앉아 망치로 각목 조각에 못을 박던 삼식이가 잠시 쉬려고 일어나 담뱃갑을 꺼내며 물었다. 보안관은 나무에 레이저 와이어를 고정하다 말고 길가에 피어난 들꽃을 뿌리째 파내보려고 땀을 흘리는 중이었다.

"응? 아아, 이거? 예뻐 보여서……. 페트병에 심으면 키울 수 있지 않을까?"

누구에게 주려고 그러는지야 물어보지 않아도 뻔히 알 수 있는 일이다. 삼식이는 허리를 쭉 펴고 미소를 지으며 말했다.

"후후, 여자애 하나가 끼니까 여러 가지로 바쁘고 정신이 없구나. 보안관 저놈도 아주 신이 났고. 그래, 이런 게 사는 거지. 야, 유빈아. 생각해 보니까 우리 꼭 일곱 난쟁이 같다. 그치?"

"그것참 무지하게 큰 난쟁이인걸?"

유빈은 자기보다 머리 반 개는 위에 있는 삼식이의 얼굴을 올려다보며 말했다.

"나는 세상에서 가장 큰 난쟁이! 어라, 담배가 다 떨어졌잖아? 나 담배 좀 가지고 올게."

"그래라. 올 때 물도 좀 떠다 줘."

삼식이가 콧노래를 부르며 복지 센터 2층에 올라왔을 때, 신입은 제니의 방 앞에 서서 커튼을 살짝 들추고 그 사이에 바짝 눈을 대고 있었다. 얼마나 열중하고 있는지 삼식이가 가까이 다가올 때까지도 전혀 낌새를 알아차리지 못했다. 바지에 양손을 넣어 긁적거리던 삼식이가 그 꼴을 가만히 보고 있다가 어처구니없다는 말투로 불렀다.

"야! 너 뭐하냐?"

"엇, 어, 으응. 삼식이구나. 일한다더니?"

신입은 화들짝 놀라 뒤로 물러나며 얼버무렸다.

"거기서 뭐하고 있느냐고."

"응. 그게… 제니가 자면서 자꾸 끙끙 앓는 소리를 내잖아. 걱정이 돼서 괜찮은가 좀 보려고……."

삼식이는 고개를 갸웃거리면서 말했다.

"후우~ 그래, 괜찮디?"

"모, 모르겠어. 아무것도 안 보이네. 그, 그건 그렇고……."

신입은 삼식이에게 다가와서 은근히 물었다.

"야, 저 방에 그럼 오늘 밤에는 보안관이 들어가냐?"

삼식이의 이마가 찡그려졌다.

"저긴 보안관이 아니라 제니 방인데?"

"에이, 삼식아. 왜 이러냐? 나도 다 눈치가 있다. 문을 만든 게 그것 때문이잖아. 설마 나만 쏙 빼놓으려는 건 아니지? 같이하자, 좀! 콘돔도 아직 잔뜩 있으면서."

"너, 왜 그래?"

"뭘 왜 그래야, 뻔한 이야기를. 보호를 받고 싶으면 뭔가 대가를 지불해야 하는 거 아니냐. 어차피 쟤도 다 각오하고 있는 눈치던데, 뭐."

"신입, 넌 참 좋겠다."

긴 검지를 뻗어 신입의 눈 사이를 천천히 밀어내며 삼식이가 말했다.

"왜? 뭔 소리야?"

"좀비가 돼도 지금보다 더 징그러워지지는 않을 것 같아서."

"야, 그럼 진짜 그냥 안 한다고? 등신아, 쟤는 어차피 누구한테 하소연도 못해. 그냥 이제 우리 거야. 우리도 언제 죽을지 모르는데, 재미나 실컷 보자."

잔뜩 열이 오른 신입이 좀처럼 포기하지 않자 삼식이가 차갑게 말했다.

"되도 않는 소리 하지 말고 똑바로 행동해. 애초부터 너에 대해서 아무 기대도 없었지만, 보안관이 너를 죽이는 모습도 보고 싶지 않아. 알겠어?"

드물게 보는 삼식이의 진지한 태도에 그제야 정신을 차린 신입이 거짓 웃음을 지으며 말했다.

"아하하하… 야, 너 농담을 좀 이해해라. 그냥 너 놀려본 거야. 설마 내가 그런 짓을 하겠니? 하하하."

"그랬어? 있지, 신입아. 다음에 또 그런 농담을 하게 되면 말이야, 말 끝나자마자 곧바로 뛰어서 번화가 쪽으로 가. 가서 좀비에게 물려. 그게 너를 위해서 훨씬 좋을 거야."

신입이 발끈해서 물었다.

"지랄! 내가 왜 그래야 하는데?"

여전히 눈빛에서 웃음기를 지운 채 삼식이가 나지막이 말했다.

"적어도 좀비는 일부러 너를 천천히 죽이지는 않을 테니까."

⯑ ⯑ ⯑

"허억! 컥, 컥!"

임수정이 신음을 토하며 눈을 떴을 때, 사방은 그야말로 완전한 암흑이었다. 아무것도 보이지 않는다. 심지어 보이지 않는 것이 어둠 때문인지, 아니면 시력을 잃었기 때문인지조차 분간할 수 없을 정도로 모든 것이 칠흑같이 어두웠다.

그것은 대단히 무서운 경험이었다. 도시에서 태어나 사람들 사이에서 살아오는 동안 그녀는 이처럼 완벽한 어둠 속에서 눈을 떠본 일이 단 한 번도 없었다. 희미한 달빛만이 유일한 조명이었던 강원도의 산속도 이보다는 몇 배나 환했다. 임수정은 시력이 회복되기를 기도하며 몇 번이나 눈을 꾹 감았다가 뜨기를 반복했다. 하지만 그래봐야 여전히 아무것도 보이지 않는다.

"하아, 하아."

두려움 때문에 심장박동이 빨라진다. 머리가 너무 아프다. 누군가 그녀의 이마를 뭉뚝한 몽둥이로 꽉 눌러 대고 있는 것 같다. 어디가 앞이고, 어디가 뒤인지도 모르겠다. 전후좌우가 구분되지 않는다는 걸 깨닫자 갑자기 세상이 아무렇게나 빙글빙글 도는 것처럼 어지럽다. 임수정은 바닥을 짚어보려 두 팔을 벌렸다.

"어?"

두 팔도 부자연스럽다는 것을 뒤늦게 알았다. 아무리 애를 써봐도 뭔가에 꽉 조여진 어깨는 도무지 뜻대로 움직이지 않는다. 이익! 이익! 임수정은 필사적으로 몸부림을 쳤다. 몸을 데굴데굴 굴리다가 어딘가에 부딪치고 나서야 사지가 조금 자유로워졌다. 꽁꽁 싸매져 있던 팔을 빼내서 손으로 얼굴을 짚었다. 손가락이 입과 코를 스치자 그 기관의 감각이 되살아나는 것 같다. 자신의 몸을 만질 수 있게 된 것만으로도 임수정은 훨씬 숨통이 트이는 기분이 들었다.

"콜록, 콜록! 하아."

몸 전체를 압박하며 둘러져 있던 여러 겹의 천을 걷어내고 나서 임수정은 네 발로 바닥을 짚고 엎드렸다. 그러고는 오른

손을 들어 천천히 사방을 휘저었다. 아무것도 걸리지 않으면 한 걸음을 나간다.

그 단순한 동작을 반복하는 것뿐인데도 그녀의 온몸은 식은 땀으로 흠뻑 젖었다. 멀리 뻗은 손바닥이 금방이라도 날카로운 것에 걸리지는 않을까 하는 두려움이 등골을 타고 흐른다.

"여기가… 여기가 어디야?"

3장
유령의 도시

1

　나는 왜 이런 곳에 있게 되었을까? 이해할 수가 없다. 임수
정은 필사적으로 기억을 더듬어봤다. 잠이 들었었다, 숙직실
에서. 그리고 새벽의 경보……. 아! 임수정은 가벼운 탄성을
내질렀다. 그제야 자신이 쓰러지기 직전의 일들이 섬광처럼
머리를 스치고 지나간다.

　그 남자, 얼굴에 흉터가 번뜩이던 칼잡이. 그리고 그조차도
두려워하던… 괴물. 괴물! 자신에게 덤벼들던 괴물에게 몽둥
이를 휘둘렀다. 그리고 괴물이 다시 덤벼들어 중심을 잃었는
데…….

더 이상은 생각나지 않는다. 그녀의 기억은 거기에서 깨끗하게 끊어져 있었다. 하아아~! 임수정은 얼굴을 감싸 쥐며 깊게 한숨을 내쉬었다. 식당 복도에서 싸우고 있던 자신이 왜 이런 곳에 꽁꽁 싸매진 채 누워 있는지 짐작도 되지 않는다.

도대체 얼마나 정신을 잃고 있었던 것일까? 그리고 그 괴물들과 민구라는 사내는 어떻게 된 것일까? 혹시 이 주변에 아직도 그녀와 함께 있는 것은 아닐까?

소리를 질러 물어보려던 임수정은 곧 생각을 바꾸고 입을 다물어 버렸다. 그 괴물들이 근처에 있다면 그녀의 목소리를 듣고 달려들는지도 모른다. 기억이 되살아나자 한 발, 한 발을 내딛기 위해 끄집어내야 하는 용기의 양이 늘어버렸다. 임수정은 울상을 지으며 천천히 팔을 내젓고 기었다.

"허억… 허억… 하아……."

그렇게 조심스러운 동작의 반복을 얼마나 계속했는지 모르겠다. 완전한 암흑 속에서 시간이라는 개념은 절대적인 효력을 잃는다. 하여간 두렵고도 괴로운 시도를 여러 번 거친 끝에 그녀는 마침내 벽에 닿았다. 이 암흑 공간에도 경계가 존재하는 것이다.

임수정은 두 손으로 조심조심 벽을 더듬었다. 바닥과 마찬가지로 싸늘하고 단단한 금속 벽의 감각이 반갑다. 이곳이 인간이 만들어낸 장소라는 걸 확신할 수 있게 해주기 때문이다.

"이, 이건……."

조심하고 있던 임수정의 입에서 작은 탄성이 저절로 흘러나왔다. 손잡이가 만져진다. 안쪽의 버튼을 누르고 돌리도록 되어 있는 손잡이. 이곳은 문이다!

'그런데… 어디로 통하는 문이지?'

그 생각이 들자 손잡이를 잡고 있는 손이 가볍게 떨리기 시작했다. 이 문을 열고 나가서 마주하게 될 것이 무엇일지 몰라 두렵다. 만약 이 너머에 괴물들이 그녀를 기다리고 있다면……. 긴장한 임수정의 목젖이 반사적으로 마른침을 삼키기 위해 움직였다.

"캑! 쿨럭! 콜록!"

바짝 말라 있던 구강 때문에 마른기침이 터져 나왔다. 지독하게 목이 마르다. 입술은 다 터져 갈라진 채고, 입안에는 모래를 한 줌 물고 있는 것 같다. 소리가 새어 나갈까 두려워진 그녀는 손으로 입을 틀어막았다. 구역질이 나올 만큼 한참 동안 기침을 한 뒤에야 임수정은 겨우 제대로 숨을 쉴 수 있었다.

'어쩌지?'

두근거리는 가슴을 한 손으로 짚어 진정시키며 임수정은 문에 귀를 대봤다. 바깥쪽에서 뭔가 희망적인 소리가 들려오기를 기대하면서……. 하지만 아무것도 들리지 않는다. 그녀는 빛과 외부의 소리로부터 철저히 고립되어 있었다.

그 상태로 또 꽤나 긴 시간을 보내야 했다. 문을 여는 것은 간단하다. 엄지로 버튼을 누르고 손목을 살짝 비틀기만 하면 된다. 하지만… 쿨럭! 극도로 건조해진 목에서 또다시 기침이 터져 나온다. 그것이 그녀의 결심을 서두르게 만들었다. 당장 죽더라도 물을 시원하게 마시고 싶어진 임수정은 용기를 내 손잡이를 돌렸다.

"하아~ 하아~"

어두운 조명이지만, 암흑 속에서 갓 기어 나온 그녀에게는 충분히 밝다. 주방의 타일과 스테인리스 프레임을 보자마자 임수정은 자신이 갇혀 있던 곳이 대형 냉장창고 속이었다는 걸 깨달았다. 눈을 들어 주변을 살폈다.

사람 허리 높이의 큼직한 싱크대에 막혀 시야는 매우 한정적이지만, 적어도 괴물의 울부짖음은 들리지 않는다. 그것만으로도 50%는 다행스러운 일이었다. 그녀는 필사적으로 기어서 주방의 수도꼭지를 잡고 몸을 일으켰다. 뻣뻣한 두 다리로 서자 몸이 후들거렸지만, 그런 것에 개의치 않고 수도꼭지를 꽉 잡은 채 돌렸다.

물, 물! 물!

하지만 물이 나오지 않는다. 정수장에 물이 나오지 않는다니… 어떻게 된 거지? 절망적인 표정으로 고개를 돌리던 그녀의 시야에 서빙용으로 따로 준비해 둔 물병들이 보인다. 맑고 깨끗한 물이 가득 차 있는 물병들.

임수정은 그것을 꽉 잡고 끌어내려 입가에 부었다. 콸콸콸, 흘러내린 물이 입과 얼굴, 그리고 가슴을 적신다. 너무 급하게 물을 마시느라 몇 번 구역질을 하긴 했어도 수분이 들어가자 사는 것 같다.

급한 갈증을 푼 그녀는 물병이 올려진 카트에 기댄 채 천천히 물을 음미했다. 그러다가 바닥에 널브러진 뚱뚱한 남자의 시체에 눈길이 닿았다.

"헉!"

시체 근처에는 잘려 나간 목이 있고, 거기에서 얼마 떨어지지 않은 곳에도 두 구의 시체가 더 누워 있다. 끔찍한 몰골이지만, 적어도 위험하지는 않다는 것을 한참만에야 깨달은 임수정은 좀처럼 힘이 들어가지 않는 다리를 억지로 끌어 올려 천천히 움직였다. 온몸이 부들부들 떨린다.

식당 안을 밝히던 형광등은 모두 꺼져 있고, 노란 비상 조명만이 간신히 시야를 확보해 주는 기능을 하고 있다. 그건 곧 현재 이 건물에 비상 전원이 가동되고 있다는 의미였다.

"아직 출근 시간이 안 됐나?"

어쨌든 시체들이 가득한 이곳에서 벗어나고 싶었다. 아직도 두통은 가시지 않는다. 코를 찌르는 악취에서 벗어나 맑은 공기를 쐬어야 한다. 냉장창고 옆을 지나던 임수정은 열려 있는 문 사이로 내부를 들여다봤다.

넓다고 해봐야 세 평 남짓할 뿐인 저 공간이 암흑 속에서는 무한한 것처럼 느껴졌다는 게 새삼 우습다. 냉장고 바닥에는 식탁보들이 잔뜩 흐트러져 있다. 그녀가 깼을 때, 몸을 감싸고 있던 것들이다.

"설마… 그 남자가?"

날카롭게 찢겨 나간 냉장고 문의 패킹, 냉기라고는 일절 느껴지지 않던 내부. 그제야 자신이 냉장고 속에 갇혀 있었으면서도 얼어 죽지 않았다는 것을 깨달았다. 민구라는 사내가 자신을 그 안에 피신시키며 여러 가지 조처를 해둔 덕이었다.

"그럼, 그 사람은?"

자신이 걸치고 있는 양복 재킷의 주인을 떠올리며 임수정은 혼잣말을 했다. 왜 자신만 놔두고 사라져 버린 걸까……. 고민을 해봐야 알 수 없다고 판단한 그녀는 한 손에 물병을 쥔 채 싱크대를 짚은 팔에 의지해서 식당 문까지 나왔다. 거기에도 어김없이 시체가 기다리고 있었다.

"꺄아악!"

문을 열자마자 뒤통수가 완전히 박살 난 괴물을 본 임수정은 비명을 지르며 병을 떨어뜨려 버렸다. 퍼억! 쨍강! 물병이 깨지며 파편이 임수정의 종아리를 긋고 지나간다. 주르륵, 피가 흘러내렸지만, 아픈 것을 의식할 여유조차도 없었다.

복도와 계단을 차지한 채 널브러져 있는 시체들과 마주칠 때마다 진저리를 치면서도 임수정은 용케 로비까지 올라왔다. 그리고 어둠과 시각적인 두려움으로부터 완전히 탈피한 그때, 처음으로 건물 바깥쪽에서 소리가 들려오고 있다는 걸 깨달았다.

"아직도 비가 그치지 않았네……."

열려 있는 로비의 유리문을 두드리며 많은 양의 소나기가 쏟아지고 있었다. 그리고 그 빗소리를 뚫고 간간이 울리는 커다란 소리. 쿵! 쿵! 크고 단단한 돌이 울릴 때 나는 소리는 정문 바깥쪽에서 들려오고 있었다.

경비실에 걸려 있는 시계가 가리키는 시간은 3시 50분이었다. 그녀는 자신이 12시간 가까이나 의식을 잃고 있었다는 것에 놀랐고, 그때까지도 정수장에 출근한 사람이 없다는 것에 다시 놀랐다.

하지만 임수정은 꿈에도 모르고 있었다, 괴물들과 격투를 벌인 그 새벽으로부터 벌써 사흘이나 지났다는 것을.

"어떻게 된 거지? 왜 아무도 없어? 그리고 저 소리는 뭐야?"

쿠웅~! 쿠웅~!

커다란 소리는 유혹하듯 계속 울려 퍼진다. 임수정은 홀린 것처럼 걸음을 옮겨 소리가 나는 곳을 향해 걷기 시작했다. 어쨌든 저기엔 사람이 있다……. 빗방울이 튀어 시야가 흐려지자 그녀는 민구의 재킷을 머리 위로 들어 올렸다. 신고 있던 슬리퍼가 벗겨진 채였지만, 고여 있는 빗물을 밟으면서도 임수정은 자신이 맨발이라는 것을 깨닫지 못했다.

☆　❤　☆

"이건… 예상 못했네."

갑자기 쏟아지기 시작한 폭우를 피해 복지 센터 안으로 뛰어 들어온 보안관이 씁쓸한 표정으로 바깥을 보며 중얼거렸다. 시원하다고 할 수준을 넘어설 만큼 많은 양의 비. 흠뻑 젖은 웃옷을 벗어 물기를 짜내던 삼식이와 유빈도 걱정스럽기는 마찬가지였다.

"그러게. 여름에는 비가 잦은 게 당연한데… 막연히 계속 맑을 거라고만 생각했어. 아, 이거, 곤란한데."

반쯤 빨래가 돼서 얼룩졌던 핏자국이 희미해진 면 티를 다시 걸쳐 입으며 유빈이 말했다. 비가 오면 음식을 구하러 나가기 어려워진다. 시야가 짧아지는 것도 문제지만, 기동력이 급격하게 떨어진다는 점이 가장 심각하다. 빗물이 들어가기 때문에 코로 숨을 쉬기도 어렵고, 바닥이 미끄러워서 언제 넘어질지 모른다.

좀비들도 비가 오면 더 느려질까? 그걸 알 수가 없는 상황에서 모험을 하고 싶지는 않았다. 장마는 이미 지나갔지만, 만약 이 비가 사나흘 이상만 계속된다 해도 그들에게는 치명적일 것이다. 비가 그치기 전까지는 조금 아껴 먹으면서 버티는 수밖에 없다.

뚱한 표정의 신입은 젖은 담배에 불을 붙이기 위해 애를 쓰고 있었다. 무슨 일이 있었는지는 몰라도 아까 삼식이가 억지로 끌고 나와 일을 시킬 때부터 녀석은 잔뜩 기가 죽은 모습이었다.

"물탱크 어떻게 해? 비 올 때 열어서 채워둬야 하지 않아?"

삼식이가 물었다. 유빈은 고개를 갸웃거리며 대답했다.

"어떻게 하는 게 더 좋을지 모르겠어. 지금 있는 깨끗한 물과 빗물을 섞어도 되는 건지……."

유빈이 밖으로 팔을 뻗어 손바닥에 빗물을 받은 다음, 그걸 코에 가져다 댔다. 흙냄새가 난다.

"좀 미심쩍은데……. 이걸 그냥 마셔도 될까?"

"허, 여기가 무슨 남태평양 무인도인 줄 아냐? 공기 중에 떠다니는 먼지랑 매연이 얼마나 많을 텐데. 못 마셔, 그거. 배탈나."

보안관이 생각도 하지 말라는 듯 고개를 젓는다. 어느새 두 손 가득 빗물을 받아 할짝거리던 삼식이가 인상을 찌푸리며 침을 퉤퉤, 뱉어냈다.

"그러면 지금 받아놓은 물을 다 마실 때까지는 빗물과 섞지 말아야겠다. 그냥 큰 통에라도 좀 받아두고 물일 할 때나 쓰자."

세 친구가 건물 주차장으로 나가 물통들을 늘어놓는 동안 깊은 잠에 빠져 있던 제니도 눈을 떴다.

"엇, 차가워."

뚫려 있던 창문 안으로 들이친 빗물이 얼굴을 적신다. 바닥을 때리고 산산이 부서져 튀어 오르는 빗방울들을 잠시 멍한 눈으로 바라보던 제니는 급하게 몸을 일으켰다.

꿈이 아니었다. 테라의 죽음도, 사장의 죽음도, 그리고 괴물들이 가득한 세상까지도……. 먼지가 꼬질꼬질한 스티로폼 패널 침대가 그녀에게 자신이 처한 상황을 확실하게 각인시켜 준다.

지난해 연말, 가요 대상을 받자마자 공항으로 달려가 NHK 사장이 보내준 전용기를 타고 일본으로 건너갔던 일이 기억난다. 홍백가합전에 출연을 했던 그날 밤, 기다란 리무진 속에서 테라와 함께 바라보던, 붉은 도쿄 타워의 불빛……. 이제 그렇게 화려한 날은 다시 오지 않을 것이다.

젠장, 그 힘든 날들을 겪으면서 겨우 여기까지 올라왔는데……. 하아아~ 가벼운 한숨과 함께 흐트러진 머리카락을 쓸어 올린 제니는 문에 걸려 있는 거적을 들추고 암울한 현실을 향해 몸을 내밀었다.

"어, 깼어?"

건너편 창가에 앉아 깡통에 불을 피우고 있던 보안관이 화색을 띠며 벌떡 몸을 일으킨다. 그리고 뭔가를 손에 쥐고 뛰어왔다.

"아, 저… 이거, 예뻐서 가져왔어. 혹시 마음에 들면 방에 두고 키우라고."

그가 내민 것은 자른 페트병에 심겨진 노란 들꽃 한 다발이었다. 여러 송이의 들꽃을 정성껏 캐서 한데 심은 게 분명하다.

나를 위해서……. 한없이 가라앉아 있던 제니의 마음이 울컥 흔들렸다. 꽃과 정말 무관해 보이는 투박한 손의 보안관, 평온한 눈으로 이쪽을 바라보고 있는 유빈, 벽에 기대앉아 미소를 보내는 삼식이.

아아, 맞아. 나 운 좋게도 이렇게 고마운 사람들과 만났지……. 그리고 살아 있지……. 눈물이 고여 버려서 이미 어떻게 생긴 꽃인지도 잘 보이지 않지만, 지금껏 받아온 그 어떤 꽃다발보다도 아름답게 느껴졌다.

"어, 제니야. 있지… 싫으면 안 키워도 괜찮아. 하하, 하긴 이건 너무 촌스럽다. 그치?"

제니가 감정을 주체하지 못해 잠시 말없이 서 있자 반응을 오해한 보안관이 멋쩍어하며 페트병 화분을 등 뒤로 감추려 했다.

"그것 봐~ 보안관. 깨자마자 네 얼굴을 보니까 울잖아~!"

무심한 듯 보고 있던 삼식이가 보안관을 놀려 댔다.

"그런 거 아니에요. 정말 예뻐요."

소매를 들어 눈물을 찍어낸 제니는 감정을 추스르고 밝게 웃었다. 보안관이 이마에서 진땀을 닦아내며 물었다.

"정말?"

"네, 행복해요."

그 순간, 그 단어만큼은 진심이었다. 두 손으로 화분을 받아든 제니는 꽃에 코를 대고 깊이 숨을 들이쉬었다. 이들과 만나지 않았더라면 다시는 맡아보지 못했을, 이름 모를 들꽃의 냄새가 제니의 가슴속을 가득 채웠다. 거칠게 쏟아붓는 빗속에서도 선명하게 느껴지는 생명의 향기였다.

2

"잘됐네. 그렇지 않아도 뭘 좀 먹어야 하지 않을까 하고 걱정하던 중이었는데……. 자, 이리 와, 제니야."

남은 음식들을 배분하고 있던 유빈이 제니에게 손짓을 했다.

"에… 입맛대로 골라 먹으면 좋겠지만, 아무래도 상할 가능성이 높은 것들부터 빨리 먹어 치워야 할 것 같아. 그러니까 빵이나 핫 바 같은 게 우선이야. 삼각김밥도 하나 남았네. 그런 걸 먼저 먹고 그다음에 라면이나 통조림으로 넘어가자."

"음료수는 몇 개나 남았어?"

제니의 근처에 앉으며 보안관이 물었다.

"우리가 어제 역에서 담은 게 50개 정도고, 지금 남은 건 서른한 개. 미안하지만 이제 비가 그칠 때까지 음료수는 아껴서 먹어야 할 것 같아. 다행히 아직 이렇게 깨끗한 물이 남았으니까 그걸 마시자."

페트병에 담아 온 물을 나눠 주고서 유빈은 남아 있던 마지막 삼각김밥을 자기 몫으로 가져갔다. 어제저녁 보안관이 먹었을 때에도 이미 약간 쉰 것 같다고 했으니, 지금쯤은 꽤나 아슬아슬할 게 분명했다.

"난 빵은 아까 많이 먹어서 별로고, 지금은 라면 부숴 먹고 싶은데……."

신입이 볼멘소리를 하자 유빈이 빵 하나와 라면 하나를 동시에 내밀었다.

"자, 어차피 이 두 개는 네 몫이니까 맘대로 해. 이 중에서 아무거나 좋은 걸 먹고 내일 저녁까지만 버텨줘. 대신에 나중에 빵이 상해도 그냥 그걸 먹는 거야."

양손에 각각 빵과 라면 봉지를 쥐고서 잠시 고민을 하던 신입은 결국 인상을 찌푸리며 빵 봉지를 뜯었다. 모두에게 내일 아침 식사까지를 배분한 뒤, 유빈은 하나 남은 핫 바를 보안관에게 줬다.

"뭐야? 쳇, 특별대우야? 이런 상황에서도 차별하고 싶냐, 너희는?"

신입이 툴툴거리자 보안관도 됐다고 말하며 핫 바를 밀어냈다.

"얘는 어제저녁부터 계속해서 저걸 휘둘렀어."

한쪽 구석에 눕혀둔 해머를 가리키며 유빈이 말했다.

"손잡이 무게까지 더하면 4킬로그램이 넘어. 저걸 하루 종일 그냥 들고만 다녀도 너나 나는 아마 녹초가 될걸? 보안관은 우리보다 더 먹을 자격이 있어. 아니, 먹어야 돼."

"야, 그런 소리 하지 마. 쪽팔려."

보안관이 손을 들어 유빈이의 입을 막으려 든다. 유빈은 그 손을 피하고 이야기를 계속했다.

"아니, 그렇게 하는 게 공평한 거야."

"야, 암만 그래도 나만 따로 뭘 더 먹는다는 건……."

계속 늘어질 수도 있던 논쟁을 종결시킨 건 제니였다. 제니가 한 손을 번쩍 치켜들고 말했다.

"아, 저도 보안관 오빠가 다른 사람보다 더 먹는 게 옳다고 생각해요."

"하하, 이유는?"

삼식이가 재미있다는 표정으로 물었다. 제니가 밝게 웃으며 대답했다.

"몸무게가 더 나가는 사람이 더 먹어야 하니까요."

빵 봉지를 뜯던 보안관은 얼음처럼 굳어버렸다.

☢ ☢ ☢

임수정은 계속 비를 맞으며 걸었다. 수조들이 길게 늘어선 진입로를 지나쳐 정문 앞에 다다랐다. 그날 민구가 들이받았던 정문은 아예 통째로 들려 나간 채였고, 그의 자동차도 어디론가 치워져 있었다. 그리고 문과 정면으로 마주한 도로 저 너머에는 높은 철책이 세워져 있다. 그녀가 출근을 할 때까지만 해도 저 자리에 없던 물건이다.

문을 나서서 왼쪽으로 몸을 돌리자 그녀를 이곳까지 이끌었던 소리의 주체가 눈에 들어왔다. 군인들이다. 판초우의를 입은 군인들이 강서 정수장을 등진 채 서서 50여 미터 앞쪽 진입로에 바리케이드를 설치하는 중이었다. 한쪽에서는 앞쪽에 특

수 장비를 매단 장갑차가 멈춰 서 있는 차들을 길 한쪽으로 밀어내고 있었다.

부르르릉— 장갑차가 천천히 지나갈 때마다 엉망진창으로 꽉 막혀 있던 도로가 조금씩 트여갔다. 그녀가 들었던 쿵, 쿵! 울리는 소리는 일단의 군인들이 아스팔트 위에 긴 쇠말뚝을 박으며 발생한 소음이었던 모양이다. 이미 단단히 세워진 말뚝 사이에는 뾰족뾰족한 철조망이 둘러쳐져 있었다.

"왜 군인이 서울에 저런 걸……."

임수정은 도무지 상황을 이해할 수 없었다. 그녀가 정신을 잃고 있던 그 짧은 사이에 설마 계엄령이라도 선포되었던 것일까? 모든 게 혼란스러웠지만, 어쨌든 그녀는 도움이 절실하게 필요했고, 이런 상황에서 총을 든 군인만큼 든든한 건 또 없을 것이다. 괴물들이 다시 들이닥친다 해도 이제는 안전하다……. 안도의 한숨을 내쉰 임수정은 두 손을 입에 모아 군인들을 불렀다.

"군인 아저씨! 군인 아저씨이!"

군인들은 아무런 반응을 보이지 않고 하던 일을 계속했다. 아마도 장갑차 엔진 음과 빗소리 때문에 자신의 목소리를 듣지 못했으리라. 다시 한 번 크게 외쳐 보아도 마찬가지다. 하는 수 없이 임수정은 그들이 서 있는 곳을 향해 걷기 시작했다. 열 걸음쯤 떼었을까, 총을 들고 서 있던 보초병이 뒤를 돌

아본다. 임수정은 생각했다. 아, 다행이다. 이제야 봐주는구
나……

"히에엑!"

임수정과 눈이 마주친 보초병은 숨이 넘어가는 소리를 지르
며 곧바로 총을 고쳐 쥐고 방아쇠를 당겼다.

투투툭!

세 발의 탄환은 임수정으로부터 얼마 떨어지지 않은 아스팔
트 바닥을 때리고 지나갔다.

"까아아악!"

임수정은 비명을 지르며 앞으로 엎어졌다. 달아나야 한다는
생각이 들었지만, 발이 얼어붙어 움직일 수가 없었다.

"뭐, 뭐야! 왜 발포했나?"

소위 계급장을 단 남자가 총소리와 비명을 듣고 뛰어와서
얼이 반쯤 나간 보초병을 잡고 소리를 질렀다. 어깨를 붙잡힌
보초병이 더듬거리며 대답했다.

"여, 여섯 시 방향에 좀비입니다!"

"뭐?"

소위가 임수정을 돌아보았다. 임수정은 여전히 고개를 땅에
처박은 채 엎드려서 두 손을 들고 필사적으로 울부짖는 중이
었다.

"쏘지 마세요! 쏘지 마세요! 제발!"

임수정의 목소리를 들은 소위는 보초병의 헬멧을 후려치며 버럭 화를 냈다.

"야이, 미친 새끼야! 사람이었잖아! 발포하기 전에 구두 경고로 확인하라고 몇 번 이야기했어?"

"너무 가까이 다가와 있어서……."

"너 같은 새끼들 때문에 어제도 강남에서… 어휴, 말을 말자."

"잘하겠습니다!"

"똑바로 해! 한 번만 더 이런 일 있으면 너 군법회의에 회부할 거야, 이 꼴통 같은 새끼!"

소위는 보초병의 머리통을 한 번 더 후려갈긴 후, 임수정에게 뛰어오며 외쳤다.

"괜찮으십니까? 일어나십시오."

"네? 일어나도 돼요?"

임수정이 떨리는 목소리로 물었다.

"네, 일어나십시오. 적이라 오인해서 사격한 모양입니다. 상황이 상황이니까 좀 이해해 주십시오. 근데……."

부하들이 임수정을 부축해 일으키는 동안 소위가 고개를 갸웃거리면서 물었다. 임수정은 혼자 서고 싶었지만, 가뜩이나 힘이 없던 다리는 조금 전 총소리를 들은 이후부터 전혀 힘이 들어가지 않았다.

"실례지만, 어디에서 오시는 겁니까? 이 주변에 바리케이드 설치가 미비한 곳은 이쪽 한 방향뿐인데."

소위의 말투에서 친절함이 조금씩 엷어진다. 보면 볼수록 수상쩍은 여자다. 탱크톱과 짧은 핫팬츠에 커다란 남자 재킷을 얹어 걸치고 있는 모양도 그렇고, 퀭한 얼굴은 사흘을 굶었다고 해도 믿겨질 정도였다. 게다가 맨발이다. 이런 외양의 여자가 퍼붓는 빗속에서 비척거리며 걸어왔으니 깜짝 놀라 저절로 방아쇠가 당겨졌다고 해도 무리는 아니었다.

"전… 바로 여기 정수장에서 왔어요."

총소리를 듣고 놀랐을 텐데, 여자는 의외로 침착하게 대답했다. 임수정의 대답을 들은 소위의 얼굴이 곁에 선 상병에게 휙 돌아간다. 눈이 똥그래진 상병이 변명을 했다.

"아, 아닙니다, 소대장님. 어제 수색했을 때, 분명히 생존자가 없었습니다!"

"근데 여기 있잖아! 이 사람은 뭔데?"

"모, 모르겠습니다! 저희 분대가 방마다 싹 다 뒤져 봤지만, 시체들밖에는……. 아가씨! 저희가 생존자 나오라고 외칠 때, 왜 대답 안 하고 피해 다녔습니까?"

상병은 오히려 임수정을 다그쳤다. 지친 임수정은 배 속에서 힘을 끌어모아 대답했다.

"전 지하 식당 냉장고 안에 갇혀 있었어요. 기절을 한 상태여서 아무것도 못 들었고요."

그때, 다른 병사가 임수정의 종아리에서 가늘게 흘러내리는 핏줄기를 발견하고 소리를 질렀다.

"외상입니다! 외상 발견! 외상 발견! 소대장님, 물러나십시오!"

그 소리를 듣자마자 임수정을 부축하고 있던 군인들은 그녀를 놓아버리고 다급하게 물러섰다. 마주 보고 서서 질문을 던지던 소위도 깜짝 놀라며 뒤로 서너 발짝을 뛰었다. 갑자기 의지할 곳을 잃은 임수정은 빗물이 가득한 땅바닥에 무릎을 꿇고 쓰러져 버렸다.

"왜, 왜 이러세요?"

어리둥절해진 임수정이 울상을 지으며 물었다. 하지만 군인들은 바짝 긴장한 채 강압적으로 명령했다.

"고개 들지 마! 엎드려! 엎드려!"

"네?"

"엎드리라고요! 말 못 알아들어요?"

여러 개의 검은 총구들이 눈앞에 겨눠진 채 위협적으로 흔들거린다. 살면서 한 번도 경험할 것이라 생각하지 않던 일이다. 분한 마음이 묻는다. 내가 왜 그래야 하는데? 하지만 임수정은 그 말을 삼켜 버리고 고개를 저으며 엎드렸다. 땅에 고인 빗물이 얼굴을 적셨다.

"두 팔 머리 위로 깍지 껴! 다리 벌려!"

명령을 따랐다. 소란이 일자 점점 더 많은 인원이 주변에 몰려든다. 자신의 상황이 너무나 굴욕적이어서 눈물이 솟은 임수정은 흐느끼며 소리를 질렀다.

"내 막내 동생도 군대에 있어요! 중위예요!"

걔가 이런 꼴을 본다면 너희 모두 단단히 혼이 날 거야! 막내가 나를 얼마나 따랐는데……. 이 새파란 것들아! 임수정은 그런 말을 하고 싶었다. 그리고 그 말이 의외로 꽤나 효과가 있었다.

"대답하십시오. 그 다리의 상처, 어디서 났습니까?"

존댓말로 바꾼 소위가 물었다.

"상처? 대체 무슨 상처를 말하는 거예요?"

"종아리의 상처! 물렸습니까?"

임수정은 자신의 종아리에 상처가 났다는 것도 처음 알았다. 하지만 그런 이유로 이렇게까지 해야 하는지 납득할 수가 없었다.

"물리다니, 누구한테요? 그리고 그게 왜 중요한데요?"

"당신 목숨이 걸린 문제라서 그렇습니다! 우리 목숨도! 대답 못하면 쏠 수도 있습니다."

실없는 소리는 아닌 것 같았다. 임수정은 필사적으로 생각을 해봤다. 냉장고를 기어 나오다가 그랬을 수도 있고, 괴물이 낚아채는 과정에서 생채기가 났을 수도 있다. 문득 자신이 떨어뜨렸던 유리병이 산산이 깨지던 게 생각났다. 어쩌면 그 조각이?

"베인 거예요! 유리 조각이 스쳐서!"

"사실입니까?"

"네! 네!"

"확인해 봐."

소위가 명령을 내리자 병사 하나가 조심스럽게 무릎을 굽히고 앉았다.

"움직이지 마세요."

그렇게 말하며 그녀의 다리를 들고 상처를 들여다보는 병사 역시 어지간히 긴장한 상태였다.

"아얏!"

병사가 상처를 벌리는 바람에 임수정은 가벼운 비명을 질렀다.

"이빨은 아닌 것 같습니다. 아주 날카로운 흉기가 그은 상처입니다."

그녀의 다리를 놓아준 병사가 진땀을 흘리며 말했다. 소위가 안도의 한숨을 내쉬었다.

"천천히 일어나세요. 우리가 놀라지 않도록 천천히."

임수정은 그 지시에 따랐다. 무릎을 꿇고 앉은 임수정에게 소위가 미안하다는 표정을 지으며 이야기했다.

"지난 며칠간 안 물렸다던 사람들이 변하는 꼴을 너무 많이 봐서 이러는 겁니다. 섭섭하게 생각하지 마세요. 저도 두 살 위 누나가 있습니다."

임수정은 대답하지 않았다. 변한다는 건 아마 그 괴물들 이야기인 것 같다. 그렇구나, 그것들에게 물리면 괴물로……. 그런데 지난 며칠이라는 말은 이해가 가질 않았다. 대체 언제부터 저 괴물들이 난리를 쳤다는 거지? 공사 재개를 명령한 소위는 말없이 고개를 숙이고 앉아 있는 임수정을 데리고 임시 막사 안으로 들어갔다.

"자, 드세요."

국방색 모포를 임수정의 어깨에 덮어준 소위가 종이 팩에 든 주스를 권했다. 여전히 목은 말랐지만, 받아 마시고 싶은 기분은 아니다.

"기분이 상한 건 알지만, 계속 말을 해요. 원래 규정대로라면 이 막사에 들어올 수도 없는 겁니다."

맞은편 야전침대에 걸터앉은 소위가 진지한 얼굴로 말했다. 여전히 그의 오른손은 권총집 주변에 머물러 있다.

3

"무슨 말을 해요? 그리고 언제까지요?"

"내용은 아무거라도 상관없어요. 당신이 좀비로 변해가는 게 아니라는 걸 확인하기 위해서 그러는 거니까……. 여섯 시에 보급 헬리콥터가 오면 그 편에 부탁해서 쉘터에 보내줄 테니까, 그때까지는 계속 아무 말이라도 해요. 확신이 안 서면 나도 당신을 거기 못 태웁니다. 원래 생존자 구조는 우리 임무도 아니에요."

"정말 아무 말이라도 해요? 그쪽도 대답해 줄 건가요?"

"내가 말할 수 있는 범위 내라면."

소위가 고개를 끄덕였다. 그렇다면 궁금했던 걸 물어보고 싶었다. 잠시 생각을 정리한 임수정이 입을 열었다.

"왜 군인이 여기에 있는 거죠?"

"그건 대답해 드릴 수 있습니다. 지금이 전시에 준하는 상황이라는 건 더 이상 비밀도 아니니까. 강서 정수장이 주요 기반 시설이라서 보호하기 위해 온 겁니다."

"여기 말고 다른 곳도 전부 군인들이 출동했나요?"

"말 못합니다. 몇몇 지역은 군의 지휘하에 있다고만 해두죠."

"혹시 서울 전체가 괴물들의 습격을 받았다는 건가요?"

"지난 며칠간 일어난 일을 이렇게나 모르다니, 당신… 정말 기절해 있었던 모양이군."

소위는 쯧, 소리를 내며 혀를 찼다. 답답해진 임수정이 재차 물었다.

"저희 집은 건대 부근이에요. 거기도 괴물들의 습격을 받았 나요?"

"서울과 경기 전체가 다 그래요. 예외라고 할 만한 곳이 없 었습니다."

"그럼 지금은 괜찮아졌고요? 아, 전화! 집에 전화 한 통만 걸게 해주세요. 부탁드려요."

임수정이 애원하자 소위는 그녀의 시선을 외면하며 말했다.

"지금 서울에서 통신망이 회복된 지역은 극히 제한적입니 다. 여기나 광진구를 포함한 나머지 대부분은 전화가 되지 않 고요."

"그, 그럼 제 부모님은……."

"그냥 잘 계시다고 믿으십시오. 저도 우리 가족의 생사를 몰라요."

충격을 받은 임수정은 고개를 숙인 채 잠시 말을 잇지 못했 다. 그 침묵을 마냥 참고 기다려 줄 수만은 없는지, 소위가 재 촉했다.

"사람 불안하게 하지 말고 계속 말을 해요. 좀비로 변할 때 다들 그렇게 고개를 숙이고 신음 소리를 내면서 괴로워한단 말입니다."

"네… 하아, 사망자들이 많은 가요?"

"사망자는 오히려 적어요. 전부 다 좀비로 변해 버려서 문제지만."

"후우… 사람이 괴물로 변하는 걸 직접 목격하신 적 있어요?"

"네. 어제도 소대원 둘을 그렇게 보냈습니다."

그 말을 하며 소위는 이를 빠득, 갈았다.

"자, 또 물어봐요, 아무 말이라도. 대화가 끊어지게 하지 마요."

임수정은 이마를 짚으며 힘없이 말했다.

"모르겠어요, 무슨 말을 해야 할지… 너무 혼란스러워서."

"좋아요, 그럼 내가 묻기로 하죠. 기절은 왜 한 겁니까? 냉장고 속에는 어떻게 들어가게 된 거고요?"

소위의 질문은 임수정의 가슴을 턱 막히게 만들었다. 괴물과 접촉했다는 것을 말해도 되는 걸까? 작은 베인 상처에도 경기를 일으킬 만큼 이 사람들은 괴물을 두려워하고 있었다.

괴물이 내 다리를 낚아챘다는 것을 이 젊은 군인에게 말해 줘도 되는 것일까? 확신이 서지 않는 일은 하지 않는 게 낫다. 임수정은 살짝 이야기를 틀어 민구와 괴물이 정수장을 덮쳤던 새벽의 일을 들려주었다. 오로지 민구만이 괴물과 접촉했고, 그녀는 너무도 무서워 냉장고에 숨어 들어간 다음 기절해 버렸다고 말했다.

"으음⋯⋯."

다 듣고 난 소위가 미심쩍다는 표정을 지었다.

"칼 한 자루만 가지고 좀비들을 그렇게나 많이 죽일 수 있다는 게 믿어지지 않는군요. 게다가 만약 당신의 이야기가 전부 사실이라고 해도 냉장고 속에서 나흘 가까이나 질식하지 않고 살아났다고요? 어딘가 허점이 있는 것 같은데⋯⋯."

거짓말에 서툰 임수정의 얼굴이 붉게 달아오르려 할 때, 막사 바깥쪽에서 사이렌과 함께 다급하게 외치는 소리가 들려왔다.

"올림픽대로 방면에서 좀비 접근 중! 반복한다! 올림픽대로 방면에서 좀비 접근 중! 규모는 넷! 규모 넷!"

공사를 멈추고 무장을 갖추기 위해 병사들이 바쁘게 뛰어다녔다. 우르르르르― 장갑차도 도로의 정면을 막아서기 위해 천천히 차체를 돌렸다. 소위가 몸을 일으키며 말했다.

"여기에서 움직이지 말고 있으십쇼. 혹시 교전 중에 막사 밖으로 한 발짝이라도 내밀면 그땐 경고 없이 쏩니다. 우리는 지금 겁에 질려 있어서 마음에 여유가 없습니다. 그러니 우리를 놀라게 하지 마세요. 알아들었습니까?"

소위의 말에는 진심이 배어 있었다. 임수정은 대답과 함께 고개를 끄덕였다.

"좋아요. 서로 살아남기를 기도합시다."

그 말을 남기고 소위는 비가 쏟아지는 막사 밖으로 뛰어나 갔다. 임수정은 열려 있는 막사의 틈을 통해 바깥의 상황을 지켜보았다.

4차선 도로와 인도까지를 모두 가로막고 2중으로 쳐진 높은 철책 주변에 군인들이 모여든다. 컨테이너를 2층으로 쌓아 만든 간이 진지 위로 올라간 군인들은 사격 자세를 취하고 기다렸다. 그리고 긴장 속에서 10여 분이 지났다.

도로 저편에서부터 기분 나쁜 웅성거림이 조금씩 가까워져 온다.

그으으으우우우웅, 그르르르와아아아아아악!

꿈에도 잊을 수 없을 것 같은 그 특유의 울부짖음이 임수정의 귀를 아프게 울릴 만큼 가까워졌을 때, 앞쪽에서 누군가가 외쳤다.

"왔다!"

그라아아악!

철책 너머의 도로 위로 수많은 괴물들이 일제히 달려든다. 조금 전까지 강력하게만 느껴졌던 수십 명의 군인들이 초라하게 보일 만큼 압도적인 수의 차이다. 괴물들의 괴성이 고막을 찢는 것 같아서 임수정은 귀를 틀어막았다.

그리고 거의 동시에 군인들의 총에서도 불꽃이 뿜어져 나갔다.

타타타타타타! 투투툭! 투툭! 투투투!

진지 위의 군인들은 아래쪽을 굽어보며 열심히 방아쇠를 당겼다. 앞서 달려오던 괴물들은 온몸이 벌집이 된 채 날아가거나 고꾸라져 버렸다.

하지만 이미 수적인 열세는 화력의 차이로 극복될 수 있을 수준을 넘어선 상태였다. 탄창을 교체하는 짧은 순간 동안에도 쓰러진 괴물들의 시체를 밟고 뛰어온 뒷줄의 괴물들 때문에 철책과의 거리는 좁혀졌다.

괴물들은 순식간에 첫 번째 철책에 바짝 붙어 철조망을 밀어 댔다. 날카로운 가시에 얼굴과 팔이 뜯겨 나가면서도 괴물들은 극렬하게 철조망을 흔들었다. 투투툭! 타타타타! 총격을 받은 괴물들이 쓰러지지만, 그 과정에서 철책 역시 엉망으로 파손되었다.

구멍이 뚫리고 무너져 버린 철책을 밀어 치며 괴물들이 달려온다. 첫 번째 철책과 두 번째 철책의 간격은 40미터. 이 거리 내에서 모두 진압하지 못하면 그 뒤에는 저것들과 맨몸으로 마주해야만 한다.

"수류탄 투척!"

대여섯 명의 병사들이 일제히 수류탄을 집어 던졌다. 콰콰콰쾅! 엄청난 폭발음과 함께 폭발한 수류탄은 흙먼지와 살덩이를 가득 날리면서 전방의 시야를 온통 뿌옇게 만들어 버렸다.

하지만 그 정도로 괴물들이 끝나지 않았다는 것은 분명했다. 수류탄 폭발로 인해 멍해진 귀를 뚫고 똑똑히 들려올 만큼 아직도 그들의 괴성이 크게 울리고 있기 때문이다.

"계속 쏴! 머리를 노려!"

총성 때문에 제대로 명령이 전달되지 않을 것이라는 걸 알면서도 소위는 열심히 외쳤다. 병사들은 모두 그의 독려가 필요하지 않을 만큼 다들 필사적으로 방아쇠를 당겼다. 투투툭! 투툭! 거리는 화약 냄새와 괴물들의 비명으로 가득 채워졌다.

그라아악!

마침내 두 번째 철책에도 괴물들이 달라붙어 버렸다. 철조망이 앞뒤로 거세게 흔들리며 웅웅, 울리는 소리를 낸다. 컨테이너 위에서 필사적으로 쏴대는 탄환이 괴물과 철조망을 동시에 벌집으로 만들었다. 결국 두 번째 철책마저 무너져 내렸다.

그라악! 살아남은 괴물들이 포화를 헤치며 앞으로 달려 나온다. 그 모습을 정면으로 보고 있는 임수정의 가슴은 불안함과 공포로 터져 버릴 것만 같았다.

투투투투툭! 타타타타타타!

컨테이너에 달라붙어 뛰어오르려는 괴물들을 향해 무릎을 꿇은 병사들이 일제히 발포했다. 뇌수와 끈적거리는 핏덩이가 하늘 위로 마구 튀어 오른다. 끝까지 살아남아 컨테이너 사이를 돌파하려던 대여섯 마리의 놈들을 장갑차의 기관총이 처리함으로써 숨이 멎을 것 같던 좀비들의 습격은 끝을 맺었다.

"발포 중지! 상황 종료! 상황 종료!"

조금 나이가 들어 보이는 군인 하나가 컨테이너 위에서 몸을 일으키며 외쳤다. 너무나 끔찍한 경험이어서 임수정은 정신이 아득해지는 것 같았다. 민구가 괴물 둘의 머리통을 박살냈던 새벽은 이 전투에 비하면 아무것도 아니었다.

아주 짧은, 단 몇 분 만에 너무나 많은 괴물들이 다양하고 끔찍한 형태로 죽어갔다. 거리는 엉망으로 훼손된 괴물들의 시체로 가득 덮여 있었다. 잘려 나간 머리와 가슴, 팔다리, 내장이 아무렇게나 널브러져 뒹군다.

"우읍!"

구역질이 올라와 임수정은 입을 가렸다. 숨을 쉬기가 힘이 들어 가슴을 꽉 누르며 산소를 마시는 것에만 온 신경을 집중했다.

"하아, 후우~"

"그렇게 하고 있으면 불안하니까 말을 해요. 최소한 고개라도 들던가."

어느새 돌아와 막사 문을 짚고 선 소위가 말했다.

"많이 놀랐죠?"

소위가 물었다. 임수정은 고개를 끄덕였다.

"네."

"누군들 안 그렇겠어요? 살면서 저런 걸 보게 될 줄이야."

소위가 한숨을 쉬며 수통의 물을 마셨다.

"이제 다 죽은 건가요?"

"뭐가 다 죽어요? 좀비들?"

"네. 꽤 많이 죽은 것 같던데, 저게 전부인가요?"

어처구니없다는 얼굴로 임수정을 잠시 바라보던 소위가 힘 없이 웃었다.

"후후후, 저건 그냥 규모 넷짜리예요. 서울에만 규모 7짜리 가 세 개가 넘습니다. 규모 6이나 5는 부지기수고. 그런 게 우 리 주변에 오지 않아서 그나마 이렇게 숨 쉬고 있는 거고요."

"규모 넷이라는 건 무슨 뜻인가요?"

"4디지트, 말 그대로 네 자리 숫자. 천 단위라는 말이에요. 젠장, 2천 마리 정도를 상대하는데 철책이 저렇게 다 작살나 버리면 뭘 어떻게 하라는 거야! 똑같은 철책을 도대체 몇 번을 다시 세우는 거냔 말이야! 이건 아무리 생각해도 애초에 작전 이 너무……."

소위가 투덜대며 뒤에 늘어놓는 혼잣말은 임수정의 귀에 들 어오지 않았다. 일곱 자리 숫자가 세 개… 불과 며칠 만에 수 백만의 사람들이 괴물이 되어버렸다고? 어떻게 그럴 수가……

임수정의 눈에서 왈칵 눈물이 쏟아져 내렸다. 흐으윽! 흑윽! 머리를 들라고 소위가 명령했지만, 임수정은 계속 울었다. 울 수밖에 없었다. 그녀가 살던 나라는 이제 멸망한 것이다.

그녀가 받았을 충격을 이해하고 있기 때문에 한동안 임수정을 울도록 내버려 두던 소위가 철제 책상을 두드리며 말했다.

"자, 이제 그만 웁시다. 보고 있는 사람까지 지치니까…… 그렇게 혼자서 이 세상 슬픔을 다 짊어진 것처럼 굴지 말아요. 우리는 여기 남아서 내일도, 모레도 또 계속 저 꼴을 마주해야 한단 말입니다."

소위의 말에 놀란 임수정은 눈물범벅이 된 얼굴을 들었다.

"내일도 또 이런 전투를 벌이겠다고요? 고작 몇 십 명을 데리고서? 너무 무모해요. 봤잖아요, 저쪽은 수천이에요."

"허, 나한테 숫자를 가르치는 겁니까? 적이 몇이나 되는지는 제가 더 잘 압니다."

"그런 뜻이 아니에요. 왜 지원을 요청하지 않느냐는 말이지. 이 숫자만으로는 그저 운이 좋기를 기대하는 것밖에 안 되잖아요. 저 어린 군인들의 목숨이 당신 결정에 달려 있다는 걸 생각해 보세요."

"내 결정이 아닙니다, 유감스럽지만."

"그럼 누구의?"

소위는 자신의 옷깃에 붙은 다이아몬드 모양 계급장을 잡아당기며 말했다.

"이런 것보다 훨씬 더 복잡한 모양을 달고 있는 사람들이죠. 그쪽에서 내려온 계획대로라면 지금 내 지휘를 받고 있어야 할 사병은 120명이 넘어야 해요. 예비군을 소집했으니 그들을 편제 안에 흡수하라는 겁니다. 하지만 봐요. 서류 속에는 분명히 포함된 예비군들이 지금 어떤 꼴인지."

그렇게 말하며 소위는 처참하게 죽어 자빠진 괴물들의 산을 가리켰다. 소형 불도저가 산산조각 난 시체들을 철책 바깥쪽으로 밀어내는 중이었다. 임수정이 이해할 수 없다는 표정을 지으며 말했다.

"그렇다면 차라리 건물 안쪽으로 후퇴하세요. 옥상에만 계셔도 여기보다는 몇 배나 안전할 거예요. 방금 전보다 조금만 더 큰 규모의 괴물들이 와도 지금의 병력으로는……."

"이봐요!"

소위가 임수정의 말을 끊었다.

"그게 걱정해 주는 거라는 건 압니다. 내 누이가 지금 내 꼴을 봤어도 아마 비슷한 충고를 했을 테죠. 하지만 내가 받은 명령은 여기 T자형 도로를 확보한 뒤에 철책을 치고 사수하라는 거지, 정수장 건물에서의 농성이 아닙니다. 일단 저 안에 들어가 버리면 헬리콥터의 보급 지원도 제대로 받을 수 없어

요. 탄약도, 식량도 다 거기에만 의존하고 있기 때문에 별도의
명령이 떨어질 때까지는 오로지 따르는 수밖에 없다, 이 말입
니다. 그러니 더 이상 조언하려 들지 마십시오."

"하지만……."

"하지만이 아니에요. 당신은 지금 당신이 알지도 못하고,
통제할 수도 없는 것에 대해서 말하고 있는 겁니다. 당신은 그
저……."

소위는 잠시 말을 끊고 시계를 보았다.

"그저 30분 뒤에 오는 헬리콥터가 당신을 태워줄까에 대해
서나 걱정하는 게 좋을 거요. 그리고 쉘터에 도착하면 이곳에
대해서는 싹 잊어버리세요. 정 내키면 가끔 기도나 해주든가.
그게 당신이 지금 우리에게 해줄 수 있는 전부입니다. 어설픈
충고가 아니라."

4

임수정의 입을 막고 싶어진 소위는 일부러 차갑게 내뱉었
다. 자신의 소대가 위험한 임무를 맡고 있다는 것은 소위 자신
이 가장 잘 안다.

하지만 그건 그가 운이 지독하게 나쁘거나, 누군가의 눈 밖
에 나서 빚어진 일이 아니다. 그의 소대와 유사한 임무를 수행

하기 위해서 분산 배치된 병력이 서울 시내에만 사단 규모였다. 더 넓고 인구도 많은 경기를 포함하면 적어도 3만 이상의 군인들이 수뇌부가 정해둔 교전 수칙에 따라 실은 그리 중요하지도 않은 주요 시설을 확보하기 위해 내던져져 있는 것이다.

문제는 그 교전 수칙이 인간과의 싸움을 당연한 전제로 하고 만들어진, 과거의 것이라는 데 있었다. 바로 옆에서 한패의 머리가 날아가는데도 조금의 동요조차 없이 철조망을 이빨로 물어뜯는 괴물들과 싸워야 하는 현재의 상황은 전혀 이야기가 다르다는 걸 위쪽에서는 모르고 있다. 아마 알고 싶어 하지도 않을 테지만.

"미안합니다……. 제가 주제넘었네요."

임수정은 슬픈 표정으로 고개를 숙이며 사과를 했다. 소위는 그녀의 사과에 대해서는 아무런 대답도 하지 않은 채 한쪽 구석에 놓여 있던 종이 박스를 뒤져 뭔가를 꺼냈다.

"자!"

임수정이 앉은 간이침대 한쪽에 비누와 수건, 조그만 스테인리스 거울을 내려놓으며 소위가 말했다.

"당신은 거울을 안 봐서 모르겠지만, 지금 당장 좀비로 변한다고 해도 이상하지 않을 꼴이오. 내가 헬리콥터 조종사라면 당신을 태울 것 같지 않아요. 세수하고 머리라도 좀 빗어요. 물은 막사 왼편에 쌓아둔 생수를 쓰면 됩니다. 그 주스도 마시고."

그렇게 이야기한 뒤, 소위는 막사 바깥으로 사라져 버렸다. 멍해진 임수정은 스테인리스 거울을 들어 자신의 얼굴을 비춰 봤다. 헉! 가벼운 탄성이 절로 나온다.

퀭해진 눈, 움푹 팬 볼, 바짝 말라 갈라진 입술 주변에는 침과 눈물 자국이 허옇게 말라붙어 있고, 냉장고 바닥을 기어 다니느라 시커먼 먼지가 잔뜩 묻어 있는 얼굴 위로 미친년처럼 흐트러진 머리카락이 제멋대로 엉켜 있다. 먼발치서 자신을 보자마자 방아쇠를 당겼던 군인이 이제야 이해가 간다.

죽더라도 이런 꼴로는 죽고 싶지 않다. 임수정은 비누와 수건을 집어 들고 후들거리는 걸음으로 물이 있다는 곳으로 나갔다.

예정 시간보다 조금 늦게 헬리콥터가 도착했다. 바리케이드가 쳐진 도로 위에 내려앉은 헬리콥터에서 보급품들을 바쁘게 끌어내린 다음, 서명한 물품 인수증을 조종사에게 건네면서 소위가 물었다.

"소령님, 보고드릴 게 하나 더 있습니다. 민간인 생존자를 구조했습니다. 여기 이분, 돌아가시는 길에 쉘터에 좀 내려주실 수 있겠습니까?"

"생존자? 허, 이런 데에서 살아남은 사람을 다 만나네? 아가씨, 운이 굉장하십니다. 아, 그런데 혹시 외상자야?"

조종사가 임수정을 위아래로 훑으며 물었다. 소위가 곤란한
표정으로 대답했다.

"네, 외상자입니다. 물린 상처는 아닌 모양이지만……."

소위가 변명처럼 덧붙이는 뒷이야기는 듣지 않고 조종사는
임수정에게 직접 물었다.

"어디입니까, 상처?"

임수정은 다리를 약간 틀어 실처럼 가느다란 딱지가 앉은,
베인 상처를 보여줬다.

"흐음……."

조종사가 고개를 갸웃거리며 말했다.

"뭐, 별거 아닌 것 같긴 한데, 규정은 규정이니까. 어이, 그
거 가져와."

조종사의 명령을 받은 승무원이 헬기 안에서 뭔가를 가져와
내민다. 앞쪽이 철망으로 된 헬멧과 구속복이었다.

"우리도 명령 받은 대로 하는 거니까 기분 나쁘게 받아들이
지 마시고, 협조 부탁드립니다."

조종사는 짧게 경례를 한 뒤에 헬기 조종석으로 돌아가 앉
았다. 임수정에게 귀마개가 달린 헬멧을 씌워주며 소위가 말
했다.

"첫날 구조된 사람들이 비행 도중 변해 버린 일이 몇 차례

나 있어서 이러는 겁니다. 그것 때문에 추락한 헬기도 손에 다 못 꼽아요. 소령님께서도 자기 안전을 많이 양보하시는 거니까, 아가씨도 존엄권을 잠시만 포기하십쇼. 여기에서 쉘터까지 20분도 안 걸립니다. 서로 살자고 하는 짓입니다."

그 말에 임수정은 더 저항하지 못하고 순순히 헬멧을 쓰고 구속복 안에 몸을 넣었다. 팔짱을 낀 형태로 조인 구속복을 헬기 좌석에 단단히 고정시킨 다음, 로터의 회전이 빨라지며 헬리콥터는 서서히 떠올랐다. 그녀에게 눈으로 인사를 보낸 소위의 모습이 순식간에 손가락만큼 작아지고, 마침내 시야 밖으로 사라져 버렸다.

임수정은 빗방울이 튀어 있는 창에 헬멧을 기대고 아래쪽의 경치를 바라봤다. 도심의 건물들 사이로 검은 점들이 뭉쳐 작고 커다란 원을 이루며 꼬물거린다.

한강 상공을 따라 동쪽으로 날아가던 헬기가 여의도를 지날 때, 지금까지 스쳐 지났던 그 어떤 군집들보다 커다란 괴물들의 무리가 눈에 들어왔다. 커다란 원 모양을 중심으로 여러 개의 작은 원들이 위성처럼 주위를 돌고, 그 작은 원의 주변에는 또 더 작은 원들이 나선형을 이루며 회전한다.

자잘한 점들이 모두 수십만의 괴물들이라는 사실만 제외한다면, 그 운동이 이루는 질서는 아름다워 보이기까지 했다.

"저거 봐. 규모 여섯짜리다, 저거."

임수정이 보고 있던 거대한 원을 가리키며 조종사가 말했다. 부조종사는 질린다는 말투로 대답했다.

"정말 징글징글합니다. 저렇게 모여 있는 데에다가 네이팜탄이라도 몇 발 날리면 속이 다 시원하겠습니다."

"용기 있으면 해봐, 아마 본보기로다가 바로 다음 날 군법재판소에서 사형 판결 때릴걸?"

"적을 죽였는데 훈장은 못 줄망정, 처벌을 받아야 합니까?"

"교전 수칙 위반이니까. 좀비들은 죽여도 되지만, 저 건물들은 건드릴 수 없다고. 그건 잘나신 대기업들 소유거든."

"하지만 그래봐야 자기들도 지금 저기 들어가서 사용하지도 못하지 않습니까?"

"그러니까 추이를 보자고 하면서 질질 시간을 끄는 거 아니야. 아마 몇 달 지나고 나면 좀비들도 제풀에 죽어 자빠지지 않을까 하는 기대를 하는 것 같던데?"

"몇 달이면 저 건물들 속에 숨어 있는 생존자들도 다 굶어 죽을 시간 아닙니까?"

"그런 거 상관없다는 거지. 돈밖에 모르는 개새끼들."

"저거… 놔두면 저절로 죽기는 죽습니까?"

"나도 몰라. 하지만 입에 들어가는 게 없는데, 계속 저렇게 버티기야 하겠어?"

그렇게 말한 조종사는 저주하는 눈빛으로 아래쪽을 한 번 더 노려봤다. 헬기 내부의 소음 때문에 뒷자리에 앉은 임수정은 조종석에서 나누는 대화를 거의 알아들을 수 없었다. 그녀는 그저 아래에서 벌어지는 점들의 움직임에 시선을 집중하고 있었다.

대학원 시절, 실험실 배양액에서 기르던 세균들의 형태와 운동 방식이 떠오른다. 마더(Mother)라고 불리던 중앙의 덩어리에 집중적으로 모여들면서도 동시에 사방으로 포자를 확산시켜 또 다른 균 집단을 만들던 세균들. 원형으로 회전하며 점차 반경을 넓히는 세균의 운동을 방치하면, 작은 점이었던 세균은 마침내 면으로까지 확장되어 배양 샬레 전체를 뒤덮곤 했다.

"저것들… 머리가 나쁘다고 하지만, 저렇게 질서 정연하게 움직이는 걸 보면 그런 것도 아닌 모양입니다."

부조종사가 규모 여섯 주변의 원들을 가리키며 말하자 조종사는 진저리를 치며 소리쳤다.

"왜 저 지랄로 뭉쳐서 빙글빙글 돌아다니는 건지 모르겠어! 아흐, 징그러워!"

워낙 큰 소리여서 이번 말은 임수정에게도 들렸다. 임수정은 창에 기대며 작고 힘없이 중얼거렸다.

"번식을 위한 그 운동성이 세균의 본능이니까요."

아무도 그녀의 말을 듣지는 못했다. 임수정의 헬멧에는 마이크가 달려 있지 않았기 때문이다. 만약 들었다고 해도 그들은 산발을 하고 있는 맨발 여자의 넋두리에 귀를 기울일 만큼 한가한 사람들이 아니었다.

투투투투― 쓰와아아앙―

헬리콥터는 고도를 약간 높이며 똑바로 순항했다. 저 멀리 잠실야구장이 시야에 들어오기 시작했다.

헬리콥터가 잠실야구장의 외야에 착륙한 다음, 조종사는 임수정의 구속복과 헬멧을 벗긴 뒤 2루 베이스에 위치한 접수 담당 막사로 데려갔다. 역시 군복을 입은 접수 담당이 조종사를 알아보고 반가워한다.

"와, 또 생존자입니까? 이걸로 다섯 명째입니다. 소령님, 훈장 받으시겠습니다."

"쓰잘머리 없는 소리 하지 말고, 서류 작업이나 빨리 끝내. 지금 곧바로 영천으로 가서 탄약 싣고 와야 하니까. 오늘 수행해야 하는 총 비행 거리가 2천 킬로미터도 넘어. 피곤해서 죽을 것 같다. 정비도 거의 못하고 있고……. 젠장, 이러다가 좀비들 대가리 위로 떨어져 버리는 거 아니냐?"

"에이, 소령님처럼 베테랑 파일럿이 무슨 말씀이십니까?"

두 사람이 이야기를 나누는 동안 임수정은 주변을 둘러봤다. 외야 양 사이드에 가득 쌓여 있는 각종 물자들, 그 주변을 배회하며 지키고 있는 총을 든 군인들. 홈베이스 부근에는 지프 차량들이 나란히 서 있다. 비가 들이치는 관중석에 드문드문 앉아 운동장을 내려다보는 민간인들의 시선은 경계심이 가득하고 지쳐 있다.

"이름이 뭡니까?"

접수 담당자가 볼펜과 종이를 주며 물었다.

"임수정요."

"에, 임수정 씨. 여기 여기에다가 이름 쓰시고, 주민번호랑 주소 기입하세요."

임수정이 책상에 기대 서류의 빈칸을 채우는 동안 헬리콥터로 뒤돌아가던 소령이 말했다.

"아, 그 사람. 일단 격리해. 외상이 있더라고."

"예, 명심하겠습니다. 소령님, 충성!"

격리라니, 또 외상이 문제가 되는 건가……. 임수정은 조그만 상처 하나 때문에 오늘 하루 겪은 수모를 떠올리며 한숨을 지었다. 그녀의 마음을 알아채기라도 한 듯 경례를 끝마친 군인이 말했다.

"여기 들어온 사람들 다 격리가 기본이에요. 눈에 보이는 상처가 없으면 24시간, 있으면 48시간. 시간 차이만 있다뿐이지, 누구나 다 거치는 일이니까 무서워하지 않아도 됩니다. 그래도 그렇게 조금 귀찮은 게 가만히 잠들어 있는데 좀비들이

내 모가지를 확 깨무는 것보다야 낫잖아요."

"네, 그렇군요."

서류를 채워 내밀자 눈으로 검토하던 군인이 고개를 끄덕이며 책상 아래에서 밀봉된 은색 비닐 봉투를 꺼내 주었다.

"다 됐고… 자, 이건 기본 지급품입니다. 이 안에 담요랑 물, 건빵, 휴지가 들어 있으니까 당장 아쉬운 대로 버틸 만은 할 겁니다. 에, 또… 그리고 이건 임수정 씨가 여기 들어온 날짜와 시간입니다. 혹시 이쪽에서 착오가 있더라도 이게 있으면 48시간이 지난 걸 확인할 수 있으니까 버리지 마세요. 어이쿠!"

몸을 앞으로 기울여 봉투와 작은 종이 카드를 전달하던 군인이 임수정의 맨발을 보고 깜짝 놀란다.

"신발이 없으시네. 으음, 신발은 보급품이 아닌데… 여자 병사들에게 남는 게 있나 물어는 보죠. 발 사이즈 얼맙니까?"

"235요."

"네, 여기 적었습니다. 어이, 윤 상병, 김 일병. 이분 외상자 격리실로 안내해 드려. 자, 저 사람들 따라가면 됩니다."

두 명의 총을 든 군인은 임수정을 앞세운 채 말로 방향을 제시하며 걸었다. 1루 측 내야석에 설치된 계단을 타고 관중석을 통해 야구장 건물 내부로 들어갔다. 총 든 군인이 나타나자 서성이던 사람들이 뒤로 물러서며 길을 텄다.

외야석이 닿은 곳에 이르렀을 때, 간이로 만들어놓은 벽이 보였다. 문을 두드리자 안쪽에서 누군가 물어왔다.

"고영민!"

임수정과 함께 온 병사가 곧 무표정한 얼굴로 답한다.

"동무!"

암호의 확인 후, 내부를 경계하고 있던 보초 둘이 문을 연다. 그 내부에는 콘크리트 벽을 등지고 죽 늘어서 있는 수십 개의 조그만 철창이 있었다.

"들어가십시오."

철창 중 하나를 열며 군인이 말했다. 격리라고 해서 막연히 독방 같은 것을 예상하고 있던 임수정은 흠칫 놀랐다. 가로, 세로, 높이, 모두 1.8미터 정도의 철창. 이건 그야말로 원숭이 우리 수준이다.

"여기요? 화장실은 그럼?"

"저걸 쓰면 됩니다."

군인이 가리킨 곳에는 덮개가 달린 휴대용 변기와 골판지 상자를 ㄷ자 모양으로 잘라 만든 허술한 칸막이가 서 있었다. 군인의 무뚝뚝하고 강경한 어조에서는 항의나 질문을 받지 않겠다는 단호한 의지가 드러났다. 저항해 봐야 소용이 없다는 걸 깨달은 임수정은 얼빠진 표정으로 철창 안으로 걸어 들어 갔다. 철컥! 뒤쪽에서 문을 잠근 군인들이 충성이라는 구호와 함께 경례를 하고 사라져 버렸다.

"흐으으으~ 으으으."

가뜩이나 차가운 비에 젖어 있던 몸이 여러 가지 감정으로 흔들리며 와들와들 떨렸다. 핫팬츠만 입고 있는 다리는 파랗게 질려 있다. 임수정은 급하게 비닐봉지를 뜯고 담요를 꺼내 몸을 감쌌다. 지급된 담요는 짧고 얄팍해서 체온을 유지하는 데 거의 도움이 되지 못했다.

'도대체, 왜!'

임수정은 마음속으로 비명을 질렀다. 아무 잘못도 저지르지 않은 자신이 이런 꼴을 당해야만 한다는 걸 도저히 납득할 수가 없었다. 분노가 머리끝까지 치민다. 하지만 누구에게 화를 낸다는 말인가.

자기 부모의 생사도 모르면서 생판 남인 그녀를 도와준 그 소위? 경로를 벗어나 여기까지 태워다 준 조종사? 차가운 비를 맞고 그라운드에 서 있는 저 군인들? 내일이라도 괴물들에게 목숨을 잃을지 모르는 상황 속에서 용감히 싸우는 이름 없는 병사들?

그들은 모두 최선을 다하고 있다. 답답해진 임수정은 차가운 무릎 사이에 얼굴을 박고 한숨을 토해냈다. 몇 시간 만에 또다시 암흑으로 돌아간 기분이다. 그리고 이번엔 희망마저도 보이지 않았다.

"언니도 맨발이시네요."

한참 동안 고개를 숙인 채 바닥을 노려보고 있던 임수정에게 누군가 말했다.

5

그녀는 그제야 이렇게 철창 안에 갇힌 사람이 자신 말고도 더 있다는 것을 깨달았다. 이렇게 시설을 따로 준비해 두고 보초까지 둘 정도였으니 당연히 깨달을 수 있는 일이지만, 자신에게 닥친 상황에만 집중하다 보니 주변에 시선을 둘 생각조차 하지 않았던 것이다. 임수정은 천천히 고개를 들었다. 흙이 튀고 비에 젖은 자신의 맨발이 보인다.

"저도 반은 맨발이에요."

목소리가 다시 말을 걸었다. 임수정은 시선을 조금만 옆으로 돌렸다. 목소리의 주인공이 신발을 신고 있지 않은 왼발을 까딱거린다. 단순히 맨발이 아니었다. 반창고로 싸맨 새끼발가락은 마디 하나 이상이 없는지 뭉툭했다. 너무도 희고 고운 발이라서 그 상실에 대해 느껴지는 안타까움은 더 컸다. 불쌍해라, 어쩌다가……. 임수정은 고개를 들고 옆으로 돌렸다.

"아, 이거요? 차가 깔고 지나가는 바람에 이렇게 됐어요. 빨간색 스포츠카였는데, 그렇게 하고 나서도 돌아보지도 않더라고요."

임수정의 시선을 눈치챈 소녀가 발가락을 잃은 이유를 말해준다. 위장 무늬 정글모를 푹 눌러쓴 채 설명을 하는 모습을 보고 임수정은 입을 다물지 못했다.

세상에! 임수정은 태어나서 지금까지 이렇게 아름다운 얼굴을 본 적이 없었다. 모든 소녀가 한 번쯤 기도할 때 가지고 싶었을 얼굴이 아마 이런 것일 테지 싶은 미모였다. 깊이 눌러쓴 커다란 모자도, 초췌한 얼굴 가득 흐트러진 검은 머리카락도 그 탁월한 아름다움을 감추지는 못했다.

"아아!"

임수정의 입에서 자기도 모르게 탄식이 터져 나왔다. 소녀는 그 한숨의 이유를 오해하고 상냥하게 말했다.

"너무 속상해하지 마세요. 저도 처음 48시간 동안 여기 있어야 한다고 들었을 때 엄청 긴 것 같았지만, 금방 하루가 지나가네요. 그러니까 언니도 힘내세요. 물하고 건빵도 드시고요. 이거, 의외로 맛있더라고요."

소녀는 방긋 웃으며 건빵 봉지를 흔들어 보였다. 그 미소를 보는 순간, 그제야 임수정은 자신이 누구와 마주 보고 있는 건지 깨달을 수 있었다.

"저기 그쪽, 혹시… 그 TV에 나오는……."

"네, 맞아요. 테라예요. 핑크으~ 펀치! 언니는요?"

소녀가 미소를 지으며 두 손을 얼굴 주변에서 귀엽게 흔들다가 위로 쭉 뻗었다. 끄으응~! 보초를 서는 척하며 계속 이쪽을 주시하고 있던 군인들이 합창처럼 앓는 소리를 낸다. 임수정도 테라를 향해 고개를 꾸뻑 숙이며 인사를 했다.

"임수정이라고 해요. 세상에, 이렇게 예쁜 사람이 이게 웬일이야?"

"흐흐, 고맙습니다."

"그 발가락, 그러면 치료는……."

"이거요? 이대로 평생 살아야죠, 뭐. 아… 빠른 춤은 이제 못 추겠네요. 조깅도 안 될 테고요."

그렇게 말하고 나서도 테라는 또 후후, 웃었다. 발가락이 날아가 버린 아이돌이라고 하기에는 정말 의연하고 밝아 보인다. 스무 살도 안 된 아이조차 이렇게 초연한데 나는……. 임수정은 상황을 저주하고 불평했던 자신이 조금 부끄러워졌다.

"우린 수용소 동기네요, 후후, 우리 힘내요, 언니."

그렇게 말하며 테라는 철창 틈으로 손을 내밀었다. 임수정도 팔을 뻗어 그녀의 손끝을 맞잡았다. 작고 여린 손이 닿자 그녀가 했던 말보다 더 많은 진실이 전해져 왔다. 테라 역시 사실은 불안함에 계속 떨고 있던 것이다. 조금 전까지 보여주었던 그 명랑함은 두려움을 감추기 위한 필사의 몸부림과 과장이었다는 것을, 임수정은 비로소 깨달았다. 잠시 서로의 눈

을 마주 보고 있던 두 사람은 철창 사이로 맞잡은 손에 힘을
꽉 주었다.

⯈ ⯆ ⯈

같은 시각, 육만배는 자신이 소유한 강남의 한 주상 복합 건
물 25층 펜트하우스에 숨어 있었다. 사흘 전 새벽, 민구가 전
화를 걸어 일러주지 않았다면 꼼짝없이 길 위에서 죽었을지도
모르지만, 미리 애들을 모으고 대비를 해둔 덕에 그는 아주 편
안하게 지낼 수 있었다.

셔터와 방화벽을 굳게 내린 로비에는 엽총을 든 애들이 경
비를 서고 있고, 음식도 재빠르게 쟁여뒀다. 따로 피난을 가지
않더라도 당분간은 별문제가 없을 것이다. 민구가 돌아오겠다
고 약속한 날까지 며칠 남지 않았다.

"회장님, 저녁 식사 준비시킬까요?"

주방에서 올라온 조직원이 물었을 때, 육만배는 고개를 저
었다.

"아니, 아니. 지금 이게 막 재미있어지는 중이라서, 좀 이따
가 먹자."

"네, 그럼."

90도로 허리를 굽혀 인사를 한 뒤 조직원이 문을 닫고 나가

자 육만배는 수술용 장갑을 끼고 테이블 위에서 다시 칼을 집었다.

"그것참 신기하단 말이지. 안 그러냐?"

"신기합니다, 회장님."

그의 곁을 지키고 있던 경호원 네 명이 일제히 합창을 한다. 육만배는 호기심이 가득한 얼굴로 방의 중앙을 향해 걸음을 옮겼다. 어두운 실내를 밝히기 위해 잔뜩 켜둔 촛불들이 일렁일 때마다 주름진 육만배의 잔인한 인상이 더욱 과장되게 두드러졌다.

으으윽, 그르르~!

육만배가 다가가자 맞은편에서 괴물이 그렁거린다. 아래턱이 잘려 나가 있는데다가 플라스틱 커버까지 고정시켜 둬서 소리는 그리 크지 않지만, 여전히 소름이 끼칠 만큼 징그러운 음색이다. 육만배는 거듭 감탄하며 괴물의 모습을 지켜봤다. 이놈의 물건은 워낙 사나워서 사로잡는다는 게 보통 큰일이 아니었다. 처음엔 그저 단순하게 짐승처럼 목에 쇠고리를 채워두면 될 거라고 생각했었다.

하지만 그렇게 했더니 제 목이 끊어질 때까지 발버둥을 치며 달려들다가 정말로 모가지가 잘려져 나간 다음에야 얌전해졌다. 수갑을 채우면 팔이 끊어지고, 족쇄를 채우면 다리가 끊어진다. 육만배는 하는 수 없이 괴물의 팔다리를 모두 끊고 몸

통과 머리만 가져오라고 했다. 그렇게 해도 살아 움직인다는
게 참 대단했다.

그르르~!

갈비뼈와 골반의 빈틈마다 두꺼운 볼트를 박아 커다란 목제
판에 고정을 시켜둔 괴물이 육만배를 향해 다시 울부짖는다.
이만큼 신체가 훼손된 상황에서도 이놈들은 기가 죽지 않고
이를 드러낸다. 그 어떤 맹수가 이렇게 용맹할 수 있을까……

육만배는 오른쪽으로 서너 걸음을 떼었다. 괴물의 고개도
그에 따라 돌아간다. 훗! 웃고 난 육만배는 이번엔 왼쪽으로
또 댓 걸음을 뗐다. 그러자 괴물도 같이 머리를 돌린다. 두툼
한 카펫 바닥에 가죽 창 구두라서 걸음 소리는 전혀 나지 않는
다.

"우하하하, 이것 좀 보란 말이야! 이것보다 신기한 게 또 있
나?"

육만배는 큰 소리로 웃으며 괴물을 가리켰다.

"대체 어떻게 알고 내 걸음을 따라 고개를 계속 돌리는 거
냐, 이놈? 눈깔도 없잖아!"

괴물의 두 눈 주변은 움푹 잘려 나가 있었다. 혹시 눈알이
없어도 사람의 낌새를 알아챌까 싶어진 육만배가 몇 분 전에
직접 칼로 후벼 도려낸 것이다.

"혹시 냄새로?"

육만배는 날카로운 칼을 들고 괴물에게 다가섰다. 바짝 말라 갈라져 있는 코의 점막을 보면 별로 기능이랄 게 없어 보였지만, 그래도 모르는 일이다.

"어디……."

육만배는 괴물의 코와 볼 사이로 힘 있게 칼을 찔러 넣었다. 칼이 뼈와 근육을 가르고 들어가는데도 괴물은 움찔하는 기미조차 없다. 그저 사납게 소리를 지르며 육만배를 향해 윗니를 드러낼 뿐이었다.

"가만히 있어봐라, 이놈아."

육만배는 천천히 칼을 돌려 괴물의 코를 뭉텅 잘라냈다. 툭, 연골과 살덩어리가 바닥에 구른다. 해골의 코뼈가 고스란히 드러났다. 이제 냄새를 맡는다는 건 불가능하다.

"자, 또 따라와. 내가 어디 있나."

육만배는 뒤로 물러나서 잠시 시간을 두었다가 오른쪽으로 네 발짝을 떼었다. 이번에도 괴물의 고개는 그를 따라 돈다. 재미있어, 재미있어. 만족한 육만배는 악마 같은 웃음을 지었다. 이번에는 귀를 잘라내고 고막을 파봐야겠다는 생각이 들었다.

처음 비가 오기 시작했을 때 느꼈던 청량함은 시간이 지나면서 점점 오한으로 변해 체온을 앗아갔다. 세 친구와 신입은 공구 가방을 뒤져 아저씨들의 작업복을 꺼냈다. 너덜너덜하고 촌스러운 옷들이지만, 보송보송한 촉감과 소매를 덮어주는 길이만으로도 감사할 따름이었다. 그런데 긴소매 작업복은 세 벌뿐이어서, 한 사람은 목이 U자로 파인 아저씨 반팔 티를 택해야 했다.

"그냥 너희 입어라. 어차피 난 그거 걸쳐 봐야 단추도 안 잠기고……."

보안관이 먼저 양보하고 작업반장님의 러닝 티를 집었다. 두 사이즈 정도 작은 옷이어서 보안관이 뒤집어쓰자 가슴과 팔뚝이 터질 것처럼 보였다.

"어때, 괜찮아?"

보안관이 물었다.

"바디 페인팅 한 것 같아. 차라리 네가 이거 입을래?"

삼식이가 자신이 입고 있는 황씨 아저씨의 작업복을 가리켰다. 그 옷 역시 소매가 턱없이 짧다. 어쨌든 그 정도의 옷이라도 푹 젖어 있는 반팔 면 티를 계속 입고 있는 것보다는 훨씬 나았다. 새 옷으로 갈아입은 김에 지난 며칠간 수없이 많은 괴물들의 피를 뒤집어쓴 옷들을 빗물에 빨아서 바닥에 늘어놓고 나니, 어느새 사방이 캄캄해져 있었다. 네 명의 남자와 여자 하나는 자연스럽게 불을 피워둔 페인트 통 주변으로 좀 더 바짝 다가앉았다.

"몇 시 정도나 됐어?"

황씨 아저씨의 누런 작업복을 입은 유빈이 페인트 통에 피워둔 불을 뒤적거리며 물었다. 비가 내리는 여름 저녁은 시간 개념이 혼란스러워진다.

"일곱 시 반, 딱 뮤직 타임 할 시간이네."

곁에 앉은 삼식이가 시계를 보더니 그들이 즐겨보던 TV 프로그램 이름을 댔다.

"뮤직 타임이라… 꿈같은 이야기다."

유빈이 한숨을 내쉬자 보안관이 제니를 가리키며 말했다.

"뭔 소리야? 난 지금이 훨씬 더 꿈같은데. 뮤직 타임에서 보던 사람이 바로 여기 눈앞에 앉아 있잖아."

"아, 하긴. 전개가 그렇게 되는 건가?"

"당연하지. 나중에 진우 만나거든 이 이야기를 해줘봐라. '야, 진우야, 우리 그때 공사장에서 제니랑 같이 숨어 있었다'라고 하면 걔가 뭐라고 그럴 것 같아?"

깊이 생각해 보지 않아도 유빈은 진우에게서 무슨 대답이 돌아올지 알 것 같았다.

"미친 새끼들 지랄한다고 하겠지."

"그렇지? 나라도 안 믿을 거야. 그만큼 꿈같은 이야기라고."

제니가 대화에 끼었다.

"진우라는 분은 누구예요?"

모닥불에 비친 그녀의 옆모습이 그림 같다고 생각하며 보안
관이 대답했다.

"아아, 우리 친구. 지금 군대 가 있거든."

"친한 친구예요?"

"뭐, 그렇지. 어릴 때부터 계속 붙어 다녔고, 일도 쭈욱 같
이 했으니까."

"그러면 엄청 보고 싶겠네요. 하필이면 이런 때 헤어져 버
려서."

제니가 안됐다는 듯 아랫입술을 살짝 내밀었다. 삼식이가
말했다.

"나는 오히려 다행이라고 생각해. 그놈은 그래도 군대에
있으니까 우리보다는 안전하지 않을까? 밥도 주고, 총도 있
고."

"흠, 정말로 그러면 좋겠지만……."

세 친구가 각자 진우에 대해 생각을 하는지, 모닥불 주변은
또다시 조용해졌다. 침묵보다는 대화가 이어지는 편이 덜 부
담스럽다고 느낀 제니가 다시 화제를 살려냈다.

"진우 오빠라는 분은 어떤 스타일이에요? 음, 만약 여기 있
는 오빠들을 예로 들면 누구랑 비슷해요?"

글쎄… 세 친구가 고개를 갸웃거렸다. 삼식이가 먼저 대답했다.

"어딘가 보안관이랑 비슷하지 않을까? 운동도 잘하고, 주먹도 꽤 세고. 물론 보안관만큼은 아니지만."

보안관이 고개를 갸웃거렸다.

"나랑? 에이, 아니지. 덩치가 훨씬 작잖아. 난 오히려 유빈이랑 닮았다고 생각해. 머리가 꽤 좋았어. 가끔씩이지만 괜찮은 아이디어도 팍팍 튀어나오고."

유빈이 의외라는 듯 말했다.

"나랑 비슷하다고 느낀 적은 없었는데……. 진우는 그냥 삼식이랑 비슷한 느낌이야. 물론 삼식이랑 비교하면 조금 딸리겠지만, 걔도 꽤 잘생긴 얼굴이었거든. 아, 키는 삼식이보다 작지만."

듣고 있던 신입이 고개를 돌리며 투덜거렸다.

"좆도… 듣고 보니 특별히 내세울 거라고는 아무것도 없는, 평범한 놈이구만. 뭐든지 다 고만고만하네."

그 말에 보안관이 손을 저으며 말했다.

"아니, 아니, 좀 달라. 분명히 장점이 많은 애인데… 그래! 군대 가더니 이제야 눈이 좀 제대로 뜨여서 제니파로 막 갈아탔……."

신나게 떠들던 보안관이 아차 싶어 입을 다물어 버렸다. 제니파가 나오면 테라파 이야기도 나오게 될 거고, 그러면 제니에게는 또 파트너를 버려두고 달아났던 기억을 되살리게 할 테니까. 험, 험, 헛기침을 하면서 눈치를 보는 보안관에게 제니가 말했다.

"괜찮아요, 오빠. 그렇게 일부러 피할 필요 없어요. 제 얼굴을 보면 누구나 테라가 함께 떠오를 텐데요, 뭐. 그리고 저 때문에 일부러 테라 이야기를 안 하는 것도 싫어요. 그렇게 하면 꼭 제가 억지로 테라를 사라지게 만드는 것 같으니까. 그냥 편안하게 이야기하세요. 삼식이 오빠가 그랬잖아요, 기억하고 있으면 함께 사는 거라고."

가벼운 미소를 지으며 담담히 말하는 제니 덕에 용기를 얻은 보안관은 하려던 말을 마저 했다.

"진우는 군대 가더니 제니파로 전향했거든. 아마 지금 여기 있었으면 좋아서 미쳤을걸? 아, 근데 유빈이 저 새끼는 테라파였어. 내가 아무리 제니가 최고라고 해도 도무지 말을 들어 처먹지를 않은 놈이야."

날벼락을 맞은 유빈은 눈이 똥그래져서 보안관을 쳐다봤다. 이런 가롯 유다 같은 새끼……. 팔아먹을 게 없어서 불알친구의 취향을 팔아먹어?

6

제니가 장난스러운 표정으로 머리를 쓸어 올리며 물었다.

"어머? 진짜예요, 유빈 오빠? 실망이다. 왜요? 왜 테라가 더 좋다고 했어요? 제가 테라보다 못해요?"

제니를 따라 모두의 시선이 유빈의 얼굴에 고정되었다.

"그래! 왜 그랬어?"

신이 난 삼식이가 제니를 거들었다. 어어어, 아무 말이라도 해야 할 것 같아진 유빈이 입을 벌리긴 했지만, 곤란해서 말이 잘 나오지 않는다. 친구들끼리 이야기하는 거라면 '가슴만 크면 다냐? 청순한 테라가 최고지, 이 등신들아!' 라고 할 테지만, 그 비교 대상 중 하나가 직접 얼굴을 마주 보고 물으니… 이건 등골에 식은땀이 솟는다.

"그, 그게……."

"테라는 청순하니까?"

제니가 단어를 골라준다. 유빈은 얼결에 고개를 끄덕였다.

"어, 어… 응, 그래."

"어머? 그럼 저는 안 청순하고 아주 싼 티 난다는 말이네요? 그런 거죠?"

제니가 빙글빙글 웃으며 허점을 콕콕 찔렀다. 유빈은 좌우로 시선을 돌려 도움 줄 사람을 찾았다. 하지만 누가 도와주겠는가. 배신자 보안관과 신입은 애초에 기대도 할 수 없는 새끼인데다 삼식이는 이 상황이 재미나서 죽으려고 하는데. 유빈은 철저히 고립되었다는 걸 깨달았다.

"아니, 그런 의미는 아니고… 뭐랄까, 너는 그… 성숙해 보인달까?"

섹시하다는 단어 대신 성숙을 골랐다. 제니는 그 틈을 파고 들었다.

"나이 들어 보인다고요? 보안관 오빠, 제가 아줌마 같아요?"

"아니, 무슨 소리야? 너 엄청 앳돼 보여. 그냥 유빈이 저 새 끼가 미친 거야."

보안관이 기세등등해서 제니를 두둔했다. 그래, 개새끼야. 같이 죽어보자. 더 이상은 참을 수 없어진 유빈은 동귀어진하기로 마음먹었다.

"아니야! 제니야! 진짜 미친 건 보안관, 이 새끼야! 얘는 완전히 변태라서 너랑 같이 살면 아무것도 안 입히고 자기 와이 셔츠만 입힌다고 맨날 노래를 불렀어! 그러면 불쌍해서 안 된다고 내가 몇 번이나 말했는데도 도무지 말을 들어 처먹지도 않고! 노가다라서 와이셔츠도 없는 새끼가! 삼식아, 너도 들었지? 보안관이 그런 말 하는 거. 그치?"

벌떡 일어난 유빈이 열변을 토했다. 중간에 거짓말도 조금 섞였지만, 이편이 더 재미있겠다고 판단한 삼식이가 힘을 보 태주었다.

"하하하! 듣다뿐인가, 그대로 외울 수도 있겠다. 하도 노래를 해 대서……. 아유, 보안관은 징그러워."

공격은 제대로 들어갔다. 보안관은 뇌가 폭발해 버린 사람처럼 입을 쩍 벌린 채 멍하니 유빈을 바라봤고, 제니는 두 손으로 어깨를 감싸면서 보안관에게서 조금 떨어져 앉는 척을 했다.

"정말요? 보안관 오빠, 정말 그런 말을?"

제니가 과장된 표정으로 큰 눈을 더 크게 뜨며 묻자 얼굴이 빨개진 보안관은 버퍼링에 걸린 것처럼 아니… 그, 아니… 그, 아니… 그, 만 반복해서 내뱉는다. 잠시 보안관의 얼굴을 빤히 보고 있던 제니가 뒤로 몸을 젖히면서 까르르 웃었다.

"하하하하, 뭘 아니에요, 오빠! 솔직히 그랬잖아요?"

장난기를 걷어낸 제니가 팔꿈치로 툭, 건드리며 상냥한 말투로 묻자 보안관은 입을 꾹 다물고 고개만 끄덕였다.

"화보 사진 찍을 때요……."

제니가 팔을 뒤로 짚으며 말했다.

"콘셉트랑 작가님에 따라 수백 벌을 갈아입지만, 늘 공통적으로 요구하는 컷이 있어요, 테라에게는 꽃으로 만든 왕관을 쓰라고 하고, 저는 뭘일 거 같아요?"

보안관이 눈만 껌뻑이고 있자 제니가 웃었다.

"남자 와이셔츠요. 그게 빠지면 섭섭해서 안 된대요. 저도 제가 어떤 이미지로 소비되고 있었는지는 잘 알아요. 그러니까 보안관 오빠도 창피하게 생각하지 마세요. 그리고 오빠의 환상, 그거 어쩌면 저희 기획사 쪽에서 팬들에게 강요한 거일지도 모르겠어요. 현실의 저랑은 조금 달라요."

TV 화면 속에서 맨날 윙크만 하고 붉은 입술을 모아 키스를 날리던 제니가 하는 말 같지가 않다. 막연히 그리던 것과 조금 다른 사람을 만난 기분이 들어 세 친구는 조금 멍해졌다.

"그, 그럼 나… 용서 받은 건가?"

보안관이 묻자 제니가 당연하다는 듯 고개를 끄덕였다.

"그럼요. 저를 사랑한다고 천만 번도 넘게 말해줬다는 사람을 그깟 일로 미워할 수 있나요?"

그렇게 말하며 일어난 제니는 후드 재킷을 벗어서 보안관의 머리와 어깨에 걸쳐 줬다. 아기 옷을 빼앗아 입은 것 같은 모양이다. 과거가 들통나는 바람에 안 그래도 달아올랐던 보안관의 얼굴은 제니의 향기가 나는 후드를 덮고 나자 터질 듯 빨개졌다.

"이걸 왜? 난 안 추워."

"잠깐만 맡아서 덮혀주세요. 전 좀 두드리고 올게요."

그렇게 말한 제니는 플래시를 들고 3층으로 올라갔다. 빗소리가 워낙 커서 실제로 양동이를 두드릴 필요는 없을 것이다.

갑자기 계단 부근으로 걸어가 서성거리던 신입이 내려오는 제니에게 슬쩍 다가가 조그만 목소리로 말했다.

"…제니야, 쟤네들이랑 대화가 잘 안 되지? 이해해라. 대학 문턱에도 못 가보고 그저 막노동만 하던 애들이 다 그렇지 뭐. 그러니까 앞으로 고민 있으면 나한테 얘기해."

제니는 신입의 얼굴을 빤히 들여다보며 대답했다.

"에? 저도 대학에는 안 갔어요. 전 고등학교도 이름만 걸어두고 다닌걸요."

뭔가 특별하다는 걸 어필하고 싶었던 신입은 제니의 차가운 반응에 막히자 잔뜩 풀이 죽어 구석으로 돌아간 다음, 어두운 창밖을 보며 혼잣말을 중얼거리기 시작했다. 보안관으로부터 옷을 돌려받은 다음에도 잠시 더 이야기를 나누던 제니는 네 남자가 하품을 하기 시작하자 잘 자라는 인사를 남기고 방으로 돌아갔다. 제니 방의 거적문이 닫히자 등을 돌리고 있던 신입이 입을 열었다.

"우리도 자는 자리를 지정하자. 여자애도 하나 들어왔는데 아무 데나 자기 편한 자리에 대충 눕는 건 좀 보기에 그래. 똥개 새끼들도 아니고, 질서라는 게 있어야 하지 않겠냐?"

"오, 신입. 말 잘했어. 나도 그 말 막 하려 했는데."

삼식이가 반기며 찬성하자 우쭐해진 신입이 자리를 지정했다.

"삼식이 너 저기, 보안관이 그다음, 그리고 여기 유빈이. 이렇게 나란히 누우면 될 것 같다."

그가 가리킨 위치는 건물 앞쪽의 오른편 구석, 3층으로 이어진 계단에 가려 제니의 방이 보이지 않는 사각이었다. 삼식이가 빙글거리며 물었다.

"이야, 점점 흥미진진해지네. 그럼 너는 어디서 잘 건데? 1층?"

"난 저기서 잘까 하는데. 제니가 혹시라도 자다 깨서 우릴 부를 때 고개만 딱 돌려서 봐줄 사람이 있어야지. 뭐, 좀 귀찮겠지만, 당번 비슷한 거지."

제니의 방문에서 세 발짝 떨어진 자리를 가리키며 신입이 일어나려 하자 하하하, 웃고 있던 삼식이가 긴 다리를 들어 길을 막았다.

"뭐야, 왜 그래?"

"신입, 네 배치 영 구려. 내가 다시 자리를 정할게. 너랑 나는 담배를 피우니까 여기 끝에서 자는 거야. 그게 다른 사람들한테 피해가 덜 가고 우리도 편하게 사는 길이지."

삼식이는 건물 앞쪽 왼편 구석을 가리켰다.

"그리고 네 말도 일리는 있어. 제니도 불안하니까 너무 동떨어지게 하면 안 되겠지. 눈에 보이는 자리쯤에 누군가 한 사람이 자는 게 좋아. 거긴 유빈이 자리야."

신입이 발끈했다.

"왜 하필 저 새끼여야 하는데?"

"너랑 나는 담배를 피우니까 안 되고, 보안관은 너무 가까

226 좀비묵시록 82-08

이 가면 도리어 본인 심장에 무리가 갈 것 같고, 그러니까 남은 게 유빈이밖에 없잖아."

묘하게 설득력이 있는 말이라서 다수결로 그렇게 결정되었다. 삼식이, 신입, 보안관, 유빈, 그리고 제니의 방. 이런 순서가 되도록 스티로폼 침대를 배치하고 누웠다. 유빈은 고개를 똑바로 하고 누워 옆으로 돌리지 않으려 애를 썼다. 불과 몇 미터 떨어지지 않은 곳에 제니가 있다는 생각을 하니까 묘하게 들뜨는 기분이었다. 어차피 거적으로 막혀 있지만, 자꾸 그쪽을 곁눈질하고 싶어진다.

나는 테라파였는데! 아직 페인트 통 속에서 타고 있는 모닥불이 건물 천장에 반사돼서 그의 마음처럼 어지럽게 일렁인다. 아, 이거 피곤한데도 좀처럼 잠을 이루기 어렵겠는걸… 하는 걱정이 든 순간, 유빈은 완전히 곯아떨어져 버렸다.

딸랑~! 딸랑!

딸랑거리는 알루미늄 캔의 소리가 귓가를 울려 유빈은 번쩍 눈을 떴다. 얼마나 잠이 들었던 걸까? 모닥불은 여전히 타오르는 중이고, 세차게 내리던 비는 어느새 꽤 잦아들어 있었다. 설마, 잘못들은 거겠지. 유빈은 꿈이었길 바라며 잠시 귀를 기울였다. 정적 속에서 잠시 신경을 곤두세우고 있을 때, 또다시 음료수 캔이 흔들리는 소리가 들린다.

딸그락! 딸그락~!

잘못 들은 게 아니었다. 젠장, 유빈은 얼굴을 훑어 아직 붙어 있는 잠을 떨어내고 조용히 몸을 일으켰다. 하지만 이미 옆자리에 누워 있던 보안관도 눈을 뜬 상태였다.

"너도 들었지?"

보안관이 목소리를 낮춰 물었다. 유빈은 고개를 끄덕였다.

"하지만 바람 때문인지도 몰라. 쥐나 그런 걸 수도 있고… 일단 다른 애들은 깨우지 말자."

그렇게 속삭인 뒤, 유빈은 천천히 창 쪽으로 걸어가 소리가 나는 방향을 찾았다. 그러는 동안에도 여전히 깡통은 조금씩 더 잦은 빈도로 울려 댔고, 이제는 그르렁대는 소리도 섞여 들렸다. 유빈의 반대 방향에서 한 손을 귀에 대고 있던 보안관이 다가와 말했다.

"뒤쪽이야."

그렇다면 산 쪽에서 들려오는 소리다. 아직 저 너머에 뭐가 있는지도 모르는데… 유빈과 보안관의 얼굴에 두려움이 스친다. 플래시를 가져와 창문 밖을 훑었다. 바깥이 완전한 암흑 속이어서 겨우 2미터 남짓의 원밖에 안 되는 플래시 불빛은 너무나 작고 무의미해 보였다.

저 넓은 산속을 언제 다 뒤지지?

딸랑~ 떨그렁! 그롸아악!

그사이에도 또 소리가 들려온다. 이제 그 간격은 더욱 짧아졌다. 뭐지? 점점 더 많은 괴물들이 쳐들어온다는 말인가? 보이지 않는 곳에서 엄청난 좀비들이 달려오고 있다는 상상만으로도 가슴이 꽉 막혀온다.

"저기다!"

여기저기 바쁘게 플래시를 훑던 보안관이 말했다. 꽤 멀어서 불빛이 분산되는 바람에 그리 훤히 보이지는 않지만, 검은 그림자가 움직이는 것은 분간할 수 있었다. 조금 전, 방에서 나와 불안한 얼굴로 곁에 바짝 붙어 서 있던 제니가 두 번째 플래시를 같은 방향으로 비추자 상황이 약간은 더 명확해졌다. 괴물 한 마리가 나무 사이에 끼인 채 움찔거리고 있었다.

"젠장, 왜 하필 이런 밤중에."

말을 하고 난 다음에야 유빈은 자신이 바보 같은 소리를 했다는 걸 깨달았다. 저 괴물들은 낮과 밤을 가리지 않고 돌아다닌다.

"어쩌지? 너무 깜깜한데. 나조차도 잘 안 보여."

잠에서 깬 삼식이도 실눈을 뜨고 산 쪽을 바라보며 중얼거렸다. 선택의 순간이다. 괴물을 잡기 위해 지금 나갈 것인가, 아니면 아침까지 얌전히 기다릴 것인가.

"저렇게 울어 대면 다른 놈들도 이리로 몰려들지 않을까? 뒷산에 괴물들이 얼마나 있는지 모르잖아."

보안관이 장갑과 해머를 집어 들며 말했다. 유빈도 일리가 있다고 생각했다. 일단 하나가 나타났으니, 열 마리가 더 나타난다 해도 놀랄 일은 아니었다.

하지만 저놈들과 야간에 싸워본 적은 아직 한 번도 없다. 다른 놈의 울음소리가 들리지는 않지만, 성대와 입이 뜯겨 나가 소리를 내지 못하는 괴물도 보았다. 어둠 속에 발을 내딛는 것은 역시 두려운 일이었다.

"후딱 해치우고 와서 자자."

신입과 제니에게 플래시를 계속 비추게 하고 세 친구는 조심해서 사다리를 내려갔다. 삼식이가 두 번째 플래시를 들고, 유빈과 보안관이 그 양옆에 섰다. 괴물이 서 있는 곳까지는 30여 미터. 나무가 제멋대로 자라난 완만한 비탈길을 올라가야 한다.

물에 젖은 흙바닥은 꽤 미끄러웠다. 세 친구의 숨소리가 조금씩 커진다. 작은 플래시 불빛에 의지해 그들이 다가가자 움찔거리던 괴물은 더 크게 소리를 지르며 몸을 거세게 흔들어 댔다.

그롸아악! 그롸아아악!

조용한 산속에 굵은 울부짖음이 울려 퍼진다. 비가 와서 메아리가 치지 않는다는 것에 그나마 감사했다. 마음이 급해진 세 친구는 걸음을 서둘렀다. 그러는 동안 두어 번 젖은 흙에 미끄러져 바닥을 짚기도 했다. 괴물에게 거의 다 다가섰을 때,

유빈이 갑자기 비명을 지르며 고꾸라졌다.

땡그렁!

깡통이 또 울린다.

"뭐야? 왜 그래?"

보안관과 삼식이가 깜짝 놀라 플래시를 비춘다. 유빈은 흙
바닥에 뒹굴며 무릎을 움켜쥐고 있다. 무릎을 감싸 쥔 손가락
사이로 붉은 피가 흘러내렸다.

ㄱ

"으윽, 으! 아오! 후우! 레이저 와이어야. 후우~ 후우~ 나
도 참 멍청해. 함정에 걸린 놈을 잡으러 가면서… 으! 함정 생
각을 왜 못했지? 아흐!"

유빈은 입술을 꽉 깨물면서 삽으로 땅을 찍고 겨우 몸을 일
으켰다. 플래시를 오른쪽으로 돌리니 조금 전까지는 보이지
않던, 무릎 높이의 레이저 와이어 트랩이 번쩍이며 모습을 드
러냈다. 면도날 모양의 철망이 붉은 피로 번들거린다. 유빈이
걸린 자리다.

"후우~ 천천히 가자. 함정이 있으니까."

유빈이 숨을 가다듬으며 말했다. 순식간에 그의 얼굴은 땀
과 흙으로 범벅이 돼버렸다.

"가만히 서 있어. 움직이지 말고."

걸음을 떼려는 유빈을 보안관이 붙잡았다. 삼식이가 플래시를 상처에 비춘다. 청바지가 무릎 바로 아래로 깨끗하게 찢겨나갔다. 피가 흘러서 정확하게 보이진 않지만, 꽤나 많이, 깊이 베었다. 보안관은 재빨리 자기 셔츠를 벗어서 접은 다음, 상처 바로 위를 꽉 조여 묶었다.

"아야야, 너무 꽉 묶은 거 아니야? 피가 안 통해. 으으으⋯⋯."

"피가 덜 통해야 멎지, 이 멍충아!"

"근데… 이거, 이렇게 하는 거 맞아?"

"몰라, 나도! 좌우간 응급처치를 했으니까 넌 여기서 기다려. 움직여서 더 좋아지지는 않을 테니까."

"그래, 유빈아. 해치우고 올 동안 좀 앉아 있어. 바로 이 앞이니까."

삼식이가 말했다. 따라간다고 고집을 피워봐야 방해만 될 것 같은 상황이라서 유빈은 자리에 털썩 주저앉았다.

"그래, 미안해. 둘이서 수고 좀 해라. 조심하고."

유빈을 남겨두고 천천히 산비탈을 올라간 두 친구는 괴물과 마주했다. 보안관은 다짜고짜 해머를 휘둘러 머리통부터 날렸다. 유빈이 다쳤다는 상황 때문에 그의 해머질이 더 난폭했는지도 모른다. 두개골이 박살 난 괴물이 그대로 허물어지자 삼식이는 괴물의 다리 쪽을 플래시로 비췄다.

레이저 와이어 바로 앞에서 미끄러진 다음 계속해서 앞으로 나가려 몸부림을 친 모양인 듯 두 다리가 모두 철망에 끼어 종아리뼈가 드러날 때까지 파여 있었다. 이쯤 되면 뼈와 철망 중 어느 쪽이 더 단단한지 시합을 한 셈이다. 보안관과 삼식이는 잠시 그 처참한 꼴을 말없이 보고 서 있었다. 레이저 와이어 트랩은 확실히 효과가 있다. 괴물에게도, 인간에게도.

"아야야! 쓰으읍, 어후~!"

친구들의 부축을 받아 2층으로 돌아와 누운 뒤에도 몸을 뒤척일 때마다 유빈은 계속 신음을 흘렸다. 제니는 입을 가린 채 걱정스러운 눈으로 지켜보았다.

"상처 좀 보자."

웃통을 벗은 상태의 보안관이 달려들어 상처에 묶어둔 면 티를 풀고, 유빈의 바지 단추를 붙잡고 열었다. 유빈은 깜짝 놀라 몸을 챈다.

"뭐, 뭐하는 거야?"

"뭐하긴, 등신아. 바지를 벗겨야 상처를 볼 거 아냐?"

"괜찮아, 별거 아니라고. 그리고 봐서 뭐해? 어차피 약도 없는데?"

"벌어졌으면 꽉 맞물려 놓기라도 해야지!"

"아니, 아니, 저기, 제니가……."

유빈은 간절한 표정을 지으며 턱으로 제니를 가리켰다. 상황을 깨달은 제니가 다급히 등을 돌리고 서자 보안관이 바지를 벗겼다.

"어흐!"

상처가 생각보다 깊어서 보안관의 입에서는 탄식이 흘러나왔다. 그 소리에 놀란 제니가 반사적으로 뒤를 돌아보자 유빈이 그 와중에도 손으로 면 티를 끌어내리며 펄떡거린다. 제니는 황급하게 다시 고개를 돌리며 외쳤다.

"죄송해요, 죄송해요! 안 볼게요!"

유빈의 오른 무릎 바로 아래는 중심으로부터 시작해 오른쪽으로 6센티가량 찢어져 있었다. 종아리 쪽으로 갈수록 상처가 더 깊숙한 것으로 보아, 가운데가 먼저 걸리고 넘어지면서 칼날이 옆으로 파고든 모양이다.

보안관은 주변의 흙을 잘 닦아내 상처 양쪽을 꽉 밀어붙인 다음, 삼식이에게 러닝셔츠로 묶게 하고 고정을 시켰다. 안타깝지만 해줄 수 있는 건 그게 전부였다.

"내일 약을 구해 올게."

주섬주섬 바지를 올리는 유빈에게 보안관과 삼식이가 침통한 표정으로 말했다. 유빈은 고통을 참느라 비지땀을 흘리면서도 태연한 척했다.

"야! 약을 어디서 구해? 됐어, 별로 큰 상처도 아닌데. 며칠 지나면 아마 다 나을 걸?"

"그래… 그랬으면 좋겠다……. 유빈아, 좀 자둬. 어지러울 거야."

삼식이가 한숨을 내쉰다.

"아, 그래. 너희도 가서 자. 나 때문에 괜히 이게 무슨 난리냐?"

억지웃음을 짓는 유빈을 쉬게 해주려고 모두 자기 자리에 가서 누웠다. 다들 쉽게 잠을 이루지는 못했지만, 육체의 피로는 감출 수가 없어서 조금 시간이 흐르자 하나둘씩 고른 숨소리를 내기 시작했다.

모두 잠이 들었을 때쯤, 방 안에 조용히 누워 있던 제니는 커튼을 들어 올리고 바깥쪽을 내다봤다. 자면서도 어지간히 고통스러운지 유빈은 계속 신음 소리를 내며 몸을 뒤척이고 있다. 발소리를 죽이고 걸어 나와 유빈의 곁에 앉은 제니는 그의 이마에 솟은 땀을 닦아내고 머리카락을 살살 쓸어주었다.

얼마나 그렇게 했을까, 유빈의 신음이 조금 잦아들기 시작했다.

유빈이 안정적으로 꿈속에 빠져들었다고 생각한 제니는 올 때처럼 살며시 방으로 돌아갔다. 마지막으로 한 번 더 유빈의 얼굴을 확인한 뒤, 제니도 커튼을 닫고 스티로폼 침대 위에 피곤한 몸을 뉘었다.

제니는 방 안의 유일한 조명인 플래시 불빛을 아쉬운 듯 바라보았다. *끄고 싶지 않다. 어둠 속에 혼자 남는 것이 너무 무섭다.* 하지만 꼭 필요할 때를 위해 아껴두지 않으면 안 된다. 가벼운 한숨을 내쉰 뒤 제니는 플래시 스위치를 껐다.

✧ ✦ ✧

야간 경비조에 배치되는 건 아주 좆같다. 제논 램프니, 서치라이트니, 온갖 조명을 켠다고 해도 밤에는 분명히 눈에 보이지 않는 사각들이 생겨나기 때문이다. 완전히 캄캄한 어둠에 묻힌 공간을 네 시간 동안 뚫어져라 쳐다보고 있는 것만큼 무섭고 답답한 일도 드물다. 그건 정말 숨이 턱턱 막히는 경험이다. 양쪽이 서로 다 안 보이는 상황이라면 그래도 납득할 수 있다. 그러면 감과 운이 좋은 쪽이 살아남을 테니까.

하지만 어찌 된 영문인지 저 좀비 새끼들은 달빛조차 없는 깊은 밤에도 그가 어디에 몸을 숨기고 있는지 귀신처럼 잘 알고 있다. 그것이 진우를 두렵게 만든다.

"야, 뭐하냐, 이 새끼야?"

사수인 김 상병이 진우의 등짝을 툭, 친다.

"네, 이병 박진우!"

진우가 정색을 하며 대답하자 김 상병은 피식피식 웃더니
아예 벌렁 누우면서 또 물었다.

"뭐하냐고오~ 새끼야."

"전방을 주시하고 있습니다."

"누가 그렇게 열심히 보래? 무서워? 응?"

김 상병이 짓궂게 웃는다. 이 사람에게서는 도무지 긴장감
이라곤 찾아볼 수가 없다. 좀비들이 간간이 습격해 오는 상황
속에서 밤 10시 반에 경계 근무를 서고 있는데 안 무서울 수가
있단 말인가. 손가락만 한 전투 모기들은 계속 윙윙 날아다니
며 정신을 흐트러뜨리고, 서치라이트는 목표 지점을 잘못 지
정해 두어 고작 50미터 앞까지만 비추고 있다.

게다가 그들을 보호해 주고 있는 건 1미터도 안 되게 쌓은
모래주머니 참호가 전부여서, 지금 진우가 믿을 수 있는 것이
라곤 손에 꼭 쥐고 있는 K-2 소총과 좌우로 30미터 간격을
두고 배치된 다른 경비조들, 그리고 후방의 망루에 설치된 중
기관총뿐이다. 바로 옆에서 하늘의 별을 헤며 실실 웃고 있는
그의 사수는 전력 외로 구분해 두는 게 낫다. 차라리 화력이 집
중되어 있는 정문 쪽이라면 이렇게까지 두렵지는 않을 것이다.

"야. 긴장 풀어, 이 새끼야. 안 와, 이제."

김 상병은 담배까지 꺼내 물면서 여유를 부렸다.

"그렇습니까?"

진우는 다시 시선을 전방으로 돌리고 무뚝뚝하게 대답했다. 후우우~! 연기를 내뿜은 김 상병이 말했다.

"당연한 거지. 하여간 이래서 짬밥 없는 새끼들은……. 잘 들어봐. 지금까지 우리 부대가 사살한 좀비가 몇 마리야? 전부 한 2~3천 되지?"

"잘 모르겠습니다."

"그 정도 돼. 너는 씨발, 상황판도 안 보냐? 그러면 이 근처 반경 10킬로미터 내에 인구는 얼마나 될 것 같으냐?"

"인구… 말입니까?"

"그래, 인구, 이 새끼야. 좀비로 변하려고 해도 뭐 밑천이 있어야 변할 것 아니냐. 무덤에서 기어 나오지는 않을 거잖아. 살아 있는 사람이 있어야 좀비든 뭐든 될 수 있지."

"그 인구가 삼천입니까?"

"그것보다 많을 리는 없지. 이런 강원도에서도 한참 들어온 깡촌에 누가 그렇게 산다고. 너 여기 올 때 아래 풍경 못 봤어? 집이라고는 없잖아."

김 상병은 자신 있게 말했다. 진우는 여전히 전방에서 눈을 떼지 않은 채 사흘 전 오후에 이곳으로 차출되어 오던 기억을 되살려 봤다. 태어나서 처음 타봤던 치누크 헬리콥터. 완전군장을 갖춘 소대 하나가 그 속에 전부 들어가는 걸 보고 감동 비슷한 걸 받았었다.

그리고 양쪽 벽에 마주 보고 앉아서 15분 정도 지나니 이곳에 도착해 있었다. 둥근 창문 모양은 기억이 나지만, 거길 통해 바깥 풍경을 내다본 적은 없다. 그저 바짝 군기가 들어 앞만 보고 있던 것이다. 진우는 고개를 저었다.

"전 못 봤습니다."

"그러니까 네가 안 된다는 거야, 이 새끼야. 총만 좀 잘 쏜다고 되는 게 아니야, 지형지물을 파악하는 능력이 있어야지. 알겠어?"

"잘하겠습니다."

대답하면서도 여전히 진우의 눈은 9시부터 3시 방향까지를 계속 훑고 있다. 사수가 등을 돌려 버렸으니 그가 경계해야 하는 범위가 늘었다. 김 상병은 담배를 음미하며 말을 이었다.

"하여간 삼천이면 이 근방 인구 전부 다라고 봐도 돼. 그러니까 이제 좀비는 더 안 온다. 그 증거로 오늘 오후부터 너 총소리 들은 적 있어? 없지? 크크큭, 말하자면 우리가 여기 주민들을 다 몰살시킨 거야. 크크큭."

끔찍한 이야기라서 진우의 가슴이 순간 먹먹해진다. 조용히 농사를 짓던 시골 노인들이 갑자기 좀비로 변해서 이곳으로 달려 들어왔고, 순식간에 떼죽음을 당했다. 아군의 피해도 발생했다. 어젯밤만 해도 그의 동기 세 명이 야산 방향에서 전투 도중 사망했다.

도대체 왜… 여기 뭐가 있다고 그렇게 목숨을 내던지며 필사적으로 뛰어와 죽이고 죽었단 말인가. 진우로서는 이해할 수 없는 일이었다. 진우의 마음을 더욱 아프게 하는 건 그의 부대가 사살한 좀비 중 10퍼센트 이상이 그에 의해 숨이 끊어졌다는 사실이다.

이틀 사이에만 수백의 머리통을 날렸다. 사람이 아니라고는 하지만, 너무 사람처럼 보여서 첫날 전투가 끝나고는 밥도 넘기지 못했다.

"야, 박 이병, 재미있는 이야기 없냐? 네 고참 심심하다."

김 상병은 마음 편하게 빈둥거린다. 진우는 이 사람이 왜 이렇게 여유 있는지 알 수 있을 것 같았다. 이틀간의 전투에서 이 사람은 한 게 거의 없다. 눈도 제대로 뜨지 않고 아무렇게나 방아쇠만 당겼는데, 정신을 차리고 보니 좀비들은 다 죽어 있었던 것이다. 그러니 마음속에 근거 없는 자신감이 들어찼다. 좀비들 따위… 그냥 대충 갈기다 보면 다 쓰러지는 거라고…….

그가 꿩을 잡는 동안 그의 조수가 얼마나 필사적으로 방향을 바꿔가며 앞으로 나서는 좀비들을 차례로 맞춰 쓰러뜨렸는지 모르기 때문에 이런 여유를 부릴 수 있는 거다. 진우는 정신을 빼앗기지 않은 채 대답했다.

"재미있는 이야기 말입니까? 제가 사회에서 워낙 못 놀아서 말입니다."

"클럽도 안 가봤어? 부비부비한 이야기라도 좀 해봐. 에이, 아니다. 그만둬라. 네 그 말재주로 무슨 여자를 꼬셔봤겠냐. 아, 이놈은 너무 진지해서 가지고 노는 맛이 영 떨어지네."

"잘하겠습니다."

"잘할 것 같지가 않아. 너는, 이 새끼야. 애초에 재능이 없어. 에라, 인심 썼다. 내가 하나 해줄게."

"재미있는 이야기입니까?"

"졸라 재미있는 이야기지. 지금까지 아무한테도 안 해줬던 거니까 잘 들어봐."

"네, 알겠습니다."

"내가 딱 너 정도 짬밥이었을 때야. 그때 우리 내무반 왕고가 전역 하루 전날이었거든. 근데 술을 좀 사 주고… 뭐, 그랬어. 소등을 하고 새벽 두 시 정도나 됐을까? 사수는 자빠져 자고 나만 나가서 경계 근무를 서는데, 우리 내무반에서 뭐 검은 그림자 하나가 쑥 나오는 거야. '뭐지, 씨발?' 하고 깜짝 놀라서 봤더니, 좀 전에 말한 전역할 왕고였어. 이 사람이 곡괭이를 가지고 나와서 연병장 구령대 근처를 존나게 파헤치는 거야. 허, 내가 진짜 얼마나 놀랐겠어."

실없는 소리라서 진우는 대답하지 않았다. 이야기에 허술한 구멍이 너무 많다. 진우가 호응을 보이지 않는데도 자기 이야기에 도취한 김 상병은 계속 말을 이었다.

"한참 땅을 파더니 한 1미터 아래에서 뭘 막 꺼내는 거야. 야, 생각해 봐. 내일 전역할 병장이 새벽 두 시에 곡괭이로 땅을 파고 있으니, 귀신 영화 저리 가라지. 안 그러냐?"

건성으로 대답을 해줬다.

"그렇습니다."

"그렇겠지? 근데 뭐, 이만한 걸 두 덩어리 꺼내 놓더니 막 고민을 하는 거야. 그게 얼만했느냐면⋯ 한 이이~따만 한 상자들이었어."

김 상병은 팔을 쫙 벌려 보였다. 1미터 깊이의 굴에는 들어가지도 않을 만큼 컸다.

"한참 고민을 하던 왕고는 다시 그것들을 같은 자리에 파묻고 들어가더라고. 난 그냥 못 본 척하고 아무 말 안 했지. 그런데 시간이 지나가면 갈수록 존나게 궁금해지잖아, 도대체 뭐였기에 그 새벽에 그 지랄을 떨었을까 싶어서. 결국엔 호기심을 못 이기고 나도 새벽에 나가서 같은 자리를 파봤어. 너도 나중에 부대로 복귀하면 찾아봐. 구령대 바로 아래인데, 몇 번 파헤쳐진 데라서 흙 색깔이 좀 달라. 알고 보면 딱 그 자리가 보인다고. 하여간 나도 한 1미터를 파 내려가니까, 뭐가 곡괭이 끝에 탁, 걸리는 거야. 야, 그게 뭐였을 것 같아?"

4장

삼척 원자력발전소

1

"잘 모르겠습니다."

"흐흐, 이 새끼. 하긴 네가 뭘 알겠어. 너, 진짜 이건 비밀이다. 알지? 그게… 탄약 박스였던 거야. 대충 어림잡아도 아마한 오천 발? 팔천 발? 아니다. 두 박스였으니까 적어도 만 발은 되겠다. 하여간 실탄이 존나게 많았어. 씨발, 나도 꺼내놓고 나서 기절하는 줄 알았지."

진우는 그 이야기를 믿는 대신 논리적으로 분석해 봤다. 5.56㎜ 캘리버 나토탄 하나의 무게가 대략 12그램 정도니까, 만 발이면 120킬로그램, 오천 발이면 그 절반이다. 꽤 무겁기는 하겠지만, 들어 올리지 못할 무게는 아니다. 부피 문제만 아니라면 100퍼센트 허풍이라고 단정을 내릴 수는 없는 이야기였다. 물론 전혀 믿지 않았지만.

"야, 너도 생각을 해봐. 탄피 하나만 없어져도 내무반 전체가 밥도 못 먹고 사격장을 샅샅이 훑는데… 만 발이야, 만 발. 그게 도대체 어디서 난 걸까? 그리고 그 왕고는 왜 그걸 전역 전날 다시 파본 걸까? 그걸로 대체 뭘 하려고……. 넌 이해가 가냐?"

그 순간, 갑자기 진우의 눈살이 찌푸려졌다. 그제와 어제 느꼈던 그 감각, 그게 온몸으로 전해지고 있다. 바람을 타고 소리보다 먼저 전해지는 냄새, 미묘하게 다른 공기의 흐름, 피부에 소름이 돋는다. 눈과 귀로는 아직 아무런 징후도 찾아내지 못했지만, 저 컴컴한 어둠 너머 어딘가에서 놈들이 달려오고 있다.

진우는 손을 옆으로 뻗어 김 상병의 팔을 두드렸다.

"김 상병님."

"뭐야? 왜 그래?"

한참 신나게 떠들어 대다가 말이 끊긴 김 상병이 언짢은 얼굴로 물었다. 진우는 감정이 묻어나지 않는 목소리로 대답했다.

"옵니다."

"오긴 뭐가 온다고, 이 새끼야. 소리도 하나 안 들리는구만."

플래시로 앞쪽을 비춰 본 김 상병이 진우의 전투모를 한 대후려쳤다. 하지만 진우는 신경도 쓰지 않았다. 30초 정도가지나자 이제는 김 상병의 귀에도 들릴 만큼 커진 소리가 어둠저편으로부터 울려왔다.

으으으으으우우우우우와아아아아악!

아주 작은 소리지만, 그것은 규모가 아니라 거리 때문이었다. 지금까지 보았던 백 단위 혹은 천 단위의 좀비들이 아니었다. 지금 몰려오고 있는 건 훨씬 더 거대한 것이다. 버텨낼 수있을까? 긴장한 김 상병이 허겁지겁 조명탄을 쏘아 올리는 동안 진우는 슬쩍 고개를 돌려 뒤쪽을 쳐다봤다.

작년부터 가동되기 시작한, 웅장한 규모의 삼척 원자력발전소가 불빛 속에서 거대한 위용을 자랑하고 있다. 하지만 그것뿐이다. 여기에는 좀비가 먹이로 삼을 인간이 거의 없다. 그래서 더 이해가 안 되었다.

'어째서 저렇게 많은 좀비들이 이곳을 그토록 간절하게 원하는 것일까?'

진우는 주야 조준경에 눈을 가져다 대고 방아쇠에 손가락을걸었다. 잠시 후, 첫 번째 좀비가 능선 위로 올라서자 진우는주저하지 않고 방아쇠를 당겼다.

타앙—!

커다란 총소리와 함께 좀비의 머리가 터져 나간다. 그리고 곧바로 엄청난 수의 좀비들이 능선 위로 올라와 달리기 시작했다. 진우는 쉬지 않고 총알을 날렸다. 순식간에 탄창 세 개를 비웠지만, 그 정도의 사살은 표도 나지 않는다. 말로만 전해 듣던 규모 5가 삼척 원자력발전소를 향해 몰아쳐 오고 있었다.

애애애애애앵! 애애애~앵!

사이렌이 울리고 담장 안쪽이 분주해지는 소리가 들린다. 옆 참호의 총구에서도 일제히 불꽃이 발사되기 시작했다.

'이게 도대체 몇이나 되는 거지?'

진우는 사격을 하면서도 기가 질려 버렸다. 조준경을 어디로 향해도 빽빽한 나무 사이마다 좀비의 어깨들이 쭉 이어져 있는 것 같았다.

탕! 타앙—!

또 좀비 둘의 머리가 사라졌다. 겨누고… 탕! 연두색으로 보이는 머리통에서 흰 액체가 가득 튀며 반쪽이 움푹 파여 나간다.

이미 차갑게 식어버려 아무런 열도 내지 않는 좀비들이 주야 조준경의 녹색 화면 속에서 이렇게 구체적으로 보인다는 건, 그것들이 600미터 안쪽에 있다는 의미였다. 좀비가 산길

100미터를 12초에 달린다고 가정하면, 앞으로 1분 12초 만에 가장 앞줄의 녀석이 여기까지 다다른다. 그 시간 내에 저 많은 좀비들을 다 죽이든가, 아니면 내부로 피신을 해야 살아남을 수 있다.

만약 피신을 하려면 뛰기 시작해서 담장 안으로 몸을 던지기까지의 시간을 빼둬야 한다. 그가 위치한 모래주머니 참호로부터 담장까지가 대략 100미터. 총과 장비를 들고 달리면 16초 이상이 걸릴 것이다.

툭! 투툭! 투!

생각을 하면서도 진우는 계속 방아쇠를 당겼다. 그의 총에서 발사음이 들리면 거의 동시에 전방에서 좀비 하나가 머리통을 잃는다. 이제 후퇴할 수 있는 포인트까지 45초 남았다. 그제야 뒤늦게 초점을 바꾼 서치라이트가 멀리 산속을 비추자 능선 아래로 달려오고 있는 수천, 수만의 좀비들이 모습을 드러냈다.

툭! 툭! 투툭! 진우는 조준경 모드를 주간용으로 바꾸고 가장 앞서 있던 좀비 셋의 미간에 차례로 총알을 명중시켰다.

파바바바— 바파파파팍—! 드룩! 드르르!

거의 동시에 망루 위에서는 K—3 기관총이 요란한 소리를 내뿜으며 난사를 시작했다. 예광탄들이 어둠 속에 빨간 궤도를 그리며 사방으로 날아가 꽂히자 나무가 부러져 나가고 바위가 쪼개지며 파편이 사방으로 튄다. 시각적으로는 그럴듯하지만, 실효성은 높지 않다. 애초에 기관총이란 무기가 적에게 심리적 압박을 가해 발을 묶어두는 용도지, 정확한 사살을 위해 만들어진 것이 아니기 때문이다.

기관총이 사납게 긁어 대는 동안에도 좀비들은 엄폐물 뒤에 숨거나 하지 않고, 속도를 살려 그대로 뛰어온다. 횡으로 훑는 사선이 나무와 좀비를 반반씩 맞춘다고 해도 200발짜리 탄통 하나를 비우는 동안 고작 100마리 정도의 좀비만 쓰러뜨릴 수 있다.

게다가 적중된 놈들이 전부 머리가 날아간 것도 아니다. 몸 반쪽이 사라져 버린 다음에도 금방 다시 일어나 달려드는 놈들을 진우는 이틀 동안 질리도록 봐왔다.

"다 죽어라! 이 개새끼들!"

기관총 소리에 흥분한 김 상병이 제대로 겨냥도 하지 않은 채 계속 3점사를 하며 욕설을 퍼부었다. 이렇게 쏴대면 지급된 탄창 여덟 개는 금방 바닥이 날 것이다.

진우가 마음속으로 세고 있던 시계는 그새 또 15초가 지나갔다. 30초 내에 도망가지 않으면 영영 못 간다. 진우는 열심히 총구를 좌우로 돌려가며 앞선 놈들의 머리에 총알을 박아 넣으면서도 카운트를 계속했다.

투투툭! 투툭! 툭! 투툭!

또 여섯 마리가 쓰러진다. 하지만 그보다 천 배는 많은 좀비들이 뒤에서 속속 모습을 드러내고 있다.

20초. 선두의 좀비들이 두 번째 능선 아래로 모습을 감췄다. 높고 낮게 연이어진 두 개의 언덕 중 두 번째 언덕 중턱에 일렬로 배치되어 있는 진우의 분대에게 그것은 결코 좋은 소식이 아니었다.

지금 능선 아래의 사각을 달리고 있는 놈들은 이제 조금 뒤면 갑자기 하늘에서 뚝 떨어진 것처럼 능선 위로 올라설 것이고, 그것은 곧 사형선고다. 8초가 남았을 때, 별도로 퇴각 명령이 떨어지지는 않았지만 진우는 스스로의 생명에게 권위를 부여하기로 했다.

"퇴각! 퇴각!"

탄창을 두 개 남긴 시점에서 진우는 벌떡 일어나며 외쳤다. 그리고 이미 마지막 탄창도 반 이상을 비운 김 상병을 잡아끌었다. 다른 참호에서는 아무도 달아나려는 움직임을 보이지 않았다. 진우의 목소리가 시끄러운 총소리에 가려져 들리지 않았는지도 모른다.

"뭐하는 거야, 이 개새끼야! 누가 후퇴하래? 네가 사수야?"

진우의 돌발 행동을 기제로 해서 스트레스와 두려움으로 가득 차 있던 머리가 폭발해 버린 김 상병이 진우의 따귀를 후려갈겼다. 짝! 그래도 화가 풀리지 않았는지 김 상병은 재차 삼차 뺨을 때렸다. 못 견디게 아프지는 않지만, 시간이 흐른다.

무표정하게 뺨을 대주면서 김 상병의 눈을 바라보던 진우는 네 번째로 휘두르는 팔목을 밀어 친 뒤, 재빨리 그의 뒷덜미를 잡아채 뛰기 시작했다. 능선 위로 좀비들이 뛰어오르기까지 2초도 남지 않았다.

"이, 이거 안 놔? 이 씨발 놈아! 어디서……."

목이 앞으로 숙여진 채 끌려오던 김 상병이 분통을 터뜨리다가 입을 다물었다. 능선 위로 모습을 드러내고 달려드는 좀비들의 거대한 무리를 어깨 사이로 본 것이다.

"헤엑! 야, 놔! 놔! 내가 뛸게. 놓으라고!"

진우는 원하는 대로 해줬다. 그라아아악! 좀비들이 아우성치며 참호를 향해 달려든다. 그 거리는 불과 60미터. 총소리와 사람들의 비명 소리가 한데 섞여 울렸다. 지리적 우위를 확보해 보겠다고 가급적 등성이에 바짝 붙여 참호를 배치해 두었으니, 이제 참호 속의 경비병들은 육박전을 벌일 수밖에 없어졌다.

진우는 걸음을 멈추고 가장 가까운 거리에 있는 좀비 네 마리를 차례로 저격했다. 저놈들이 제거되어야 그가 계획했던 퇴각이 가능해진다.

"빨리 뛰어, 이 새끼야."

갑자기 태도를 바꾼 김 상병이 앞서 뛰다가 진우를 재촉했다. 3시 방향의 참호 안으로 뛰어들려던 좀비의 머리통까지 날리고, 진우는 몸을 돌려 다시 달리기 시작했다. 남겨진 전우들에게는 미안하지만, 더 이상은 도울 수 없다.

타타타! 타타타타!

씌우우웅—

때마침 탄통을 교체하기 위해 망루의 기관총이 멎자 끝까지 자리를 지키던 다섯 개의 참호 안에서 울려 나오는 끔찍한 비명들이 진우의 귀를 찢는다. 돌아보면 안 돼, 돌아보면 안 돼…….

고통스러워진 진우는 이를 악물고 달리며 어서 K-3가 재장전을 마치기만을 바랐다. 바리케이드로 막아둔 발전소의 동쪽 출입구를 넘은 김 상병이 손을 휘두르며 빨리빨리를 외친다. 보초병들이 좌우로 벌려 서며 사격 자세를 취하고 있다.

그런 일련의 행동이 의미하는 바는 분명히 자신의 뒤쪽에 바짝 붙어 따라오는 좀비들이 있다는 의미였다. 하나나 둘이라면 멈춰 서서 쏠 수 있을 테지만, 지근거리에서 그 이상이라면 이쪽이 당한다.

"숙여!"

보초병들의 외침에 진우는 허리를 앞으로 굽힌 채 최대한 빨리 달렸다.

파바박! 파박! 파바바바!

보초병들의 총구가 요란하게 불을 뿜고, 등 뒤에서 살덩이가 터져 나가는, 둔탁한 소리가 세 차례 울렸다. 잡아줬구나……. 진우는 그들에게 감사하며 바리케이드를 잡고 훌쩍 뛰어넘었다. 그의 몸이 지나치자마자 김 상병도 열 발 남짓 남은 마지막 탄창의 총알을 아낌없이 퍼붓기 시작했다.

진우는 앞으로 구른 뒤 재빨리 몸을 틀며 일어났다. 고개를 돌리자 바리케이드 바로 앞에서 좀비들이 아가리를 쩍 벌리며 달려들고 있다. 열댓 마리는 족히 된다. 저렇게 많은 놈들이 쫓아왔단 말인가. 조준경을 눈에 가져다 댈 여유도 없다. 진우는 K-2를 어깨에 붙이고 가장 앞의 놈부터 차례로 쏘았다.

툭! 투투! 투두둑!

허리를 꿰뚫린 놈들이 충격을 이기지 못하고 뒤쪽으로 날아가며 내장을 흩날린다. 흐웨에에엑! 그로아아악─! 허파가 터져 나간 좀비들은 신경을 긁는 것 같은 울부짖음을 남기고 쓰러져 데굴데굴 구른다.

바짝 달라붙어 있던 놈들의 몸통을 박살 낸 다음, 진우는 뒷줄에서 달려오는 좀비들의 가슴과 머리의 중간 지점을 노렸다. 그게 가장 빨리 겨냥이 되는 높이였고, 머리에 비해 면적도 훨씬 넓다.

투투툭! 진우가 날린 세 발의 총탄에 의해 쇄골 위쪽이 모두 날아간 좀비가 풀썩 무너져 내리는 것으로 그들이 마주한 규모 5의 최선봉대는 궤멸됐다. 하지만 빙산의 일각일 뿐이다. 50여 미터 전방에서는 수효도 헤아리기 어려운 규모의 좀비 군단이 벌판을 가득 메운 채 달려오고 있다.

2

"들어와! 들어와!"

진우와 김 상병은 잔뜩 긴장해서 아직도 방아쇠를 당기고 있는 보초병들을 불러들이고 서둘러 철망으로 급조된 문을 닫았다. 망루의 경기관총이 다시 발포를 시작했다. 스무 발짝 정도의 거리에서는 좀비들이 피를 흩뿌리며 쓰러진다.

철컹!

손잡이를 걸어 잠그고 뒤로 물러난 그들은 담장 내부에 둘러진 두 번째 철책을 향해 뛰었다. 철책 안쪽엔 모래주머니를 쌓아 지대를 높여뒀기 때문에 거기 올라서면 위에서 아래를 향해 사격을 할 수 있다.

"뛰어! 뛰어! 뛰어! 위치로!"

선임하사의 독려하는 소리와 함께 원자력발전소의 주차장에 설치된 야전 막사에서는 비상대기조들이 군장을 갖춰 튀어나오고 있었다. 대대 병력이 임시 생활관으로 사용하는 주차장 너머 원자력 대학원 건물에도 환하게 불이 밝혀졌다.

진우의 눈에 보이는 40여 명의 지원군들 중에 수류탄을 장착하고 있는 병사는 아무도 없다. 물론 그도 가지고 있지 않다. 발전소의 안전 문제로 인해 폭발물 반입을 일절 금했기 때문에 수류탄도, 박격포도, 클레이모어도 전혀 지원 받지 못했다. 비행 금지 조약 때문에 발전소 반경 1킬로미터 내 상공에는 헬리콥터조차 날지 못한다. 우습지만, 오로지 총알만으로 좀비들을 쓰러뜨려야 하는 것이다.

"탄창! 탄창!"

보급 지원병 둘이 탄통을 들고 지나가자 김 상병이 팔을 들어 지원을 요청했다. 내밀어진 탄통에서 김 상병과 진우는 되는대로 탄창을 끄집어 챙겼다. 대한민국 군대에서 이렇게 총알을 자유롭게 쓸 수 있으리라고는 생각도 안 해봤다. 일인당 탄창 여덟 개가 이곳에 도착하며 교육 받은 원칙이지만, 배치된 첫날부터 그 탄약 개수 놀음은 우습게 깨져 버렸다.

그라아아악! 그와아아아아악!

능선 위에까지 올라온 좀비들의 수는 더욱 늘어났다. 넓게 150여 미터에 걸쳐 산을 끼고 있는 발전소 동쪽은 이제 좀비들로 꽉 들어찬 것처럼 보인다. 썩은 머리로 이뤄진 파도가 발전소를 향해 밀려온다.

몇이나 되는 걸까? 만, 이만? 아니, 그 이상인 것 같다. 대대 병력 500명 전원이 각자 40마리 이상을 잡아야만 이 싸움이 끝난다. 그게 정말 가능할까? 진우의 머릿속으로 회의가 들었다.

"발사!"

소위의 명령이 떨어지자 사대 위에 올라선 40여 명의 병사들이 일제히 방아쇠를 당겼다.

파파파파파파파—! 타타타타타—!

모두들 시각적인 두려움에 압도되어 있었기 때문에 급하게 연사된 총알들이 마구 날아갔다. 예광탄의 불빛이 사방으로 어지럽게 날리지만, 머리를 적중시키는 경우는 손에 꼽을 정도뿐이었다. 불과 몇 십 미터 내로 다가온 거대한 좀비들의 덩어리를 마주 보며 방아쇠를 당겨야 하는 심정은 당연히 떨린다. 무섭다. 하지만 그건 곧 살고 싶은 의지이기도 했다.

살자! 살 수 있어! 진우는 자신의 실력과 운을 믿기로 했다.

툭! 투툭! 툭! 투투투!

방아쇠를 당긴 후 목표가 터져 나가는 걸 확인하고, 곧바로 옆의 놈을 겨냥해 또 머리에 총알을 박아 넣는다. 말로 설명하자면 쉽지만, 맥박수가 120에 이르는 흥분된 상황에서는 총구를 안정적으로 유지하는 것조차 어렵다.

사선에 선 모든 병사들의 팔과 다리는 조금씩 후들대고 있다. 게다가 아무리 덩어리를 이루어 달려오고 있다고는 해도 산비탈을 빠르게 뛰어 내려오는 목표를 정확히 맞춘다는 건

쉽지 않다.

"침착해! 3점사로 머리를 노려!"

소대장이 갈라진 목소리로 외쳐 대지만, 워낙 총성이 가득했기 때문에 그의 말은 바로 옆에 선 병사에게조차도 제대로 전달되지 않았다. 아무렇게나 갈겨 대는 총알의 비를 뚫고, 좀비 무리의 가장 앞줄은 어느새 두 개의 철책 중 앞의 것에 당도해 버렸다. 망루 위의 기관총이 가장 효율적으로 사용될 수 있던 시기는 이제 사라져 버린 것이다.

구우우우웅~ 쇠기둥이 휘는 소리와 함께 생명줄과 같은 소중한 철책이 좀비들의 무게를 이기지 못하고 앞으로 기울기 시작한다. 파콱! 한 놈의 머리통이 터지면 곧바로 그 자리를 두 놈의 다른 좀비가 채운다. 두려움도 없고, 서두르지도 않는다. 한결같이 광기가 넘치는 놈들의 그런 모습은 누구에게나 질리는 광경일 수밖에 없다.

그롸아아아아아악~! 크르르르르!

투툭! 투투툭! 투! 투투!

20여 미터 앞에서 수천의 좀비들이 쇠기둥을 밀어 넘어뜨리는 압도적인 힘의 차이를 보면서도 진우는 뜨거운 숨을 토해 내며 열심히 방아쇠를 당겼다. 아직은 포기할 때가 아니다.

"3시로 가! 3시!"

대학원 건물에서 달려 나온 지원 병력들에게 누군가 명령을 내리는 소리가 뒤에서 들려왔다. 지원 병력이 서 있는 주차장에서 보면 발전소의 정문이 12시, 동쪽이 3시로 구분된다. 듬성듬성하던 사로에 소대 병력 하나가 더 채워지고 한 번에 발사되는 총알의 양도 두 배로 늘었지만, 그것으로는 아직 부족했다.

"씨발, 이게 다야? 달랑 50명? 뭐하는 거야? 정문 새끼들은 왜 안 와?"

진우의 옆자리에서 죽어라 갈겨 대던 김 상병이 추가 병력의 양을 보고 분통을 터뜨렸다. 2킬로미터 밖 도로에 배치된 정문 경비 중대가 가장 주된 화력이기 때문이다.

그로아아악! 크으악!

좀비의 물결이 완전히 무너뜨린 첫 번째 철책을 타고 넘어온다. 퍼붓는 총탄들이 앞줄에 선 놈들을 걸레처럼 꿰뚫지만, 그놈들의 시체가 앞으로 고꾸라지기도 전에 뒷줄의 놈들이 밀치고 얼굴을 들이민다. 이건 마주 보는 두 개의 거울 사이에 놓인 물건이 양쪽 거울 안에서 무한히 반사되며 비쳐지는 모습과 비슷한 느낌이다.

끝이 있나……. 진우는 고개를 들어 멀리 능선을 바라봤다. 아직까지도 뒤늦게 능선 위로 뛰어 올라오는 놈들이 있다.

"젠장!"

진우는 이를 악물고 다시 전방의 적들을 향해 총알을 박아 넣었다. 파파파파파— 투투투투— 쏘고 또 쐈다. 얼마나 오래 계속 이렇게 총을 높이 들고 있는 것일까? 견착하고 있는 어깨가 두들겨 맞은 것처럼 아파온다. 귀는 윙윙 울리고, 자욱한 화약 냄새 때문에 호흡도 조금씩 어려워진다. 어지럽다……. 진우는 정신을 바짝 차리기 위해 피가 배어 나올 때까지 입술을 꽉 깨물었다.

푹푹푹— 퍼퍼퍼퍼벅—!

집중력을 잃은 병사들의 총구가 아래로 처지면서 이미 더 이상 움직이지 않는 좀비들의 시체에 무의미한 사격이 가해진다. 철망을 깔고 누운 시체들이 쌓이면 쌓일수록, 뒤의 놈들은 점점 안전해졌다. 수북이 쌓인 시체들이 고기 방패의 역할을 하며 이제 선두에 선 좀비들을 저격하는 건 불가능해져 버렸다.

그롸아악!

2선의 놈들에게 열심히 총알을 박아 넣고 있는 동안 안전하게 거리를 줄이고 달려온 놈들이 동료의 시체들을 밟고 뛰어 오른다. 3단 뛰기를 하는 육상 선수처럼 부웅 날아오른 다음, 허공에서 팔다리를 휘젓는 좀비들의 모습은 또 다른 차원의 공포감을 심어주기에 충분했다.

허억—! 병사들의 입 여기저기서 탄식이 터져 나온다. 3미터도 안 되는 철망이지만, 그 높이가 부여해 주는 지형적 이점에 꽤나 의지하고 있었기 때문에 좀비가 보여준 점프는 안 그래도 위축되어 있던 병사들을 더욱 주눅 들게 만들었다.

파파팍! 파박—!

허공에 떠 있는 놈들이 5.56㎜ 나토탄 세례를 받고 땅에 내동댕이쳐지는 동안, 좀비들이 시체들의 산을 밀며 병사들이 위치한 철책과의 거리를 좁혀왔다. 그 거리가 줄어들수록 뛰어오르는 놈들에 대한 부담이 늘어난다. 사선에 선 병사들은 자신도 모르게 한두 발짝씩 뒷걸음질을 치고 있었다.

그롸악!

"우와아악!"

점프한 좀비가 처음으로 두 번째 철망에 접촉했다. 다른 놈의 으깨진 머리를 밟고 뛰어올랐다가 용케 총알 사이를 뚫고 떨어져 내리며 두 팔을 철책 위에 걸친 것이다. 주변의 병사들이 비명을 지르며 일제히 놈을 향해 총구를 돌렸다.

그것이 화력의 커다란 공백을 만들어냈고, 제2, 제3의 날아오른 좀비들이 철책에 몸을 걸치는 데 도움이 되었다.

그롸악!

아무렇게나 휘저은 좀비의 팔에 총 멜빵이 걸린 병사가 중심을 잃고 비틀거렸다. 또 다른 좀비의 뼈가 드러난 손이 병사의 얼굴을 훑으며 내려가 멱살을 잡고 끈다.

"으아악!"

병사는 비명을 지르며 끌려가 반대편 철책 아래로 떨어져 버렸다.

그라아아아~!

몰려 있던 좀비들이 떨어진 병사를 덮친다. 잠시 피가 튀는가 싶더니, 순식간에 병사는 대여섯 조각으로 뜯겨져 나갔다. 끄아아아! 아아악~! 총소리가 시끄럽게 울려 대고 있지만, 좀비들의 억센 이빨에 온몸이 찢어지며 병사가 내지르는 비명만은 용케 그 틈을 비집고 날아와 고막을 울린다.

그 비명이 마치 신호라도 되는 것처럼 여기저기서 병사들이 끌려 내려가기 시작했다. 끝까지 철책을 붙잡고 버티려던 이병 하나가 다리를 꽉 움켜쥐고 잡아당기는 좀비들의 힘을 이기지 못해 떨어져 내리며 울부짖었다.

"나 좀! 나 좀 쏴줘! 쏴줘!"

그를 덮친 수십 마리의 좀비들이 어깨를 마주하며 웅크리고 있는 곳에 아무리 총알을 퍼부어봐도 좀비들은 여전히 소름 끼치는 소리를 내며 뭔가를 잡아 뜯고 씹어 댄다. 몇 초 후, 좀비들이 다시 몸을 일으켰을 때 바닥에는 피범벅이 된 채 잘려 나간 이병의 상반신만이 버려져 있었다. 크게 떠진 채 숨을 거둔 이병의 눈동자에서는 아직도 그가 받았을 고통과 공포가 생생하게 느껴지는 것 같다.

"으아아아! 이 씨발 놈들!"

파파파바박! 파바박!

병사들은 이성을 잃고 철책 위의 좀비들을 향해 난사하기 시작했다. 하지만 명중률이 낮은 게 문제였다. 팅! 팅! 티딩! 아무렇게나 퍼부어 댄 총알들은 철책의 쇠기둥에 맞아 종소리를 내며 튕겼고, 아군의 유탄에 맞은 병사들이 여기저기서 픽픽 쓰러져 버렸다.

"으아악! 아아! 끄아아!"

모래주머니 사대 아래로 떨어진 병사들이 부상당한 부위를 부여잡고 비명을 질러 댄다. 팔과 옆구리, 허벅지, 얼굴에 이르기까지 상처마다 피가 솟구치며 혼란과 공포는 더욱 커져만 갔다.

철책 바로 앞까지 밀고 들어온 좀비들이 크게 울부짖어 대자 병사들의 사기는 바닥으로 떨어져 버렸다. 덜덜 떨리는 손으로 쏴대는 총알은 명중률이 급격하게 낮아졌고, 그럴수록 더 많은 좀비들이 철책에 달라붙는다.

그와아아악—!

좀비들이 입을 벌리면 놈들의 악취가 느껴지고, 머리가 터져 나간 놈들의 뇌수가 병사들의 얼굴에까지 튄다. 투투투투투툭— 투투투투투둑— 망루 위의 기관총이 탄통을 계속 갈아가며 긁어 대보지만, 좀비 무리 중간에 생기는 작은 공백은 속속 새로운 인원들로 채워졌다.

팍! 파박! 파바박!

최대한 침착하게 좀비들의 머리통을 날리고 있는 진우에게
도 한계의 상황이 다가왔다. 새로 지급 받은 탄창도 다 바닥나
버렸고, 이제는 자신이 뭘 쏘고 있는지도 모를 지경이었다. 그
저 기계처럼 무표정한 얼굴로 총구를 돌리고 방아쇠를 당길
뿐이다.

"…이병!"

그롸아아악!

먼 메아리처럼 울리는 목소리는 잘 들리지 않는다. 진우는
좌우로 몸을 돌려가며 철책에 반쯤 몸을 걸치고 있는 좀비들
을 찾아 머리에 커다란 구멍 하나씩을 내는 일에만 몰두해 있
었기 때문이다. 혹사당한 총신에서 뿜어져 나오는 열기에 얼
굴이 데일 것 같다.

투앙! 또 한 마리… 투앙! 또 한 마리…….

그것 외에는 아무 생각도 들지 않는다. 어째서 자신의 주변
에 동료들은 없고 좀비의 시체만 걸려 있는 것인지 깨닫지 못
할 만큼 진우는 한계까지 몰려 있었다.

탕! 탕! 철컥—!

탄창을 갈기 위해 탄띠를 더듬던 진우의 얼굴에서 핏기가
가신다. 총알이 다 떨어져 버렸다. 보급 지원병은? 진우는 그
제야 뒤로 고개를 돌렸다.

"…박 이병!"

필사적으로 그를 부르며 달려온 김 상병이 진우의 멱살을 당겨 사대 아래로 끌어 내렸다. 땅바닥에 넘어져서도 상황을 이해하지 못한 진우가 퀭한 눈으로 주변을 두리번거렸다. 자신을 포함해 대여섯 명의 병사만이 미친 듯이 저항하고 있을 뿐, 150여 미터에 이르는 사선은 이미 거의 텅텅 비어 있는 상태였다. 철책 저편을 완전히 점령한 좀비들의 울부짖음이 텅 빈 밤하늘을 울렸다.

"야, 인마! 정신 차려! 계속 뒤로 빠지라고 했잖아! 철책 비우라는 말 못 들었어?"

김 상병이 진우를 부축해 일으키며 버럭 고함을 쳤다.

"…못 들었습니다."

진우는 김 상병을 따라 뛰며 여전히 멍한 얼굴로 대답했다. 확성기를 통해 크게 울려 퍼지는 퇴각 명령이 이제야 들린다. 끝까지 버티던 병사들이 차례로 물려 쓰러지고, 반대편으로 끌려 떨어지는 중이다. 저 자리에 계속 남아 있었다면 진우 역시 지금쯤 좀비들의 만찬거리가 되어버렸을 것이다.

3

전방에서는 3개 소대 규모의 교대 병력들이 2열로 늘어서서 철책을 향해 총을 겨누고 있었다. 이제 그들에게는 몸을 숨길 만한 참호도, 바리케이드도 없다. 그가 지나온 자리에는 물이 질퍽하게 뿌려져 있었다. 몇 개 분대가 소방 호스까지 동원해서 계속 철책 너머까지 물을 뿌려 대는 모습이 눈에 들어왔다.

"하아… 헉, 헉, 이제 비긴 거다. 나도 너 한 번 살려준 거야."

교대 병력의 후방으로 피신한 뒤, 김 상병이 진우의 철모를 두드리며 말했다. 진우는 넋이 나간 표정으로 고개를 끄덕였다.

"허억, 허억… 감사합니다."

"후우~ 감사하긴, 새끼야. 하아~ 씨발, 실은 비긴 거 아니야. 내가 사수니까 대략 두어 번은 널 더 살려줘야 돼."

말을 마친 후, 털썩 드러누워 두 팔을 번갈아가며 주무르는 김 상병의 손가락이 덜덜 떨린다. 진우는 숨을 몰아쉬며 좌우를 둘러봤다. 완전히 탈진한 병사들이 땅에 드러누운 채 숨을 몰아쉬고 있었다.

이것밖에 안 남았나……. 저절로 한숨이 나온다. 철책에서 좀비들을 사격했던 2개 소대 병력 중 절반가량이 보이지 않는다. 유탄에 맞아 쓰러진 부상자들이 의무실로 옮겨졌다고 쳐도, 너무 많은 수가 희생돼 버렸다. 그러나 좀비들의 습격은 이제 막 시작됐을 뿐이다.

"일어나! 일어나! 언제까지 누워 있을 거야? 누우면 죽는다! 빨리 물 마시고 일어나라고! 빨리! 뛰어가서 3열에 서!"

선임하사가 바쁘게 돌아다니며 쓰러진 병사들을 일으켜 세웠다. 진우가 총을 다시 들고 일어나기 위해 끄응, 소리를 내자 옆에 누운 김 상병이 팔목을 잡았다.

"누워, 새끼야. 놀던 새끼들 좀 싸우라고 하고. 어차피 지금 가봐야 쓰러져. 더 쉬어. 워커 채이기 전까지는 그냥 죽었다 하고 있으라고."

그 말을 하는 동안에도 김 상병은 계속 숨을 헐떡였다. 옳은 이야기처럼 들려서 진우는 순순히 그 말을 따랐다. 사실 그 역시 양팔이 다 저릿저릿했다. 등에 닿는 아스팔트조차 천상의 침대처럼 느껴진다.

⚜   ♥   ⚜

같은 시각, 민구는 병원 2층의 1인실 침대에 걸터앉아 있었다. 불이 꺼진 방 안의 유일한 조명은 그가 물고 있는 담배뿐이다. 민구가 담배를 빨아들이면 잠시 주위가 밝혀졌다가, 이내 빨간 불똥만 남아 허공에서 까딱거린다. 후우우~! 민구는 만족스러운 표정으로 담배 연기를 내뱉었다. 사방은 어둡고 고요하다. 그것이 민구를 기쁘게 했다.

이따금씩 울리는 괴물들의 울음소리만 아니라면 어디 산속 깊숙이 자리 잡은 호텔에라도 온 기분이다. 하루를 더 쉰 만큼 어깨도 훨씬 나아졌고, 발목은 이제 거의 통증이 느껴지지 않았다. 예상했던 것보다는 이삼 일 더 걸렸지만, 이 정도라도 회복했다는 건 다행스러운 일이었다.

'자둘까.'

피곤하지는 않지만, 체력을 비축해 둘 필요가 있었다. 바닥에 꽁초를 비벼 끈 민구는 팔을 베고 자리에 누웠다. 끼이익— 옆방의 문이 열리는 소리가 들렸다. 간호사가 있는 왼쪽 방이다.

자박, 자박, 복도를 걷는 소리, 쇠 트레이 위의 물건들이 찰그랑거리는 소리……. 문틈으로 플래시 불빛이 비쳐 든다. 그리고 똑똑—! 노크 소리가 들렸다.

"주무세요?"

문밖의 간호사가 약간 긴장한 목소리로 물었다.

"무슨 일이야?"

민구는 메마른 말투로 물었다.

"소독을 한 번 더 하시는 게 나을 것 같아서……."

이 시간에? 민구는 천천히 몸을 일으켰다.

"들어와."

조용히 문을 열고 들어온 간호사는 침대 옆에 트레이와 플래시를 내려놓았다. 쇠 트레이 위에는 가위와 붕대, 알코올 솜이 담긴 통이 올려져 있다.

"빨리 완쾌되시려면……."

묻지도 않은 말을 한 뒤, 간호사는 입술을 핥으며 민구가 셔츠를 벗을 때까지 기다렸다. 간호사복 상의의 윗 단추가 하나 더 풀어져 있다.

'의사가 잠들 때까지 기다렸군.'

민구는 아무 내색도 하지 않고 순순히 어깨를 내밀었다.

"몸이 정말 좋으세요. 운동을 많이 하셨나 봐요."

상체를 깊숙이 숙이며 묶인 붕대를 푸는 그녀의 손이 민구의 가슴과 어깨를 자꾸 스친다. 허술하게 여며진 그녀의 상의 틈 사이로 제법 깊숙한 골이 드러난다. 민구는 그것을 무표정하게 빤히 쳐다보았다. 소독 솜으로 섬세하게 상처를 문지르는 동안 그녀의 아랫배도 민구의 허벅지를 문댄다. 새로 붕대를 감을 때에는 바짝 붙어 노골적으로 민구의 얼굴에 가슴을 들이댔다.

하아~ 하아~ 뜨거운 그녀의 숨결이 민구의 머리카락에 닿는다. 입술과 이를 사용해 최대한 천천히 붕대 끝을 꽉 잡아당겨 고정시킨 뒤, 간호사가 고개를 숙였다.

"…끝났습니다."

트레이를 집어 들기 위해 간호사가 침대 쪽으로 허리를 숙일 때, 민구가 오른손을 뻗어 그녀의 엉덩이를 꽉 움켜쥐었다. 제법 탄력이 좋은 엉덩이라 손안에서 제멋대로 출렁거린다. 민구는 손끝에 한 번 더 힘을 주었다.

"어머……."

그녀는 가식적인 표정을 지으며 손가락을 입에 가져갔다. 하지만 허리를 살짝 비틀 뿐, 벗어나려고도 하지 않는다. 민구는 한쪽 입술을 찡그리고 웃으며 말했다.

"넌 안 끝났잖아?"

☙   ☙   ☙

끼우우우웅—!

진우의 귀에 또다시 철책이 허물어지는 소리가 들려온다. 철책과 연결된 망루에 있던 녀석들은 어떻게 되었을까 하는 걱정이 잠시 머리를 스쳤다. 그리고 의문이 들었다. 도대체 왜 아직도 총소리가 안 들리는 걸까? 하지만 그런 모든 궁금증보다도 더욱 절실하게 드는 생각은 단 하나뿐이다. 이대로 단 몇 초만 더 쉬고 싶다.

"일어나. 어쭈, 이 새끼! 새까만 이병이 자빠진 꼴은 아주 병장이네."

주임원사가 발목을 툭, 찬다. 꿀 같은 휴식이 끝났다. 진우는 벌떡 일어나서 총과 탄약을 챙겨 사로의 맨 뒤에 가서 섰다.

"아직 쏘지 마라! 대기! 대기!"

소위가 병사들을 붙잡아놓는 동안, 좀비들은 철책을 거의 다 밀어 넘어뜨렸다. 옆쪽에서는 아까부터 뀨우우우우웅— 하는 이상한 소리가 계속 들려온다.

"뭐야, 씨발. 왜 쏘지 말라는 거야? 좆도… 이것도 무슨 작전이야? 그리고 아까부터 정문 병력은 왜 안 오냐고?"

김 상병이 목소리를 죽여 투덜거린다. 그롸아악— 좀비들의 커다란 비명이 바로 50여 미터 앞에서 울려오고 있는데, 총을 겨눈 채 가만히 지켜보고만 있으라는 건 꽤나 힘겨운 일이었다. 진우도 피가 바짝바짝 마르는 것 같았다.

"완전히 철책이 넘어갈 때까지 기다린다. 대기!"

다시 소위가 명령을 내렸다. 그의 목소리도 가늘게 떨리고 있었다.

콰당!

마침내 요란한 소리와 함께 길게 늘어서 있던 철책은 완전히 앞으로 쓰러져 버렸다. 바닥에 고여 있던 물이 요란하게 튄다.

"발사!"

좀비들이 철조망 위를 내달려 오는 것과 동시에 발포 명령이 떨어졌다.

파파파파바— 투투투투두—! 투투둑! 투둑!

요란한 소리와 함께 일제사격이 시작되었다. 그리고 아까부터 큐우웅, 소리를 내며 울려 대던 커다란 장비의 스위치가 내려졌다.

파지지지지—!

물에 젖은 철망을 타고 고압 전류가 흘러 들어갔다. 철책을 밀어 치며 네 발로 맹렬하게 달려오던 좀비들이 갑자기 땅에 들러붙은 것처럼 멈춰 서 경련을 해 댄다. 뒤에서 달려오던 놈들도 제자리에서 부들거린다. 감전된 좀비들의 몸에서 연기가 모락모락 피어올랐다. 길이 4미터, 폭 150미터의 거대한 전기 사형 시설인 셈이다. 한 번 감전된 놈들은 총격에 머리가 날아가고 난 다음에도 여전히 쓰러지지 못하고 우뚝 서서 온몸을 떨어 댔다.

"계속 쏴! 발사!"

기세가 오른 소위가 목이 터져라 외쳐 댔다. 이런 걸 설치해 뒀구나. 발전소라 이거지……. 진우와 김 상병도 처음엔 꽤 괜찮은 작전이라고 생각했다. 땅에 들러붙어 움직이지 못하는 놈들의 대갈통을 날려 버리면, 뒤쪽에서 뛰어오는 놈들에 의해 등을 떠밀린 그다음 줄이 같은 자리를 채우며 부들댄다. 이런 식이라면 놈들은 단 한 발짝도 더 나서지 못하고 저곳에서 몰살을 당할 것같이 보였다. 하지만…….

퍼엉!

커다란 폭발음과 함께 감전된 좀비 한 마리가 팝콘이 터지듯 뛰어 올랐다. 하늘 높이 떠서 날아온 좀비는 금방 몸을 벌떡 일으키고 다시 달려들었다. 고압 전류에 익어버린 녀석의 피부는 불이 붙어 타오르고 있었다.

"으와아!"

타타타! 두두두둑!

좀비가 날아든 근방의 병사들은 기함을 하며 총을 갈겨 댔고, 불타오르는 좀비의 사지는 순식간에 벌집이 되어버렸다. 그런데 튀겨지는 것은 그놈 하나만이 아니었다.

펑! 퍼벙! 퍼버벙! 퍼버버벙! 퍼벙!

사방에서 발사된 좀비들이 거짓말처럼 하늘에 호를 그리며 날아와 바닥에 떨어졌다. 고맙게도 머리로 떨어져 버린 뒤 그대로 움직이지 못하는 놈들도 간간이 있지만, 대부분의 경우는 오히려 더 사나워져서 달려들었다.

온몸이 불에 타오르면서 아가리를 벌리고 뛰어오는 놈들의 모습은 경악과 공포, 그 자체였다. 3열이었던 사선은 순식간에 흐트러져 버렸고, 앞줄에 엎드려 있는 병사들은 겁에 질려 몸을 일으켰다. 계속 물을 뿌리던 병사들도 호스를 던지고 후퇴할 수밖에 없었다.

"자리 지켜! 이탈하지 마!"

지휘관이 아무리 소리를 질러봐도 불타는 좀비가 하늘에서 우박처럼 떨어져 내리는 데는 당해낼 수가 없다. 떨어져 뒹구는 좀비들은 순식간에 10여 미터 내로 거리를 좁힌 뒤 네 발로 기어서라도 덤벼들고, 혼란에 빠진 병사들이 쏴대는 탄환은 제대로 맞지 않았다.

전열이 흐트러진 채 우왕좌왕하는 동안 바닥에 뿌려두었던 물도 거의 증발해 가고 있다. 이 상태대로라면 이제 저 뒷줄에서 달려오는 놈들은 더 이상 전기 통닭이 되어주지 않을 것이다.

투둑! 툭! 투투툭!

"끄웨에엑!"

앞서 오는 놈들을 아무리 쓰러뜨려도… 이건 도무지 끝이 없다. 전쟁을 해야만 한다면, 이런 괴물들이 아니라 목숨이 아까워 뒤로 후퇴할 줄 아는 인간과 싸우고 싶은 마음이 굴뚝같았다.

파바박! 파밧!

나란히 서서 열심히 K-2를 당기던 진우와 김 상병의 눈빛이 마주쳤다.

'여차하면 주차장 안으로 후퇴하자!'

김 상병이 턱으로 방향을 가리키며 눈으로 말했다. 진우로

서도 고개를 끄덕일 수밖에 없었다. 누구의 대가리에서 나온 것인지 모르지만, 전기 철조망 작전은 영 똥이었다. 좀비는 감전으로 죽일 수 있는 상대가 아니었고, 공연히 철책 하나를 넘어뜨릴 동안의 시간만 허비한 셈이다.

"히엑! 끄아악!"

좀비와 인간이 난잡하게 엉켜 있는 앞쪽에서 속속 비명이 울려 퍼진다. 이미 너무 근접한 상태여서 3열에 속해 있던 진우로서는 섣불리 방아쇠를 당길 수도 없는 형편이었다.

진우는 고개를 돌려 퇴각 지점으로 정한 주차장을 살폈다. 주차되어 있는 대여섯 대의 승용차와 트럭들. 저 사이로 숨는다고 해도 나아질 것 같지가 않다. 어쩌지? 뭘 어떻게 해야 하지? 진우는 바쁘게 눈을 돌리며 계산을 했다.

퍼엉! 퍼엉!

망설이는 동안에도 계속해서 팝콘이 된 좀비들이 날아온다. 부하들을 독려하던 소위가 좀비에게 덮쳐져 목을 물렸다.

"끄으윽!"

소위는 권총을 들어 자신의 목을 물어뜯고 있는 좀비의 뒤통수에 가져다 댔다. 찌이익! 소위의 피부가 찢기며 붉은 근육이 매달려 올라온다.

"아악!"

소위는 비명을 지르면서도 방아쇠를 당겼다. 타앙! 타앙! 두

발째의 총탄이 좀비의 머리를 관통한 뒤 소위의 얼굴을 스치고 지나간다.

"허억… 허억!"

터져 나온 뇌수를 가득 뒤집어쓴 소위가 목을 움켜쥐고 몸을 일으키려 할 때, 또다시 세 마리가 그를 향해 몸을 날린다. 그중에 군복 입은 놈이 하나 끼어 있다는 것을 인식하는 순간, 와드득! 좀비의 이빨이 소위의 얼굴을 잘라냈다. 맥없이 쓰러진 그는 더 일어나지 못했다.

꽈득! 찌지직! 좀비들이 사나운 소리와 함께 움찔거리는 소위의 얼굴과 다리에서 사정없이 살점을 뜯어낸다.

"에잇! 씨바알!"

파바박! 파박! 투투둑!

근접하는 놈들에게 총알을 박아 넣으며 틈마다 다시 주차장을 훑던 진우의 눈에 라이트가 켜진 채 서 있는 지프가 들어왔다. 키가 걸려 있다.

저거다! 진우는 김 상병의 어깨를 잡아끌었다. 두 사람은 바닥에 흩어져 뒹굴고 있는 탄약 박스를 하나 집어 들고 지프를 향해 뛰기 시작했다.

그라아아아악! 크르르!

투투투투두! 투툭! 투투투!

진우와 김 상병을 필두로 해서 살아남은 100여 명의 병사들이 사방으로 뿔뿔이 흩어져 달아났다. 하지만 그들 대부분은 뚜렷한 목표를 가지고 있지 않았다. 그저 뒤로 몇 걸음씩을 달아났다가 다시 앞을 향해 발포하고, 또 뒤돌아 뛰는 식이다.

그렇게 멈칫거리던 병사들 중 많은 수가 희생되어야 했다. 망설임 없이 목표를 향해 달려드는 무수한 좀비들을 상대하면서 거리를 벌리지 못하는 건 치명적이었다. 총소리와 울부짖음, 비명 소리와 고성이 섞여 원자력발전소 동쪽의 공간은 아수라장으로 변해갔다.

지휘 체계를 잃고 우왕좌왕하는 수십 명이 좀비들에게 희생되는 동안, 병사들은 크게 두 갈래로 나뉘어져 후퇴했다. 먼저 주차장. 가장 가깝고 주차된 자동차와 막사들을 엄폐물로 삼을 수 있는 곳이지만, 뒤가 막혀 있다.

다음이 대학원 건물로 향하는 언덕길. 멀고 몸을 숨길 곳은 없으나 퇴로만은 넓게 트인 방향이다. 축구장 네 개 넓이의 건물들과 휴식 공간을 지나면 그 뒤에 진짜 원자력 발전소 건물들이 나타난다.

"야, 근데 어디로 가는 거야?"

김 상병이 달리면서 소리쳐 물었다. 왼손에 소총, 오른손에 탄통을 나눠 들고 있는 진우는 턱으로 불 켜진 지프를 가리켰다.

"저거? 장교용 아니야?"

진우는 대답하지 않았다. 오늘 밤 그에게 주어진 임무는 위계질서를 확실히 하는 게 아니다. 그가 해야 할 일은 일단 살아남아서 이 발전소를 외부 침입자로부터 지키는 것이다. 저 지프를 확보하면 전자의 확률이 비약적으로 올라가고, 이 탄통의 총알과 충분한 지원만 있으면 후자까지도 충족시킬 수 있다.

졸업하자마자 면허를 따두길 잘했다. 진우가 고집스럽게 입을 꾹 다물고 뛰는 걸 본 김 상병은 포기한 듯 고개를 끄덕였다.

"그래, 씨바. 군기교육대도 살아 있어야 가는 거지."

지프에 도착한 두 사람은 뒷좌석에 탄통부터 던져 넣었다. 천 근처럼 무겁게 느껴지던 짐을 놓은 것만으로도 훨씬 살 것 같다. 아직 엔진도 끄지 않은 차의 보닛이 가볍게 떨린다. 그건 진우와 김 상병, 두 사람의 생명이 한동안 더 이어지게 될 거라는 의미였다. 핸들을 잡으려던 진우보다 앞서서 김 상병이 재빨리 운전석으로 뛰어들며 외쳤다.

"내가 운전할게! 넌 어디로 갈지만 말하고 저 새끼들 잡아!"

김 상병은 조수석에 총을 눕혀두고 재빨리 기어를 바꿔 넣었다. 그러고는 잠시 멍해 있는 진우를 향해 부끄러운 듯 한마디를 덧붙였다.

"네가 나보다 쏘는 건 좀 낫잖아, 이 새끼야!"

"운전할 줄 아십니까?"

확실하게 하고 싶었던 진우가 뒷좌석에 뒤쪽을 보고 걸터앉으며 물었다. 괜히 아무 데나 들이받고 멈춰 서버리면 곤란하다. 김 상병이 어이없다는 듯 머리를 뒤로 젖혔다.

"하하, 땅개로 구르고 있자니까 별소리를 다 듣네. 야이 씨발, 열아홉 때부터 자유로에서 놀았다. 일산 미친개가 나야! 그보다 너, 잘 잡았냐?"

진우가 고개를 끄덕이자 김 상병은 곧바로 가속기를 깊숙이 밟았다. 부아아앙— 요란한 엔진 소리가 나고 잠시 타이어가 연기를 낸 후, 그들이 탄 군용 레토나는 총알처럼 앞으로 달려나갔다. 젖혀진 지붕 덕에 간만에 맞은 시원한 바람이 땀에 찌들어 있던 목덜미 사이를 좀 식혀준다.

"어디로 갈 건데? 말을 해야지!"

속도를 줄이지 않은 채 병사들과 얽혀 있는 좀비들 사이를 요령 있게 피해서 빠져나가며 김 상병이 외쳤다.

"쟤네들 가까이 갔다가 돌려서 정문으로 가주십시오! 그리로 몰아가고 싶습니다!"

"그땐 너무 밟지 말란 말이네? 알았어!"

김 상병은 핸들을 꽉 쥐고 속력을 높였다. 기어 변속이 매끄러운 걸 보니 차 좀 몰아봤다는 이야기가 완전히 뻥은 아닌 모양이다. 몰려오는 좀비 파도의 본진을 향해 똑바로 돌진해 가는 건 또 엄청난 일이었다. 한 번씩 놈들이 동시에 아가리를 벌리고 울부짖을 때마다 바짓가랑이가 움찔움찔한다.

"야, 됐어? 돌려?"

"조금만 더 가주십시오!"

좀비 무리로부터 40여 미터까지 다가갔을 때, 김 상병이 차의 핸들을 틀었다.

"더 이상은 안 돼! 후달려서 못 가겠어!"

이 정도면 충분하다. 진우는 총을 겨눠 녀석들을 향해 쏘기 시작했다. 투투툭! 투툭! 투투툭! 저 많은 놈들이 전부 주차장과 대학원 건물로 몰려가 버리면 남는 건 몰살밖에 없다. 이 중 다만 얼마라도 분산시켜서 정문까지 끌고 가야 한다.

투투투! 투투투!

열심히 쏴보지만, 놈들은 좀처럼 돌아봐 주질 않는다. 옆의 놈이 머리가 터져 날아가는데도 고개 한 번을 틀어주지 않고 그저 앞만 보고 달려간다니, 이런 돌대가리 새끼들!

"안 따라오잖아!"

백미러를 들여다보던 김 상병이 브레이크를 밟았다. 그리고 진우를 돌아보며 정말 내키지 않는 말투로 말했다.

"다시 돌려서 가봐? 왜 안 따라오는 거야, 쌍!"

빠르게 180도 턴을 해서 좀비들을 향해 차를 몰았다. 그들의 옆선을 따라 달리며 진우는 계속 방아쇠를 당겨 댔다. 하지만 그래봐야 관심을 보여주는 놈들은 열 마리도 채 안 된다.

"미치겠구만, 개새끼들! 여기 좀 봐라! 어어, 저기 저 새끼! 저거 쏴! 붙으려고 한다!"

김 상병이 가리킨 방향에서 좀비 하나가 차를 향해 달려 들어왔다.

4

진우는 두 번이나 3점사를 해서 겨우 놈을 쓰러뜨렸다. 흔들리며 달리는 차 안에서의 사격은 평지 위에서와는 또 달랐다.

"이거 씨발, 괜히 뻘짓거리하는 느낌인데… 안 따라와."

이미 주차장을 점령하고 기숙사 방향을 향해 밀려드는 좀비의 물결을 옆에서 따라 달리며 김 상병이 초조하게 중얼거렸다. 기숙사로 오르는 언덕 위에서는 어설프게 재정비한 병사들이 아래를 향해 정신없이 총알을 퍼부어 대고 있다.

파파파파! 파파파바박!

그와아아악!

언덕을 뛰어오르다가 총알을 잔뜩 뒤집어쓴 놈들은 아래쪽으로 굴러 내려갔고, 그것이 전진하는 좀비의 속도를 조금은 늦춰주는 효과를 냈다.

2층 창문에 위치를 잡으면 훨씬 유리한 고지를 점할 것이라 믿은 여남은 명이 건물 안으로 뛰어 들어갔다. 그때, 의외의 방식으로 진우의 계획이 현실화되었다.

발단은 고립되어 있던 분대 병력의 병사들이었다. 울상이 되어 K-2를 난사하던 그들은 진우가 탄 지프를 보자 필사적으로 손을 흔들며 뛰기 시작했고, 그들의 뒤를 수많은 좀비들이 울부짖으며 쫓았다.

"저거 보셨습니까?"

진우가 외치자 김 상병이 더 큰 소리를 질렀다.

"그래! 차 갖다 대보자! 근데 여기 태우기엔 너무 많은데!"

처음에 도망치기 시작한 인원은 열 명가량이었다. 그 뒤를 바짝 따라붙은 좀비들은 가장 뒤의 두 명을 순식간에 덮쳤다. 끄아아아! 전우의 비명을 참을 수 없던 병사 둘이 돌아서서 희생자들의 목을 뜯고 있는 좀비들에게 총알을 퍼부었다. 하지만 그들 역시 뒤따르던 좀비들에게 곧바로 붙잡혀 버렸다. 살아남은 병사들 중 하나가 다리가 풀려 앞으로 쓰러졌고, 또 하나는 도저히 못 뿌리치겠다 싶어 옆길로 방향을 바꿨다. 그렇게 차례로 좀비들에게 삼켜지고 마지막에는 세 명만이 남았다.

"타! 빨리!"

김 상병이 속도를 줄이지 않은 채 180도 회전을 해서 기다려 준다. 진우는 세 명의 뒤에 바짝 따라붙어 있던 놈들의 머리를 차례로 날렸다.

"가, 감사합니다!"

"빨리 타! 그냥 가버릴 거야!"

병사들이 인사치레를 하려는 시간도 아까워서 김 상병이 빽! 소리를 질렀다. 하긴 완전히 빈말만도 아니었다. 뭐가 그렇게 매력적인지는 모르겠지만, 방향을 바꿔 그들을 쫓아오는 좀비가 이미 셀 수 있는 수준을 넘어서 있었다.

"간다!"

세 명의 병사가 차 안에 겨우 상체를 욱여넣자마자 김 상병은 액셀을 최고로 밟았다. 앞쪽에서도 뒤늦게 이쪽에 흥미를 보이며 무리에서 떨어져 나온 좀비들이 속속 등장하기 시작했다.

"하, 갑자기 장사가 잘되니까 무섭네! 박 이병! 저기! 1시! 1시!"

핸들을 틀어 달려드는 좀비들을 피해 나가며 김 상병이 외쳤다. 뒤쪽에 따라붙은 놈들을 상대하던 진우는 곧바로 돌아서서 조수석에 몸을 기대며 사격을 시작했다. 진우의 총알을 피해 날아든 놈이 지프를 향해 두 팔을 벌렸다.

"아! 씨발!"

김 상병이 욕설과 함께 반사적으로 방향을 돌렸지만, 이미 늦었다. 퍼억—! 범퍼 가드에 부딪쳐 박살 난 좀비의 머리통이 앞 유리창을 들이받자 유리에 금이 쫙 간다. 놈의 시체를 밟고 기우뚱한 차체의 한쪽 바퀴가 들리며 정신없이 흔들렸다. 김 상병은 미친 사람처럼 바쁘게 핸들을 돌려 댔고, 브레이크와 액셀을 번갈아 밟았다.

"아, 후… 하하하! 봤냐, 이 새끼야! 뭐? 운전할 줄 아시냐 고? 어때, 잘하지?"

겨우 상황을 수습한 뒤 방향을 잡은 김 상병이 속도를 높이며 소리를 질렀다. 까딱하면 차에서 떨어져 나갈 뻔했던 진우와 병사들이 의자를 꽉 잡고 합창을 했다.

"잘하십니다!"

"알았으면 너희는 얼른 갈겨!"

세 병사가 측면과 후방을 맡았고, 조수석으로 옮겨 탄 진우는 전방을 가로막는 좀비들을 노렸다. 한 번 흐름을 타기 시작하자 더욱 많은 수의 좀비들이 목표를 그들로 바꿔 달려들기 시작했다. 앞쪽에서도 관심을 보이는 좀비들이 늘어나면서 그들이 달리는, 안 그래도 좁은 길이 점점 더 좁아졌다. 정문으로 향하는 도로가 좀비들로 이루어진 벽 때문에 서서히 막혀 간다.

"숙이고 꽉 잡아라! 뚫는다!"

그렇게 말한 김 상병은 기어를 바꾸고 RPM을 최대한으로 올렸다. 원래 그리 빠른 차는 아니지만, 그래도 녀석은 다섯 명이나 태운 상황에서도 꽤나 분발해 주었다. 좀비 벽이 완전히 닫히려 하고 있다. 속도계 바늘이 120에 이르렀을 때, 레토나는 대여섯 마리의 몸뚱이를 한 번에 박살 내며 썩은 시체들의 문을 들이받았다.

우지끈!

레토나의 오른쪽 라이트가 깨져 나가고, 부서져 버린 범퍼 가드 파편이 사방으로 튀었다. 펜더는 완전히 우그러졌고, 유리창은 박살이 나버렸다.

콰콰콱! A필러와 대시 보드를 꽉 잡고 있었지만, 진우는 몸이 앞으로 기울며 머리를 호되게 박았다. 철모를 쓰고 있지 않았더라면 아마 큰 부상을 당했을 것이다.

떠올랐던 뒷바퀴가 내려앉으며 퍼엉! 소리를 내고 타이어가 터져 버렸다. 쿠션이 사라져 버린 뒷바퀴들이 계속 덜그럭거리고, 이제 속력도 낼 수 없지만… 그래도 여전히 차는 달렸다.

그리고 또 하나의 반가운 소식이 있다. 그들이 돌파한 곳이 거대한 좀비 무리의 맨 뒷부분이었다. 끝없이 밀려드는 것처럼 느껴지던 놈들이지만, 이제 그 끝을 분명히 보았다.

"다들 괜찮아?"

핸들에 얼굴을 박았는지 입 주변에서 피가 흐르는 김 상병이 아무렇게나 돌아간 백미러를 조종하며 물었다. 가운데 낀 녀석만 멀쩡하고 양쪽에 앉은 병사 둘은 코피가 뚝뚝 떨어진다. 하지만 정말 감사하게도 살아서 차에 타고 있다.

"끄으! 네, 감사합니다!"

병사들이 부어오른 코를 더듬거리며 진심을 가득 담아 큰 소리로 대답했다. 만약 조금 전의 충돌 때 떨어져 버렸다면 지금 뒤에서 6차선 도로를 가득 메우고 달려오는 놈들에게 붙들려 꼼짝없이 산 채로 뜯어 먹혔을 것이다.

"김 상병님! 속도 좀!"

뒤를 돌아본 진우가 다급하게 외쳤다. 그들이 탄 지프가 빌빌거리며 갈지자로 휘청대는 동안 좀비들은 꽤나 거리를 줄였다. 코피를 닦던 병사 하나가 '상병?'이라며 혼잣말을 한다.

"이게 최고로 밟는 거야! 2단으로 올라가지도 않아! 젠장, 축이 휘었나 봐!"

김 상병이 진땀을 흘리며 대답했다. 터져 버린 탓에 타이어만 얇게 덮여 있는 뒷바퀴는 한 바퀴를 돌 때마다 계속 덜그럭덜그럭, 신경 쓰이는 소리를 냈다. 속도계를 힐끔 보니 시속 28킬로미터 부근에서 바늘이 바들바들 떨고 있다. 부와아아앙! 아무리 액셀을 밟아봐야 공연히 엔진의 떨림만 커지고 더 빨라지는 기미는 없다.

"28킬로야! 더 이상은 안 나와!"

쫓아오는 놈들이 100미터를 12초에 뛴다 해도 이 차보다 빠르다. 거리를 줄이기 전에 앞서 달리는 놈들은 제거해야 한다. 진우는 자리에서 일어나 뒷좌석으로 옮겼다. 탄창을 갈아끼우고 따라붙는 좀비들을 향해 3점사를 날렸다.

투투둑! 투둑!

워낙 흔들려 대서 명중률은 절반도 안 되지만, 그래도 넋 놓고 있는 것보다는 낫다. 정문에 배치된 병력까지의 거리는 2킬로미터. 앞으로 5분 동안만 제발 차가 계속 달려주기를 진우는 간절히 빌었다.

"뭐해! 너희도 쏴, 이 새끼들아!"

다른 병사들에게 김 상병이 소리를 질렀다.

"아! 네!"

"네!"

"웅!"

제각기 대답을 한 뒤, 병사들은 차 옆으로 몸을 내밀어 사격을 시작했다. 타다다— 타다다— 20여 발을 쏴서 운 좋게 한두 발이 맞으면, 아가리를 쩍 벌린 채 육상 선수처럼 달려들던 좀비가 뇌수를 흩뿌리면서 바닥에 나동그라졌다.

김 상병은 진우를 믿기로 하고 뒤를 보지 않았다. 유리창이 박살 난 채 날아가 버려서 바람을 맞아가며 운전하는 중이라 똑바로 앞만 보고 달리기도 벅찼다.

그롸아아악!

뒤를 따라잡는 놈들의 수가 서서히 늘어났다. 어두운 구간을 지나고 가로등 불빛 아래로 들어설 때마다 안 보이던 공간 속에서 대여섯 놈씩이 불쑥불쑥 모습을 드러낸다. 지프와 나란히 서서 달리다가 거리를 줄이기 위해 진로를 수정하는 좀비들마다 진우의 총알이 날아가 박혔다. 진우가 머릿속으로 카운트하는 시계가 280초까지 갔을 때, 김 상병이 목청껏 환호하며 경적을 울려 대기 시작했다.

"왔다! 왔어!"

저 멀리 철책들이 보이고, 전방 경비 부대가 쌓아놓은 모래 포대와 바리케이드가 눈에 들어온다. 난데없는 소음에 깜짝 놀란 병사들이 서치라이트의 방향을 돌리고 사격 자세를 갖추고 있다. 하긴 반쯤 작살난 지프를 앞세워서 천 단위의 좀비들이 떼로 몰려드는데, 누군들 안 놀랄까. 철컥, 일제히 총을 겨누는 소리가 요란하게 울렸다.

"멈춰!"

뒤에서 피에 굶주린 괴물들이 미친 듯이 달려오고 있는데 멈추라니, 그런 명령은 들을 수 없다. 다섯 명은 팔을 흔들며 죽어라 뛰었다.

"쏘지 마요! 비키니! 빤쓰! 비키니! 빤쓰!"

100여 미터 전방에 지프를 비스듬히 멈춰 세우고 급하게 달려가며 김 상병이 암구호 두 개를 한꺼번에 다 외쳤다. 따라 달리던 진우와 세 병사도 따라서 소리를 질렀다. 바리케이드 앞에 이르러서는 데굴데굴 구르다시피 해서 기어 들어갔다. 그들의 안전이 확보되는 것과 동시에 전방으로부터 옮겨온 네 정의 K—3 기관총이 불을 뿜기 시작했다.

타타타타타타타— 타타타타— 타타타다—

그리고 바로 뒤를 이어 일반 화기들도 일제히 발사됐다. 달려오던 좀비들의 몸뚱이가 사방으로 잘려 나가고, 쓰러진 놈들의 시체를 밟고 또 다른 녀석들이 기꺼이 빗발치는 총알 사이로 머리를 들이민다.

그롸아아아악—! 발전소 정문 6차선 도로는 순식간에 수백의 시체로 뒤덮였다. 도와야겠다는 생각에 벌떡 몸을 일으키는 진우의 어깨를 누군가 잡아 눌렀다.

"앉아!"

경계병들이 진우와 김 상병 일행을 빙 둘러싼 다음, 현장 책임자로 보이는 중위가 물었다.

"이 새끼들, 피 나잖아. 너희 뭐야? 물렸나?"

"5소대 동쪽 초병입니다! 안 물렸어요! 안 물렸어요! 깨끗합니다!"

김 상병이 군복 단추를 풀고, 바지를 걷어 올리며 외쳤다. 그렇게 말하는 입술은 피딱지가 덮인 채 퉁퉁 부어올라 있었다. 김 상병은 신뢰도를 높이기 위해 입술을 까뒤집어 보였다.

"이건 타박상입니다! 애들도 마찬가지입니다!"

코피를 흘리던 뒤의 병사들을 가리켰다. 중위가 어이없다는 듯 코웃음을 쳤다.

"애들이란다, 이놈. 병장이 둘이나 있구만, 상병 놈의 새끼가. 하여튼 알았어. 두고 보면 알겠지. 야, 애들 감시해."

그 말에 깜짝 놀란 김 상병이 뒤를 돌아보자 정말로 작대기 네 개가 달려 있다. 하지만 생명이 왔다 갔다 하는데 그까짓 줄 하나, 두 개 따위가 다 뭐란 말인가. 그런 대화를 나누는 동안에도 총소리는 끊임없이 울리고, 정면으로부터 추가 병력이 달려와 사선에 섰다.

왜 이런 화력이 아직도 여기서 한가하게 경계 근무나 서고 있던 것인지 진우는 이해할 수가 없었다. 다섯 명이 차를 타고 쫓겨올 때에는 무한하게만 보였던 거대한 좀비 무리가 10여 분 만에 모두 궤멸되었다. 마지막으로 비틀대며 기어 다니는 놈들을 처리하고 있을 때, 임시 본부의 무전을 받고 돌아온 중위가 도로 위에 잔뜩 널브러진 시체들을 가리키며 명령했다.

"1소대, 2소대. 5분 내에 저거 확인 사살 끝내고 한쪽으로 정리해라. 그리고 차선 하나 확보한 후 곧바로 승차하도록. 지원 들어간다."

씨발, 너무 늦었잖아. 진우의 이가 빠득 갈렸다.

"하~! 덥다. 이거라도 좀 벗자."

김 상병을 따라 진우도 헬멧을 벗었다. 어찌나 뜨겁고 괴로운지, 땀에 흠뻑 젖은 머리에서 김이 모락모락 올라오는 것 같다. 머리에 물을 붓고 군복 자락을 펄럭여 바람을 불어넣고 있던 김 상병이 중위의 명령에 따라 아직도 그들을 지키고 선 정문 소속 일병들에게 물었다.

"야, 너희 여기서 오늘 뭐했냐? 우리 좆뺑이 까는 동안 왜 지원 안 왔어?"

아무도 대답하지 않자 김 상병이 다시 협박했다.

"아쭈? 씨발 놈이… 우습지? 너희 이름 다 보여, 개새끼야. 내가 기억했다가 군 생활 아주 제대로 꼬이게 해줘볼까?"

"나도 이름 외웠어."

"나도."

같이 차를 타고 온 병장들도 도끼눈을 떴다. 고참들의 협박에 기가 죽은 일병들 중 하나가 힘없이 대답했다.

"그게… 정문 쪽으로도 동시에 협공이 올지 모른다면서… 현재 위치 이탈하지 말고 경계 태세 강화하라고 명령이 내려왔답니다."

"어디서?"

"임시 본부인 것 같습니다."

"대대장님이 그랬다고? 근데 다 밀리고 나니까 지금 무전 때려서 오라고 하는 거야?"

"그런 것 같습… 잘 모릅니다, 저는."

하여간… 김 상병이 고개를 저으며 한심하다는 듯 혼잣말을 했다.

"아니, 무슨 베트남전을 하는 줄 아나? 저 새끼들은 좀비라고. 뇌가 없는 좀비! 협공 같은 소리 하고 자빠졌네."

'도대체 무슨 생각을 하고 있는 걸까, 저것들은.'

진우는 멀리 보이는 대학원 기숙사 건물의 불이 환히 밝혀진 꼭대기 층을 향해 눈을 흘겼다. 임시 본부가 있는 곳이다.

5

저 위에서 전황을 지켜보고 있었으면서도 그런 소리가 나왔다면 좀비와 다를 바 없는 돌대가리이고, 보지 않고 지껄인 거라면 미친 새끼들이다.

배치된 첫날부터 온갖 이치에 닿지 않는 명령들을 내리더니, 결국 이런 사달을 만들었다. 지금처럼 병력을 넓게 벌려두지 않고, 발전소 담장 내부로 경계 영역을 한정해 두기만 했어도 훨씬 안정적으로 싸울 수 있었을 것이다.

다다다다— 발전소 방향에서는 아직도 총성이 끊임없이 울린다. 다행히 내부 병력이 완전히 궤멸되지는 않은 모양이다.

부우우웅—

끙끙대며 시체들을 밀어놓은 뒤, 지프 한 대와 두 대의 트럭을 필두로 하여 정문 병력들의 3/4 이상이 빠져나갔다. 맨 뒤에서 걸어가던 소대의 하사관 하나가 경비병까지 붙여진 진우 일행을 보고 의아하다는 듯 물었다.

"너흰 뭐야? 남들 다 출동하는데 팔자 좋게 앉아 있네? 야, 얘들 뭐야?"

김 상병에게 갈굼을 당했던 일병이 대답했다.

"발전소 동쪽 경비병이었답니다. 외상병이라서 감시하라고 말씀하셨습니다."

"웅? 어디? 아아, 이거?"

코피가 난 병장들의 코를 당겨본 하사가 코웃음을 치며 말했다.

"얘네 괜찮아. 어떻게 콧구멍 안쪽만 물리겠냐. 너희도 여기 합류해. 한 놈이 아쉬우니까. 야, 얘네 탄창 지급해 줘라."

하사의 명령 한마디에 진우 일행은 갑자기 지원 병력이 되어버렸다. 시작하는 순간부터 조금 전까지 오늘 밤 내내 그 힘든 싸움을 다 겪고, 목숨을 건 질주를 해서 겨우 조금 달아났는데… 거기를 또 들어가라고?

너희 전부 다 여기서 올빼미 우는 소리 들으며 탱자탱자 노가리 까고 놀던 동안 우리는 좀비 피를 온몸에 뒤집어쓰고 싸웠단 말이다…….

진우와 김 상병은 너무 억울해서 눈물이 날 것 같았다. 다 죽다 살아난 세 병사도 연신 고개를 저었다. 강편치를 맞은 것 같은 표정의 김 상병이 입을 열었다.

"하, 하지만! 하사님, 저희는 조금 전까지……."

"뭐, 이 새끼야? 안 간다고? 까라면 깔 것이지, 명령 불복종이야?"

"하아~ 아무것도 아닙니다."

김 상병은 한숨을 내쉬며 고개를 떨어뜨렸다. 더럽게 억울하지만 하소연할 곳도 없고, 해봐야 들어주지도 않는다. 지급되는 탄창을 받아 챙기고 다시 철모 끈을 조였다. 그들을 따라왔던 세 병사도 도살장에 끌려가는 소 같은 눈을 하고 터덜터덜 걷기 시작했다.

"산책 나왔냐? 뛰어! 뛰어! 걷지 말고 뛰어!"

하사관이 등짝을 두드리며 호령을 했지만, 한 번 풀려 버린 진우 일행의 다리는 좀처럼 속도를 내지 못했다. 그들은 축 처진 어깨에 겨우 총을 걸쳐 두고 걸음을 옮기며 모두 이를 바득바득 갈았다.

씨발, 너나 뛰어라. 죽음을 향해 뛰어가라니…….

그 시각, 원자력발전소 주차장에서는 두 대의 버스 지붕 위에 올라선 열두 명의 병사가 주변을 가득 둘러싼 좀비들을 향해 열심히 총을 쏴대고 있었다. 병사들에게 다행스러운 점은 이놈들이 버스 창문을 밟고 지붕 위까지 올라올 만큼의 머리가 안 된다는 사실이었고, 반대로 불행한 점은 그들이 좀비의 바다 한가운데 철저히 고립되어 있다는 것이었다.

병사들은 어두컴컴한 주변을 밝히기 위해 간간이 아래를 향해 조명탄을 꺼내 던졌다. 치이이익— 붉은 조명탄이 날아가서 불빛이 비추는 곳마다 모두 피투성이의 부패한 머리들이 넘실대며 아가리를 쫙쫙 벌려 대는 모습뿐이다. 그렇게나 많이 죽였는데도 아직 만 마리는 족히 되어 보였다.

쿠웅!

오른쪽 벽에 붙은 좀비들이 한꺼번에 몸을 날리자 버스가 기울었다. 으아아! 중심을 잃고 흔들리는 병사들이 가까스로 버텨내며 비명을 지른다. 지붕이 매끈한 직원용 관광 버스에는 붙잡을 곳 하나 변변히 없었다.

쿠웅!

이번엔 반대쪽에서 덤벼들었다. 발이 미끄러진 병사를 동료들이 겨우 잡아주었지만, 그의 손에서 미끄러져 나간 총은 아래로 떨어져 버렸다.

"씨발! 안 돼!"

유일한 무기를 잃은 병사는 양팔을 벌려 다른 병사들이 조금이라도 더 편하게 싸울 수 있도록 허리춤을 꽉 쥐었다. 그런 역할이라도 하지 않으면 도저히 생존할 수 없다는 것을 알기에 모두 최선을 다해 협력했다.

생존? 그런 단어를 떠올리는 것조차 사치스럽게 느껴졌다. 가까이 다가오는 놈들의 머리를 날리고는 있지만, 가지고 있는 탄약의 양보다 저놈들의 머릿수가 몇 배나 더 많다. 시간이 흐르면서 그들은 조금씩 지쳐 갔다. 좀비들이 차체에 부딪쳐 올 때마다 버스는 좌우로 흔들리고, 사방에서 울리는 고함 소리는 혼을 빼놓았다.

드르르륵, 두두두두! 드르르륵!

기숙사와 대학원 건물 2층에서는 창가에 배치된 경기관총이 언덕 위로 뛰어 올라오는 좀비들을 향해 열심히 총알을 퍼붓고 있었다. 버스에 오른 병사들은 자신들의 선택을 후회했다. 흔들리는 차 위에서 중심을 잡아가며 사격을 하는 것보다 훨씬 안전해 보인다. 물론 그렇다고 해서 저 병력이 좀비들을 밀고 내려와 줄 수 있을 것 같지는 않았다.

그와아아악!

쓰러진 좀비들이 늘어나면서 바닥에 깔린 시체는 점점 높이 쌓였고, 그것을 밟고 올라서는 녀석들이 휘젓는 손은 어느새 버스 지붕에 닿을 만큼 가까워졌다. 타앙―! 그렇게 하는 것이 아래의 시체 탑을 더 높여준다는 걸 알면서도 겁에 질린 병사들은 자신의 발목을 향해 팔을 뻗는 놈들의 머리를 터뜨릴 수밖에 없었다.

"가까이 있는 새끼는 쏘지 마! 그러다 여기까지 올라온다고! 뒤쪽부터 제거해! 뒤쪽부터!"

병사들은 목청이 터져라 같은 말을 반복해 외치면서도 막상 자신의 발아래로 좀비의 손이 보이면 오만상을 찌푸리며 방아쇠를 당겼다. 흩어져 서 있던 처음과 달리 병사들은 점점 가운데로 모여 섰고, 어느새 거의 등을 맞붙인 자세가 됐다.

탕! 타앙! 탕!

연사에서 3점사로, 그리고 잠시 뒤부터는 단발 사격으로, 시간이 흐를수록 그들의 총소리는 점점 더 잦아들었다. 허리에 느껴지는 예비 탄창의 무게가 하나씩 빠져나갈 때마다 그들의 생명선도 함께 줄어드는 기분이 든다.

이미 총알이 다 떨어진 옆자리 2호 버스의 병사들은 뜨거운 총신에 대검을 낀 채, 시체들을 발판 삼아 기어 올라오려는 좀비들을 찔러 대고 있다. 그 모습을 보자 1호 버스의 병사들 역시 더더욱 방아쇠를 당기기가 두려워진다. 하나둘씩 기어오르는 놈들이 늘었고, 마침내 2호 버스의 지붕은 좀비에게 점령당했다.

"끄아아! 안 돼! 안 돼!"

마지막까지 개머리판을 휘두르며 열심히 싸우던 병사조차

물량을 앞세운 좀비들에게 팔다리를 붙잡힌 채 처참한 비명을 지르며 죽어갔다. 아래로 내던져진 병사의 몸뚱이는 사방에서 달려든 좀비들에 의해 순식간에 수백 개의 조각으로 찢겨져 나갔다.

"씨바알! 이런 씨발!"

홀로 남아 버스 구석으로 몰린 병사 하나가 울먹이며 사방으로 고개를 돌린다. 그리고 간절한 표정으로 맞은편 버스 위의 동료들을 바라본다. 하지만 이쪽 1호 버스 위에 서 있는 여섯 명은 그에게 아무 도움도 줄 수 없었다.

"오지 마! 오지 말라고! 씨발!"

열심히 총을 휘두르던 병사는 결심한 듯 총을 아래로 내린 후, 총신을 꽉 쥐었다. 그리고 대검을 자신의 목에 찔러 넣기 위해 팔을 힘차게 올렸다. 조금이라도 덜 고통스럽고 싶던 것이다. 그러나 좀비들은 그 작은 자유도 허용하지 않았다.

끄라아아악一! 대검이 피부를 막 꿰뚫었을 때, 몸을 던진 좀비가 병사를 끌어안고 아래로 떨어져 내렸다. 찌이익! 대검이 찢고 나간 병사의 목에서 피가 분수처럼 솟는다. 하지만 그는 아직 죽지 않았다. 그리고 밑에서 기다리고 있던 좀비들의 이빨이 자신의 온몸에 박혀 들어가는 통증을 고스란히 느껴야만 했다.

"으아아아악!"

단말마의 비명이 1호 버스 위에서 버티고 있는 병사들의 심장을 찢을 듯이 길고 크게 울렸다. 병사의 살점과 내장을 입에 문 좀비들은 만족할 줄 모르고 곧바로 다음 목표인 1호 버스를 향해 시선을 돌렸다.

이런 개좆같은! 병사들은 눈물을 그렁거리면서 떨리는 손으로 열심히 방아쇠를 당겼다. 왜 이렇게 가혹한 꼴을 봐야 한단 말인가. 왜 이렇게까지 했는데도 끝이 안 나는 것인가…….

"총알 있어? 탄창? 탄창!"

애타게 지원을 외치는 소리, 총을 놓친 병사는 자신이 가지고 있던 여분의 탄창을 다른 병사들에게 나누어 줬다. 그래봐야 또 금방 다 써버린다. 마침내 그들 전부가 빈총만을 꼭 쥐고 있게 되었을 때, 병장 하나가 한숨을 길게 내쉬며 마지막 탄창을 꺼냈다.

"후우~ 이게 진짜 끝이다. 어쩔래?"

모두 긴장된 표정으로 말없이 서로의 눈치를 살폈다. '어쩔래'의 의미를 알아들었기 때문이다. 그러는 동안에도 좀비들은 혹시 지붕 위에 오를 수 있을까 싶어 끊임없이 뛰어오른다. 탄창을 꽉 쥔 병장이 말했다.

"나는 좀 무섭다, 솔직히. 아픈 것도 싫고……. 저 새끼들한테 쏘지 말고 그냥 갈 수 있을 때 우리가 편하게 가자."

"저도… 그게 나을 것 같습니다."

일병 하나가 눈을 내리깔고 동의했다. 물론 반대도 있었다.

"전 싫습니다. 죽을 때까지 싸울 겁니다."

점점 더 크게 흔들리는 버스 위에 엉거주춤하게 서서 좀비들의 울부짖음을 배경음으로 깔고 투표를 했다. 편히 가자 셋, 싸우자 셋. 공교롭게도 삼 대 삼이 나오는 바람에 그들은 말없이 서로의 얼굴을 봤다.

"이렇게 하자."

고민하던 병장이 탄창에서 총알 하나를 빼며 말했다.

"죽을 사람은 이거 하나씩만 있으면 되니까, 그럼 나머지는 싸울 애들이 나눠 가져."

고개를 끄덕이는 병사들 모두가 울상이 돼버렸다. 병장은 보물을 다루듯이 조심해서 총알을 빼 나눠 줬다.

"자, 너는 하나만 있으면 되지?"

"그, 근데 이것만 가지고 어떻게 합니까? 총이 없는데……."

총을 놓친 병사가 총알 하나를 받아 쥐고 당황해서 물었다. 아! 새로운 문제에 당면한 병장은 난감한 표정을 지었다.

"누가 얘 좀……."

말끝을 다 맺기도 전에 다들 완강히 고개를 저었다.

"그럼 내 총에 두 방 넣고 내가 먼저 가면 네가 집어서 쓸래?"

"그… 그러다가 또 떨어뜨리기라도 하면…….""

그런 일이 절대 일어나지 않는다고도 말할 수 없었다. 버스 지붕을 잡아보려는 좀비의 손을 개머리판으로 후려치고 나서 병장이 무겁게 말했다.

"후우~ 그 총알, 날 줘라. 내가 너부터 먼저 쏴줄게."

"잘 부탁… 드리겠습니다."

둘은 마주 보고 섰다. 부탁한 일병은 눈을 꼭 감은 채 양손을 맞잡으며 부들부들 떨고, 부탁 받은 병장은 비지땀을 흘리며 총을 들었다. 처음엔 턱을 들게 해서 거길 겨누고 쏘려 했다. 하지만 병장은 얼굴을 마주 보고 그렇게 하는 게 도저히 무리라는 걸 금방 깨달을 수 있었다. 좀비들의 머리통을 날릴 때와는 완전히 다른 기분이었다.

"야, 안 되겠어. 하이바 벗고 돌아. 뒤에서 할게."

병장의 부탁에 따라 철모를 벗어 들고 돌아선 일병의 얼굴이 파랗게 질려 있다. 한 발짝 뒤로 물러나 있는 다른 병사들의 얼굴에서도 핏기는 찾아보기 어렵다. 하지만 가장 떨고 있는 건 집행을 맡은 병장이다.

그는 몇 번이나 전우의 뒤통수에 총구를 겨눴다가 또 내리고 한숨을 쉬었다. 사람 모양을 한 좀비들을 수백 번 죽여봤기 때문에 이제 좀 무감각해질 거라 생각했는데, 전혀 아니다. 다른 병사들도 모두 반쯤 넋이 나간 상태로 병장과 일병에게 시선을 고정시키고 있었다.

후우, 후우, 후우! 가슴이 터질 것 같아서 계속 급하게 숨을 들이마시던 병장이 마침내 결심을 굳혔는지 이를 악물고 말했다.

"진짜 당긴다! 잘 가라!"

눈물범벅이 된 일병은 대답하지 않았다. 그의 입에서는 그저 '흐으으으~ 엄마……' 하는 낮은 울음소리만 새어 나온다. 그는 마지막으로 그가 살던 세상에 안녕을 고하고 싶어 꽉 감고 있던 눈을 가늘게 떴다. 턱, 열기가 뿜어져 나오는 총구가 뒤통수 근처에 겨눠지는 느낌. 그리고 그때… 보았다.

"잠깐! 잠깐만요!"

일병은 다급하게 외치며 고개를 숙였다.

"야! 뭐야? 이러면 나도 너무……."

"저기! 저기 불빛! 불빛이에요!"

일병이 가리키는 왼편 정문에선 정말로 헤드라이트의 불빛이 비쳐 오고 있었다. 지원병이다. 으와아아! 아직 희망이 있다! 순식간에 사기가 오른 병사들은 총을 고쳐 쥐고 뻗어오는 좀비들의 머리에 다시 총알을 박아 넣고 손을 으스러뜨리기 시작했다.

"전원 위치로! 빨리 하차해! 빨리!"

정문이 가까워지자 중위는 당연하다는 표정으로 100여 미터 전방에 트럭을 세우고 서둘러 모든 병사들을 내리게 했다. 급하게 뛰어내린 병사들은 넓게 벌려 자리를 잡고 앉거나 엎드려 총을 겨눴다. K-3까지도 바닥에 내려놓고 양각대를 고정시켰다.

뒤를 따라 달려오던 진우는 그 광경을 보고 괴로워하며 고개를 저었다. 이런 멍청한 전술 결정을 도무지 이해할 수 없다. 좀비들을 상대할 때 가장 중요한 것은 거리와 속도다. 상대편에서 총알이 날아오지 않는데 이쪽이 자세를 낮추고 멈춰 서다니, 가장 쓸데없고 멍청한 짓거리 아닌가. 차라리 트럭의 덮개를 걷어내고 달려가며 후방을 친다면 훨씬 좋을 텐데……

치이이익— 여러 발의 조명탄이 한꺼번에 좀비 무리를 향해 날아가고 일제사격이 시작되었다.

파앙! 펑펑펑! 퍼퍼벙—!

지프 위에 설치된 50구경 중기관총의 대포 같은 발사음이 울리자 늘어선 좀비들의 머리통이 몇 개씩 관통되며 잇달아 터져 나간다. 낮게 엎드린 채 위치를 확보한 병사들 역시 열심히 방아쇠를 당겼다. 목표를 따로 조준할 필요도 없을 만큼, 어디를 쏴도 좀비의 몸을 뚫었다. 먹음직스러운 인간들이 한꺼번에 150여 명이나 측면에서 들이닥치자 놈들의 광기도 극에 달했다.

그롸아아아아—!

하늘을 덮을 듯 커다랗게 괴성을 질러 대며 좀비들이 달려든다. 거기에 건물 위에서 고전하고 있던 병사들이 내지른 함성까지 더해지자 강원도의 깊은 밤은 한층 더 극적으로 변했다.

〈『좀비묵시록 82—08』 제3권에서 계속〉